跪拜

王长元 ◎ 著

长 春 出 版 社
全国百佳图书出版单位

图书在版编目（CIP）数据

跪拜 / 王长元著. -- 长春：长春出版社，2025.

1. -- ISBN 978-7-5445-7631-4

Ⅰ.I247.7

中国国家版本馆CIP数据核字第2024KU7627号

跪　拜

著　　者　王长元

责任编辑　许加澍

封面设计　宁荣刚

出版发行　长春出版社

总 编 室　0431-88563443

市场营销　0431-88561180

网络营销　0431-88587345

地　　址　吉林省长春市南关区长春大街309号

邮　　编　130041

网　　址　www.cccbs.net

制　　版　长春出版社美术设计制作中心

印　　刷　长春天行健印刷有限公司

开　　本　880mm×1230mm　1/32

字　　数　220千字

印　　张　10.5

版　　次　2025年1月第1版

印　　次　2025年1月第1次印刷

定　　价　59.80元

目　录

跪　拜

　　一夜过去，磨石表面已结出一层薄薄清霜，均均匀匀，雪花一样白嫩，早晨"老爷儿"的光轻柔照来，那白白嫩嫩的一片，就忸忸怩怩红润起来，像被桃花洇染了一般。

　　拐子觑了一眼磨石，打了一个挺悠长的哈欠，接着便勾头解开裤子，掏出"家伙"。小巧的家伙，捏在指间，就仿佛捏起一截干枯的蚕蛹，立时像有谁在他心头猛拉了一下，一片羞愧隐隐弥漫于心头，他几乎带着一腔愤恨将一泡长尿浇洒在磨石上。于是，就在那热气腾腾的尿雾中，伏下身子，霍霍地磨起刀来，嚓啦嚓啦的响声研磨出一丝丝冷气，慢慢朝上升腾，紧紧地围裹着他，直朝他皮肉里浸润，筋骨处似乎都有了感觉。凭借磨刀声响，他企图想点别的，就是一时想不起来，哪怕让头脑空白一下也好，混混沌沌地磨刀，反倒省了力气。可是，那股腥臊的尿气又涌进了鼻孔，一下子让他又想起了那羞辱，于是磨刀声响愈发大了，呼呼涌动的磨石浆上翻卷着磨刀人的愤懑。

　　当他最后一次用指甲验试刀锋的时候，那金属的嗡儿嗡儿脆响，几乎像针尖一样扎着耳鼓。

刀，锋锋地快，柳叶状的刀刃像涂抹了水银一般，白得刺眼。

拐子提起刀，呆望了一眼"老爷儿"。老爷儿已经升起来了。

他踽踽地走向木桩。

木桩上正拴着一头黄牛，黄萋萋的毛，像秋后的荒草，干涩涩少了光泽，脊背、后胯等部位，连个毛刺儿都不见了，剩下一片光秃秃亮闪闪的皮板；两只树根一样的犄角，干枯枯地弯曲着，上面缠绕一截糟烂麻绳。牛的眼睛满是惊恐、绝望，又被一道道红鲜鲜的血丝覆盖，惊恐、绝望就愈发醒目。它就是用这双眼睛怯怯地看着拐子。

拐子干这营生，年头着实不短了，5年、10年或许更久一点。但是，若没有那件倒运的事儿，他是无论如何也不会干这种营生的。

好像是个四月天，小草刚拱出土来，地皮儿上一道道小裂纹儿还没有愈合，草叶上还挂着星星点点土末，风吹来，草叶没咋晃动，土末倒是飞卷起来。只有向阳、背风的地方，绿草才长得茂盛，也就招来一些背着花盖儿的小虫。他咯吱咯吱嚼着嘴里的土星儿，欢快地摇着鞭子，赶着牛群游荡在草甸子上，那会儿他心情出奇地好，有时嗫嗫着嘴唇吹起口哨，有时就唱着小调：

> 三月也是哩，
>
> 三月是清明，
>
> 小寡妇床上做了一个梦。
>
> 二人手拉手，

> 流泪又伤情，
>
> 奴家小女婿走进房中，
>
> 哎呀我的天，
>
> 激灵灵惊醒为奴原来是个梦。

这时候，牛群中两头公牛为了一头母牛争战起来。起初，他觉得甚是好玩，躺在山坡上滋滋润润地看。可是后来，那情形便不同了，一头牛已将另一头牛撞得斜斜歪歪头破血流了。他，那会儿还不拐，腿脚麻利，一个鲤鱼打挺就腾跃起来，飞奔来到两牛近前，伸手抓着两牛的犄角向外猛推。流血的公牛，借着机会，就逃遁掉了。倒霉的是，那发怒的公牛没有了对手，竟将那利刃般的犄角向他豁来。猝不及防的他，活脱脱被掀了起来，又实拍拍摔在地上。霎时，他便昏厥过去。待醒来时，他已躺在镇子卫生院的床上，裆部满是白花花的绷带。

自此，他便残了，鲜鲜亮亮的心就像蒙上乌云一样发暗。于是，他便将那份伤残化作了仇恨，转移到了手中的那把屠刀上，之后，他便干起了这营生。

拴在木桩上的牛，依旧那般站着。浑黄的尿液在它的蹄下结出一层薄冰，镜面似的亮，蹄子稍一挪动，薄冰就喳啦喳啦响，裂出一道道冰纹，向四外扩散。牛的嘴巴没有先前那般湿润了，潮潮的水气化成了白霜，呼噜呼噜出气的鼻孔，霜花结得更是巧妙，絮成了两个白茸茸的霜洞。它的脊背上落了一只麻雀，尖喙在牛的皮毛间哆哆啄动，蹦跳几下，猝然停住，羽毛被风吹得一波一波掀动。它喳喳叫着，惊悸地看着他，看着他手中的家伙。看他朝黄牛走近了，它才噗噜一下飞走，留下一片惊叫。

他压根儿就没理会麻雀，那小东西在他眼里连根毛都不算。他倒是拿眼睛看一下牛。

牛也正看着他，方才眼中的惊悸和绝望不见了，盛满的却是一汪亮闪闪的泪水。眼泪把他的心弄得动了一下，一丝怪不得劲儿的感觉在心底涌动起来。

他麻利地摸了一下裤裆，这感觉立马就消失了。其实，这感觉也不是咋个新鲜的事情，杀小牛、杀老牛、杀不该杀的牛的时候，他常有这感觉，可是这感觉一来，他就摸裤裆。也不晓得咋个事，只要手一碰到裤裆，啥感觉都没了，心底生出的全是恶意，那份恶意，不要说杀牛，杀人，他也敢。

他将刀在胸前的皮围裙上蹙了两下，灰灰的磨石浆就粉末状飘浮起来，又有"老爷儿"的光一映衬，那粉末真是好看。他吹了两口磨石灰，脚步向前迈动了一下。

"呜——呜！"那头老牛竟一下子就哭了起来，大滴的眼泪夺眶而出，哭声真的好凄切哟！

这一回，把他弄得怔在那里，他连忙蹲在磨石旁边，秃噜秃噜卷起烟来。

之后，他一边抽着烟，一边就琢磨起这牛来，莫非这牛也和他一样，也有一肚子难心的事儿。他难心的事，是裤裆里的毛病，是牛给弄的，现在只有麻利挣钱，攒够一个数，才能治疗那里。孙花先生跟他说过，扎古那儿的毛病，没有一个数，你做梦去吧！他没有做梦，他把孙花先生的话揣在了心里，他要用手中的刀子实现他的梦想。可是这牛的难心事儿又是什么呐？哑巴牲口心眼直呀，无非牵挂着生身的母亲，牵挂着生养的犊子……他觉得若为这些难心，就犯不上了，不要说四腿朝地的牲畜，就是人，没了谁，还不是照样活！天皇老子，身子骨重不？死了，日头爷还不是照样往外出。想到这一层，又有点为自己高兴了，真有那一天，自己老的时候，临闭眼睛，少了多少牵挂，儿呀女的，麻烦，孤零零来去，反倒透着爽快。

"哞……"老牛又长哭一声。

他觉得自己想多了。人家或许根本就没啥牵挂，只是想再吃点草料罢了。也是的，吃一辈子草了，临要走的时候，哪能空着肚子，就是犯了死罪的人，要走的时候，不是还有一顿好酒好菜的款待，何况牲口呐！

他决定慰劳它一下。

于是，他站起身来，走到草垛边，挑着鲜嫩的羊草，狠狠地抱了一抱，轻轻放在牛的跟前。

牛伏下头来，嘴巴接着草尖缓缓移动，把羊草弄得簌簌轻响，微微颤动。它下巴上的冰溜被刮折了，鼻孔的霜花也被草尖划掉了。可是直到它抬起头来，他发现，一根草刺儿它竟然都没吃。

怪了，真是好奇怪。

现在，他真弄不懂它的心思了。说到底，哑巴牲口的一切举动不就是为个吃吗？那变戏法的猴子，能在锣声里，一丝一丝地爬着竿，伸胳膊蹬腿做着动作，临到最后，不就是为着块糖球吗！那拉磨的驴子，能在窄窄的磨道上，蒙着眼睛，一圈一圈不停地跋涉，卸了磨，不就是为着一捧草料吗……可是这牛倒是咋啦，怎么连吃都不想吃啦。它真把他弄糊涂啦！

他朝它看了一眼，它的眼泪还在大滴大滴朝下掉呐！这一下，他呼啦一下就明白了，它是要活命哟。

这可真把他难住了。其实，这份心思哪头牛都是有的，只是表现不同而已，临死前，有的牛拼命地挣扎，有的牛仰天长吼，有的牛冲屠户瞪眼睛……可是像这么又哭又流泪的实在不多。唉，牛，来世上也真个不易，一辈子都不声不响的，就闷儿闷地干，拉车、犁地，一点荤腥油水都不吃，就吃草，临到最后，还要挨上一刀。因此，他每次下刀的时候，心里差不多都这么默念："早点走，歇着去吧。来生，再托生啥都行，可别再托生牛啦！"理是这么个理，可是哪头牛又爱死呐！

"拐子，还磨蹭个啥呀！"小伙计又牵过一头牛来，拴在门口的木桩上，转身朝外走的工夫，又扔下一句，"人家二埋汰那头，牛皮都扒下来啦！"

"哦，哦。"拐子应了两声，就麻利站起来，吧嗒吧嗒狠劲儿吸了两口烟，憋住劲，把脸和脖子都憋出点发紫的颜色，于是才让那烟雾一丝一缕从鼻孔里冒出，拐个弯，烟雾就贴着脸上肌肤徐徐向上飘去。之后，他眼睛的凶光似乎又聚拢在一起，缓缓来到了牛的跟前，伸手拽过了牛的缰绳。

就在他回身取刀的时候，脚下咕咚一声闷响，他没怎么留意，就给缰绳带出一个挺大的趔趄。

他稳住了身子，仔细看时，骤然惊呆在那里——那头黄牛已凄然跪在地上，两眼酸酸地看着他。这一下，把他弄傻了。

干杀牛营生这么多年，经他手送走的畜生足有千八百头了，还从未遇到这样的牛。莫非它通着人性，知晓下跪的含义？是啊，人世间跪拜可不是件容易事，晚辈给长辈跪拜，百姓给皇上跪拜，世人给神灵跪拜。跪拜，是一种把心窝子的愿望放在膝盖上的事情。拐子明白，倘若接受了跪拜，就意味着答应了人家拜托的事情；倘若答应了人家的事情，那就是刀按在脖子上都不能反悔的，反悔了，天理不容。牛拜托甚事？怕是连傻子都能明白的，它是要活命。可是他拐子敢接受这等跪拜吗？那是打死也不敢的，一来，牛不是他的，二来，圈不是他的，就连那刀子都不是他的，他有的，只是一种血淋淋的手艺，这样一来，他怎敢接受牛的跪拜呐！

他鼻子有点酸了，一种辣丝丝的感觉挺突兀地朝上蔓延。他挪动下脚步，就像搀扶老人那样，双手搀扶着牛，啜泣地说："起来吧，噢，起来。"

牛，没有动弹，还那么可怜巴巴地看着他。

他吸溜一下鼻子就哭了，说："我真不能接受你的跪拜呀，若那样，我要折寿的。"

那牛就像听懂了他的话一样，瑟瑟地站了起来，仰起头，伸出粉红的舌头，呱唧呱唧舔了一下他脸上的泪，于是就木木站在那里。

风，又刮起来了。墙头上、房檐上的积雪，又被刮浮起来，在空中飘荡几下，又像下雪一样，纷纷向下飘。落在了牛身上，还是那般白净，落在拐子脸上，就给泪水融化了，也变成了泪水。

"呜——"一声摩托响，崔老板就醉醺醺地来到草垛旁，他一边按着手机，一边就恼了："拐子，你说句痛快话，想不想干了，照你这么磨蹭，我那公司的牌子非砸了不可，人家二埋汰那头，骨头都剔完了，你就照量办吧！"

崔老板的话就像风一样在空中飘着，听起来空旷而缥缈。

他有些下不去手了，几乎出现了第一次杀牛的感觉，心里虚飘飘的，眼睛看哪都恍惚，这状态，是无法杀牛的，就是刀子哆嗦着捅进去，牛也不会立马就死的，还会活脱脱流血、挣扎……

那挣扎他是无论如何也受不了的，那才叫作活遭罪呐。他不能让黄牛活遭罪。别的事情做不到，让牛不遭罪，痛快地死亡，他是能做到的，他要把下刀子时所有的疼痛变成一眨眼的事。这么想着，他心态就平缓了，喃喃道："伙计，闭眼睛走吧，管保不让你遭一丁点的罪，那疼顶多像瞎虻叮咬一下。"

黄牛凄然一笑。

随之他脑门便暗了。伸手摸了下黑漆漆的裤裆，眼角就掠过一丝杀气，跟着手中的刀子就向黄牛砍去。

真是要多快有多快了，也就是一走神儿的工夫，牛的脑袋已经离开了身躯。

齐刷刷的刀口，血流像泉水一样呼呼喷涌，染得他双手、袖口、围裙全是红鲜鲜的，膻烘烘的血腥味伴着腾腾热气，云团状向上翻卷，将他整个身子都笼罩在里面。他看了一眼牛头，牛眼依旧大大睁着，眼珠就像被钉子钉住一样，一动不动地看着天空。

他心里忽悠一下，弄不明白这牛到底是怎么啦。摆弄牛多少年了，牛的脾气秉性摸得准着呐！哪头牛一摆尾，哪头牛一翻蹄，哪头牛一拨浪犄角，只要一搭眼，他就能揣摩出大估景来。可是今天它这一出一出的，真把他弄糊涂了。他就不明白它眼睛老这么瞪着，究竟要干什么，难道还要交代什么吗？难道还有什么放心不下吗？难道……他没有时间想那么多了，转身向牛的身子走去。

接下来，就是老程序了，开膛、破腹。拐子干这些事情的时候，十分仔细，就像女人剪鞋样一般，用短刀一丝一丝地割，一层一层地破，当牛的腹腔被剖开的时候，他一下子惊得呆傻在那里，一只湿漉漉的牛犊正在那里喘息，嫩嫩的蹄子还在微微挪动，它眼睛闭着，嘴巴一拱一拱地寻找……

他眼睛一下子就放射出光彩，泪珠噼里啪啦就滚落下来。他这会儿似乎才明白了黄牛的托拜，心头酸甜的滋味也说个不清，于是就麻利脱下棉袄，平平展展摊在地上，将牛犊轻轻托起，缓缓放在棉袄上，慢慢拽起大襟朝上一拢，牛犊就给严严实实包裹起来、随后他就像抱着孩子一样抱着它，欢快地朝着自家方向跑去。跑了几步，猛然停住了，他就像想起什么大事一样，冲着地上血淋淋的牛头高喊道："伙计，放心地走吧！"

怪不，那牛的眼睛还真就慢吞吞闭上了。

至此，拐子不干杀牛这营生了，出来进去总有那黄灿灿牛犊相陪伴，就像有了跟腔虫一样。它时而拱他的腿，时而舔他的手背，把他心里弄得痒痒乎乎的，他就说："咋这么随你娘，通人性。"

小草发青，柳树吐毛毛狗的时候，他就常折得一截细细柳枝，一边摇晃，一边吆喝牛犊，牛犊就颠颠地跑，小尾巴拨浪鼓槌一样来回摆动，黑亮亮的蹄壳弹得浮土噗噗冒烟，落得他一脸一脖子一嘴都是土。他连擦也不擦一下，就那么咯吱咯吱嚼着土星儿，嚼着嚼着把自己都嚼乐了，便"呸"一吐，唾沫就把泥土欢快地带了出来。

　　有时，他也来到当年老牛顶架的草甸子上，滋滋润润躺在阳坡处，看牛犊吃草，看着看着，就禁不住唱起了小调：

　　三月也是哩，

　　三月是清明，

　　小寡妇床上做了一个梦。

　　……

　　别的，拐子就一概不想了。

贼　船

一

应该说，船到江心的时候，马六才开始注意船夫的表情。这之前，马六就迷迷糊糊睡觉了，狗头逗弄几次他都没有醒来，若不是一个大浪险些把船掀翻，他是不会醒的。可是他醒来第一眼，就看出了船夫的表情不对：眉头紧巴巴皱着，眼睛眯成一条窄缝，游移不定的眸子发出冷森森的光，他一忽儿看看水面，一忽儿看看船头，一忽儿还看看他和狗头的包裹……马六心里忽悠一下，立马睡意全没了。

谁都知道，老北江的野渡是一个远近闻名的贼渡，船客被抢，船夫遭劫已不是什么稀罕事儿，一周前一个娘们儿乘船在江上芦苇荡失踪，至今还音信皆无呐……

马六慢慢把腿伸直了，脚尖恰好能够到狗头的臀部，捏着劲儿悄悄碰了碰，不料狗头却大叫起来，干啥呀，看把裤子蹭的，这叫毛料啊！

马六心里好生恼怒，暗暗骂道，傻×，上了贼船还不"觉警"呐。他嘴里却说，我是让你看着江上的景致。

狗头嘿嘿笑了，这有啥好看的，就是个水呗。

马六便不再吱声，而是挺认真地看着江水。江水悠悠荡漾，把天上的云朵、飞燕都映在里面……马六看着看着，那脚尖又不经意向狗头臀部碰去。

这一回，狗头并没有喊叫，似乎已感到了那脚尖的含义，于是就扭过身子去看马六。他看见马六故意把头向里偏转一下，等于把脊背给了船夫，紫红紫红的圆脸像探照灯一样，直冲他照来。他开始不大明白，不晓得马六弄了些啥名堂，待向他眉眼看去，才感到马六巴掌大的五官上，似乎孕育出了风雨雷电，尤其那飘飞的眼神，几乎成了一台报警器，各种险情都明白无误写在里面。

狗头看到这里，心里一阵发紧，再用眼角溜一下船夫，果然表情跟强盗没啥两样，样子凶凶的，脸颊上还横着一条月牙刀疤……跟着头皮便唰啦一响，他想，这回完了，怎么竟眼睁睁上了贼船，看来，裤裆里的 1000 元钱，要遭劫了。

一想起裤裆里的钱，狗头就心酸得不行，他觉得那哪里是什么钱呀，分明是他和马六的两条命。

年初的时候，他和马六不知犯了什么邪，跌跌撞撞来到一个城市，按照电线杆上的广告，来到一家工地打工，开始是挖地基、挑土、砸石头，后来就是扛水泥、卸沙子，再到后来就是跟着小工头码砖。小工头叫徐大屁股，码砖快得很，他和马六屁沟子夹紧了干，才勉强跟上，稍有怠慢，徐大屁股瓦刀上那稀溜溜的沙灰就能糊到脸上。有几次马六挨了糊都不想干了，可狗头冲他说，咱个庄稼人，不干这，干啥？马六便抹了抹脸上的沙灰不吱声了，还得干。他们是从一楼码起的，一直码到18楼，眼看再有两层就要封顶的时候，倒霉的老板忽然死了，他们的工钱就没了着落。这时，老板的婆娘泪水涟涟来到工地，指着那一堆堆的建筑材料说："他这一死，你们的工钱就只能用这些东西顶啦！现钱，我是一个子儿没有。"这下，民工们全傻了，你看看我，我看看你，没办法，只得分建筑材料。有的分到了钢筋，有的分到了木料，轮到狗头和马六的时候，钢筋和木料都没有了，只有沙子、水泥和红砖，结果是马六分了50袋水泥，狗头分了300袋沙子。

看着水泥和沙子，马六和狗头心里好生酸楚，辛辛苦苦忙了几个月，竟得了这些玩意儿，又不能吃又不能拿的。可再往深一想，他们又稍稍有些安稳了，毕竟还有物在呀，这就算没白忙活。这年头钱物两空的事儿还少嘛！虽然水泥沙子并不能当钱花，但是他们想只要通过努力还是会把它变成钱的……于是他们就行动起来了，挨着家地串工地。常常是马六兜里揣着几捧沙子，狗头拎着半袋水泥，只要见了工地老板，就像见了神仙，忙赔着笑脸把东西呈上去，多半得到的回报是老板的摆手与摇头。有一天他们来到一家工地，老板看了看样品，问是哪里产的水泥，狗头便连忙赔笑说出了产地厂名。巧的是人家水泥厂销售科的几个人也正在这里谈业务，听到这里，二话没说，就把狗头他俩按在沙堆上，逼问水泥是哪里来的。马六说是干活挣的，狗头说是别人给的。两个答案都令对方疑心剧增，于是就动起拳脚。先打马六,马六身小力薄,一打就妈呀妈呀地叫唤,接着打狗头,狗头不服,企图抗争,结果人家的火力一齐集中到他身上,揍得他胳膊、腿儿都不能动弹了。随之人家又给110打了电话,说抓到两个冒充厂家推销员的骗子。110闻讯就到了工地,把他俩从沙堆上拽了起来,不由分说就戴了铐子,押回所里。突审了两个小时,警察总算弄清了来龙去脉。随后警察就嘿嘿笑了,说你们的嘴也真笨,这点事儿咋就说不明白。行了,麻溜回家吧,别四处乱窜了。

狗头还想说什么,马六偷偷拽了拽他的衣袖。于是两人就从派出所一瘸一拐出来了。

还好,附近工地一个老板,看他们二位实在可怜,就扔给他们1000元钱,把水泥沙子拉走啦!

就是这么用血汗和性命换来的1000元钱,如今又一次受到威胁和挑战,狗头心里能不紧张焦急嘛!他缓缓扭了下身子,让裆部卵子的位置发生一点变化,试图通过这点变化来感受一下裤衩上的钱是否还存在。因坐的时间久了,卵子也有点麻木,感受了几次,也没有感觉出裤衩上那片"硬"来,于是他就慌了,像卵子被人家摘除一样地慌,脑门冒出一层细密的汗珠,心跳的速度也明显加快了,像里面敲着小鼓一样,嘭嘭响个不停。赶忙用手去触摸,那里便发出嘎巴嘎巴纸的声响,这样他心里才算踏实。钱确实还在那里。可是船夫的表情实在令人担忧,尤其是那条弯弯的刀疤,就像悬在脸上的刀子一样,熠熠闪着光泽,让你真猜不透那里藏着多少凶险与杀机。

事情到了这个份上,紧张、恐慌是没有什么用了,就是吓瘫了，又怎样？人家船夫会怜悯吗！要知道，强盗的字典里是从没有同情二字的。既然这样，狗头觉得还不如把精神振作一些为好，自己气势旺了，对方或许就懦弱了。

于是他便啪啪啪拍了几下船帮，似乎很不经意问马六，哎马六，你说就这小船，咱俩猛劲扇乎，能不能扇乎翻了？马六懵懂了一下，可他立马读懂了狗头的眼神，于是故作胆怯地说，你可别犯虎劲，你的虎劲上来，我们可受不了。狗头嘿嘿笑了，说也不是吹牛，都不用你，就我自个，用足了劲儿，都能把它掀翻了，信不？马六说那我信，我就记得那回你犯了虎劲，一拳下去，给人家老牛肋骨打折3根。狗头说马六，实话跟你说，我那回还没用上全劲呐，也就是八分劲吧，真用上全劲儿，不是吹，不打死那牛才怪，不信，你摸摸我手上的骨头，一攥起拳头，铁块子一样，来，摸摸。马六摸了一下，就很惊奇，咋这么硬呐！

二

狗头说，硬，你咋就不想想我这么多年的功夫呐。两三岁的时候，不就跟着爷爷练砸墙吗？开始砸土墙，后来砸砖墙，再后来就砸石头墙，这一练就是20年，别说骨头能练硬，就是棉花都能练硬。马六说，那是，那是。

船夫感到事态不对，是从狗头敲击船帮开始的。之前，他没大留意他们，甚至连他们长什么模样都没大注意。他那会儿，满脑袋就想着早晨和老婆吵架的事了。吵架是因为一顿喜酒引起的，镇长儿子结婚，老婆小心翼翼地打开柜子，想拿钱让船夫随个人情。他当时就翻了脸，说钱多烧手了不是。老婆说，人情还是要走的。船夫说，我们和镇长有个甚人情，他除了明着"黑"我们，暗中搂我们，哪还有个啥人情？老婆说，在人矮檐下，你干啥总挺着头。船夫说我不管矮檐高檐，这人情是不能随的，就是把钱当树叶烧了，也不能随给他。老婆说你不随就不随，我去一趟就是了。船夫说你也不能去，你去了还不是顶家里的名分。老婆听了这话，就有些伤心，想都土埋脖颈的人了，顶一回家里的名分都不可，这人活得该多么低气。于是就动了气，狠狠地说今天随不随礼倒在其次了，就冲这名分，我也得去。船夫说你敢去，去了，我不打断你的腿才怪。老婆说，你打吧，我早就活腻了。说着就把腿伸了过去。其实，打折老婆腿不过是句气话，可是把家里的钱都揣进怀中倒是真的。

船夫拍拍怀里的钱，说，去吧去吧，我看你拿啥给他。老婆听到这里就号啕起来，船夫就是在号啕声中离开家来到船上的。

起初，他觉得自己的做法很豪气，里里外外都体现着硬碰硬的爷儿们劲儿，就是到了咬牙印的时候，婆娘也休想拿捏住他。他觉得，婆娘和他比较起来，也就是胳膊和大腿的关系，胳膊休想拧过大腿。后来，他就不那么想了，他想老夫老妻都快一辈子了，还分个什么胳膊大腿的，谁拧过谁又有什么意思，况且婆娘的举动还不是为了他，人家是要往他脸上贴点金，帮他在镇长那里壮壮面子。可结果他非但没有领情，还恶言恶语伤人家，直把人家伤得痛哭起来。想来，真是不应该的，有啥大不了的事呀！顶天儿了也就是百八十块钱的勾当，就当喝顿酒花了，或赌钱输了，不就完了，犯得上动那样大的肝火？再到后来，也就是狗头敲击了船帮之后，他开始后悔了，后悔不该把家中的积蓄全带在身上，这举动实在有点像小孩子过家家了，彻头彻尾透出傻气。平日钱藏在柜子底层，他还总心神不稳呐，动辄就在夜深人静的时候翻出来查查，看看钱掉没掉角？少没少边？虫子嗑了没有？顺便透透风，他觉得钱和粮食一样，是要透风的，然后再一点一点码齐，用纸包好重新放进去，再一层一层把包裹压在上面，弄得看不出一点藏钱的痕迹来……就是这样小心对待钱的他，今天不知犯了什么邪，竟把钱带到了船上来。话说回来，如果放在往日也没什么大不了的，顶多是在船上留点心、注点意就是了，钱自己又不会从怀里飞出来，怕啥？！可今天就不一样，船上这二位让他感到行迹莫测。

他一边划着船桨，一边用眼睛觑着二位，心里就犯着嘀咕，单就他们的长相看着就不大顺眼，一个生得虎背熊腰的，满脸凶相；一个长得瘦小枯干，却面带奸诈，举止神态更不要说了，鬼鬼祟祟的。尤其是他们的对话，忽忽悠悠，听着就让人发毛，什么"一个人就把船掀翻了"，什么"把老牛肋骨打折3根"，什么"拳头硬得像铁块"，什么"从两三岁就练用手砸墙"，等等。听得出来，这话里有不少吹大牛的成分，但稍一细想，还是怪吓人的。事情是明摆着的，船上就他们3人，他们又吹、又侃、又敲船帮，为啥？还不是冲他吗！可以这样讲，他怀里如果没揣着家中的积蓄，他才不在乎这些呐！你愿意咋吹咋吹，愿意咋侃咋侃，船帮，愿意咋敲咋敲，他就不信，折腾出花来能把他老头子怎么样。顶了天，一百多斤扔到这！可怀里有了钱，他就不这么想了。自己死活倒是其次，孩子们的事情大着哩，里面有给二儿子娶媳妇的钱，有供老儿子上大学的钱，还有……这么一扒拉事情全揣在怀里，他就不敢太造次了，他不能因自己的疏忽，损毁了孩子们的事情。

他一下一下划着船，一丝一丝想着主意，眼睛故意不看他们，看天上云彩。云彩一疙瘩一块的，形状很有趣，有的像猫，有的像狗，有的像头小毛驴，风一吹过，小毛驴又变成大马。

他正看得起劲儿，又响起了敲船帮的声音。这一回，他忽然受到触动，觉得自己未免太消极了，消极的结果，只能助长对方的气焰。真若是挺挺胸，壮壮气，亮亮身手，或许对方就不敢这么张扬。马瘦有人骑，人软有人欺，到了啥节骨眼，气势都不能太堆了。于是他就把双桨顺到船舷上，双手拿起了船篙，看了看两手之间的距离，便愤然向抬起的右膝撞去，跟着就听得咔嚓一响，船篙断成两截……

三

随着船篙折断的声响，狗头和马六的心都绷了起来。狗头做梦也没想到船夫会有这么大的力量。这力量和他比较起来，他怕是两个也顶不住人家。那么粗的船篙，休说用手折，他就是用刀砍，用斧头剁，恐怕三下两下也弄不断的，而人家只是轻轻一折，就活脱脱断了……这，说明个啥，狗头心里明明白白，他知道，人家是要通过这一举动表达一种意思，这意思是告诉他们老实规矩着点儿，否则……尽管狗头心里明白，可是他一时又无法应付眼前的局面，只得不住地用眸子瞭着马六。

马六更是心虚得要命，他暗想，多么可怕的事情呀，船夫用手折断船篙都那么轻松，若掰他的脖子还不就是掰根豆芽菜嘛。他原以为狗头那番咋呼能把对方镇住，没承想人家根本没吃那套，反倒向他们投过来一个撒手锏，倒把他们难住了。现在想来他和狗头当初都有些傻气，想靠着吹大牛、侃大山吓住人家，那不是太可笑了吗？就凭人家那身力气会怕这些吗？这样一来，问题似乎就复杂了，下一步船上的形势也就更加严峻了。他想，船夫决不会就此善罢甘休的，如果他再有别的举动，怎么办？比如说，撅撅他的脖子，掰掰狗头的腿……真若那样，他甚至都想好了，就让他撅，就让他掰，咬咬牙，一挺就过去了，可人家如果不做这些，而是直接伸手要钱怎么办？他感到事态相当严重。

狗头还那么傻呆呆看着他，露着一脸的无望，两条腿像绳子一样交叉在一起，企图掩饰住裆部的秘密。

这时，马六觉得狗头整得太露骨了，有点此地无银三百两的味道。这样一来，他想人家或许不伸手要钱了，而是把手直接伸向狗头的裤裆。那样，你狗头休说把腿交叉得像绳子，就是像铁丝，像钢筋也是不行的，你还能要钱不要卵子嘛！

马六心慌得不行了，想吸根烟平缓一下自己，伸手向衣兜摸去，烟没摸到，却摸到了给侄儿买的玩具手机。手机顿时给了马六一丝希望，于是，他便拿了出来，装模作样地打起了电话：喂，老弟呀！你去哪？在江边酒馆喝酒呐！你的那帮哥们儿都在吗？啥？有两个进局子的，除此都在！为啥进去的？咋？把人家打残了，用啥打的？啥？用土枪！打哪里啦？打膝盖了！现在还有多少兄弟？啊，还有十五六个呐。是这样老弟，我们现在在船上，再过个把钟头就到江边了，到时候，你领着兄弟们到江边接接我们，东西不多，就两个破包裹。好咧，再见！

狗头听到这里，脸上露出一丝红润，裤裆夹得不那么紧了。

四

不害怕是假的。

船夫听了马六的电话，真就害怕了。其实，方才他心里已经合计好啦，如果这二位跟他真动了手脚，他就把船弄翻了，先把二位掀到水里，然后再做计较。他相信只要他们进了水，他对付他们还是有把握的。可是人家没动手脚，而是跟岸上通了电话……这就把他难住了。

他听得出来，那矮个子电话是有水分的，什么土枪，什么局子，都是唬人的事儿，可是，话说回来，就是把水分去一去，把十五六个人，打个对折，算成七八个人，也是怪可怕的呀！想想看，七八个人，齐刷刷地立在岸边，那是怎样的一种情形。现在船上就这两个人，他都无法对付，再加岸上这七八个人，一共就是十来个人，恐怕就得束手就擒了。俗话讲，好虎架不住一群狼，更何况他还不是什么好虎，对方也不一定就是狼。如果单从年龄、体力角度讲，说对方是好虎还差不多，人家毕竟都是二十多岁的人呐，二十多岁哪个不是身手矫健、动作灵利的。而他毕竟是扔下五十奔六十的人啦，虽说他还有着一把蛮力气，但是到了关键时候，老胳膊老腿是不顶硬的。还有一点就更加可怕，人家既然是来接应的，就绝不会空着手来，棍、棒、刀、叉或许还有什么土枪……用这些东西对付他个孤老头子，怕是凶多吉少，能留下性命就是万幸。但话还得这样讲，假如他怀里不揣着家中的积蓄，他是不会太在意的，就穷老头子一个，愿意抢就抢，愿意翻就翻，打脑袋脑袋硬，咬屁股屁股臭，就是把他浑身的每个旮旯都打扫一遍，也弄不出个钢板来，他们才不会理他呢！顶多是照他屁股踢上一脚，骂句滚蛋，就完事儿了。可是他怀里揣着家中的积蓄，这性命就不好说了，人家真从他身上翻出钱来，还会饶过他吗？还会消消停停放他走吗？不会的，绝对不会。就是傻子也不会那么干。不冲他，就冲那钱，也要对他下手的，绝不会留他个活口。留了活口，就等于留下后患。留后患的事情歹徒才不干呐！他们干事儿讲究个干净利落，不留尾巴！到最后，兴许连个完整尸首都不给他留下，不是碎尸万段，也得大卸八块。

事情到了这个份上，他感到有些悲哀，连蚂蚁、蚊子死了，还有个尸首呐，他却连个囫囵身子都留不下。他眼角猛然一下就酸了，像醋坛子倒在那里一样。辛辛苦苦快一辈子的人啦，怎么赶来赶去竟把死期赶到今日，死地赶到了船上，莫非这就是生有处，死有地嘛！想到这，酸酸的眼泪一下就把眸子包裹住了，亮晶晶的像镀了一层膜。他麻溜眨了两下眼睛，才算把泪水拦在眼眶里。

江水，悠悠地流着。白云，被风儿撕扯成了碎片，棉絮似的一缕一缕在他头顶上飘，有几丝仿佛被他坚硬的头发挂住了，就在小船上空缠绕。既然前方这样凶险，他干吗还要自投罗网上赶着送死呐。糊涂了，真是让对方把自己吓糊涂了，于是他右手加大了力量，一下一下推着船桨，不知不觉小船就画出一条弧线。当他再抬头望时，小船已进入茫茫芦苇荡……

五

当晚，老北江野渡便传来一个令人震惊的消息，又一艘渡船失踪了。于是就有了各式各样的传闻：

有人说，船客遭抢了……

有人说，船夫遭抢了……

还有人说，船客、船夫共同遭抢了……

……

六

第二天早晨，老北江人们却惊奇地发现，有三个浑身泥水的人从茫茫芦苇荡中推出一条船来。

苦　秋

神鼓敲了三遍，铡刀也挂过一回，梭子骨上留下一块紫黑紫黑的血痕泛着光亮，挂铡刀的铁丝就是从这骨头后穿下去的，随着他一颠颠地动，腰铃哗铃铃地响，血便顺着铁丝儿滋滋往外冒……

人们的呼吸全屏住了，只有小风摇动神龛下的烛火在微微轻颤，映得地上的红绿一明一暗。这是最后一道程序，大神赤着脚走向那烧红的锁链。

锁链是子火烧的，红得透明，不遇着棘手的病症，大神是不走锁链的！

他的脚在火花的噼啪声里踏上去，吓得人们麻溜闭上眼睛，发出一阵惊叫。待再睁开眼睛的时候，他竟无恙地走下锁链。

不要说大玉，就是围观的人都咧开了嘴巴，拿眼睛恭敬地看着他，仿佛真的神灵降临这里。

大玉立马就跪了，哧溜一下鼻子，脑袋就直直朝地上磕，抬眼望了一下大神，才说神仙你说，我得的到底是甚病，行个好，救我一回。

大神收拾着家什，腰铃还在身后哗铃铃地响。看看众人，说跟我来一趟吧！

大玉跟着大神来到房后背静处。大神说，当着众人面，你这病是开不得口的。

大玉就奇怪，说咋？

大神说，你这个光棍汉只因阳气太旺，走动不通，又被阴魂所冲，只得找个女人泄一回，方能得救。

大玉愣在那里，说啥？大神便又说了一遍。

大玉这回不惊了，说非得女人？

大神说，非得女人。

大玉哧溜下鼻子，颤颤地从兜里找出一张 50 元的票子递给大神。大神将票子对着月光照了一照，说别忘了，寻个女人。

咬子妻月儿喂完猪，便给猪捉虱子。她发现猪身上的虱子和猪一样，都长得肥砣砣的，溜圆，不像咬子身上的虱子精瘦。这种圆鼓鼓的虱子，用手挤起来声音也好听：啪！脆响。瘦虱子就不行，没声，顶多是噗的一响。这会儿，她捉到一个大虱子，谷壳一样大。她很高兴，放在碎缸片上，让它爬一爬，她不想马上把它挤死，马上挤死，声就没了。她正这么欣赏，身后传来一个声音：二嫂！

扭头一看是大玉，她麻溜站起来，柔柔地说快到屋快到屋，随后又蹲下身子，在缸片上挤了个响。

大玉也知道挤的是虱子，可他没心思看，踽踽进了屋，蔫蔫地坐在炕沿上。

见大玉这等样子，月儿便犯了合计，虽然依旧给他卷烟、点火，可心思却在别的事上。

打春这天早晨，屯里都烙饼，她家没烙。看着别的孩子手中的饼，她家孩子就馋，咻溜咻溜地流口水。大孩子流口水她倒不在意，只是见小五流出口水让她受不了，于是便借面，也烙饼。这下，几个孩子过了瘾，也不疯了也不闹了，就是吃！吃一阵，肚子有了底，老大就出了花样，说比赛吃饼，看谁吃得多，另外几个便积极响应。毕竟老大老二年龄大几岁，吃得就快，两个小的，尤其是老五，牙齿还没长齐整，吃得自然慢。可老五不甘落后，饼到嘴里嚼巴几下就咽，撑得小喉咙一鼓一鼓的。在第三张饼刚咽下，又去取第四张饼的时候，他肚子突然疼起来。她问怎么了，他也不答，只是捂着肚子哭。这下，咬子和她都慌了。咬子直说，偏烙饼偏烙饼，看看！她也不管，抱孩子裹块被子当晚就来到县城医院，大夫一检查，说肠梗阻，得马上手术，让她快些弄钱，否则……顿时她傻在那里，吃饼的面都是借的呢，哪来的钱？没有钱，就无法解决肠梗阻。她正在医院门前发呆，一眼看见来买化肥的大玉，立马眼泪便涌了出来，喊了一声大玉，就啜泣起来。大玉忙说，咋啦咋啦？她便把小五手术这事说了一遍。大玉咻溜几下鼻子，说我这300元钱先拿去吧，上秋还我就行。

看着大玉，她想起那钱。以为准是人家来要钱，不好意思张嘴，才那么窘窘地坐着。既是这样，自己何不把话挑明了，她便扮了笑脸，轻声地说，大玉你今天来，是不是有事？

大玉坐得正窘，听了月儿一问，心里吃了一惊，女人家咋这么厉害，心窝里的事情也能看得出。他红着脸说是有事。

月儿问：啥事？

大玉说，我病了。

病了？月儿便惶然起来，跟着就生出万分的歉疚，扰得心怦怦直跳。说来是早该还大玉的钱了，哪有让人上门讨债的道理。当时若没有人家那钱，小五的命兴许就没了。人家今天有了病，还能说啥！她便说，大玉，我明天卖猪，治病这事，可是耽搁不得。

大玉说，二嫂，我不是要钱的，我是来跟你商量个事。

得知大玉不是来要钱，而是商量事，月儿心里宽松了不少，狂跳的心也平静下来，说大玉啥事你说吧。

大玉说，大神说，我冲着阴魂了。

真的！月儿立时惊叫起来，阴魂缠人凶得很，弄不好会要命的，前屯的李大巴掌就是……

大玉的脸变白了，气也喘得紧，连说就是就是。

月儿说：那你是需要"破"呀还是需要"送"。

大玉说：那倒不需要，只是大神说……

大神说啥？

大神说……

大玉你今天怎么啦，说话咋这么拙。大神倒是说个啥？

大神说得找个女子冲冲。

对，治阴魂是得用女人。可是，月儿的话忽然停住了，停一下又接着说，可女人上哪去寻？

大玉的头越发低了，脸涨得紫红，面颊几乎挨着膝盖，半晌，头才缓缓抬起，眼睛依旧看着墙上那块泥皮：二嫂，我今天来……

月儿立马便僵在那里，身子如同泥塑一样。事情来得太突然了，做梦都不曾想到。她惶惶地说，大玉别说了。

不让大玉说，她内心更加纷乱。白白净净的脸忽地涌起一片桃红，眼角闪出两汪亮晶晶的湿润。理不清的思绪把她弄得非常茫然，只有用手刮着刚刚碾过虱子的红指甲，发着哧啦哧啦的声响。

见到月儿这般样子，大玉的心一下子提到嗓子眼儿，扑通扑通的跳声，听起来分外真切，仿佛身子也随着那跳声在抖动。他张了两下嘴，没发出一丝声音，感到口里苦得要命。他说二嫂，俺对不住你，权当没有这码事，我走！跟着就羞羞往起站。

来不及思索了，月儿直直地说，大玉，别走！今天这事我应你。不过，就这一回。说罢咔啦一声将房门划上。

咬子是从月儿的呕吐声里发现破绽的。

刚开始呕吐的时候，咬子并没在意，以为是月儿贪吃了东西才吐的，一个娘们儿也这么没出息。可是娘们儿吐了三次之后，他感到声音不对，不像是贪吃了东西，像是有了事情。一想到事情，他脑袋便轰的一声，感到不妙？一屁股坐在柴火堆上，就扳着指头算日子，算到后来，眼便呆了，牢牢看着灶前烧火的月儿，心里就一片凄惶。那会儿他正在甸子打草，整夜都搂着钐刀杆子在窝棚睡觉，娘们儿半个多月没有沾边。那么，这呕吐是从哪里来的？他忽地从柴火堆上蹦起来，黑着脸问媳妇，你倒是跟了谁？

月儿没想到咬子会这样细心，心里便有几分惊恐，但还是马马虎虎地说，还能跟谁，不就是你，之后就拼命地往灶坑里添柴，脑袋连平抬一下都不敢。

咬子便大声吼叫起来：不对，那会儿我在甸子上，不信，你算算！接着又扳起了手指头。

月儿不言语了，眼睛惶惶地看着他。

咬子说：你个犊子，倒是跟了谁？

月儿说：没跟谁。

咬子说：你说不说？

月儿含了泪，仍说没跟谁。

咬子刷的一声从炕席底抽出刀，直直顶在月儿的脖颈上：倒是跟了谁？

月儿就害怕了，供出了大玉。

大玉自从和月儿有了那番温存之后，病果然就好了。他除了感激大神的神道之外，内心里分外感激月儿，是月儿救了他，没有月儿，便没有他。每当这种感激之情袭上心头的时候，周身的血管都跟着沸腾，灼热得他几乎无法管束自己，非得寻个由头见见月儿，哪怕隔着篱笆觑上一眼也好。月儿见到他，情形就不同，像根本没有那宗事情一样，该说啥还说啥，连个多余的眼神儿都没有，弄得他更加佩服她：咋这本分，说一回就一回，多一回也不行。可今天月儿井台见了他，神情便不同，样子惶惶的，问他晚上有事没有？他喜得连说没有没有。她才说，没事就去我家吃晚饭吧！说完这句话，还未待他回答，就急急地走了。

月儿这一举动，让大玉兴奋了一个下午。

太阳刚刚下山的时候，他便叩响了月儿家的房门。

开门的是咬子，这让他大吃一惊。

咬子说：麻溜到屋麻溜到屋。

大玉就进了屋。

炕上放着一个旧式八仙桌子，桌上摆着几盘炒菜：炒土豆片、煎鸡蛋、腊肉炒白菜、茄子丝。

咬子说，里面坐里面坐。

大玉就甩掉鞋子，怯怯地坐到里边。觑了一眼咬子，心就有点跳，再一看外屋忙活的月儿，心又不那么跳了。

咬子见菜上齐了，便给大玉满了一杯酒，嘶哈一下牙花子说，大玉，今天请你没别个意思，是想谢承谢承你。春天的时候，我儿子开刀，多亏你了，若是没有你那300元钱，我那儿子早就没命了。客套话，咱不说了，来，干一杯。

大玉举杯和咬子碰一下，心里便舒缓了。刚进屋时的那丝惊惧随着这杯酒的饮尽也渐渐消散了。他觑了一眼月儿，见她在外屋正唰拉唰拉地刷锅，热气缠裹着脑袋，面目看不真切。他有些怜爱，说让二嫂和孩子们一块来呗！

咬子就笑了，冲着外屋喊，哎月儿，大玉让你过来呐！我看你就别忙活了，快过来吧！

月儿平平静静地出现在门口，脸色白白的，说你们哥俩喝，我还有活。

咬子说：哎呀，让你过来你就过来嘛！蛋头点活啥时干还不行。快过来，陪大玉一杯。

月儿用围裙擦擦手静静坐在咬子身旁。咬子赶忙将瓶子推给月儿，来，给大玉满一杯。

月儿拿着瓶子，呆呆看着往上翻滚的酒花，说"大玉悠点劲喝，来，我给你满上"。

大玉颤颤伸过酒杯。

咬子横了月儿一眼，说老娘们儿家懂个屁，两杯酒还没进去呢,怕个啥。人家大玉是半斤的量,知道吗？端起来，干一个大玉。

大玉便干了一个。

月牙偏西的时候，咬子便醉了，倒了一碗酒，颤颤端到大玉面前说：以（你）不喝了,揍（就）不厚（够）朋友！厚（够）朋友，揍（就）喝了。以（你）不喝，我揍（就）喝！说着端起酒碗。

人家这般诚实、爽快，大玉哪有不喝酒的理，接过酒碗，就仰脖干了进去。

这是地道的烧刀子酒，度数高，火劲大，酒花白亮。一碗下去豁然将胸口烫开一条热路，内里就燃起火焰一般，滚烫滚烫，向四处蔓延。须臾，大玉便飘忽了，开始还能勉强地支撑着，后来一头歪倒在炕上，睡了过去。

屋子又静了，只有马蹄表还在嘀嗒嘀嗒地走。

到了这般光景，咬子一纵身子，便忽地坐起来，脸上青虚虚看不出一丝醉意。眸子牢牢盯着大玉，现出一片杀机。他缓缓地解衣扣，手向怀里伸去，猝然拽出一片拖车弹簧，那是一截长方形钢板，咬动一下牙齿，将钢板徐徐举起。

你要干甚？月儿惊恐地问。

干甚！奶奶的，就干这！说罢，他手中的钢板实实向大玉脑瓢拍去。

或许因为钢板是平面着落，或许因为大玉脑壳特殊坚硬，或许……反正咬子这一拍，非但没有把大玉打瘫在那里，反倒一下子将他打得坐了起来，跟着酒便醒了，眼睛霎时明亮许多。他立马就明白了咬子的杀机，这之前深藏在心中的对咬子的那片歉意，已经消失得无影无踪，随之而来的，是猝然萌生的仇恨。这仇恨和那歉意相比要沉重着几倍，假若以前在情感上他欠着咬子，如今便是咬子欠着他。他一边向咬子扑去，一边高喊你要杀人！

咬子的身量比大玉矮着半截，力气更是无法相比。撕扯几下就被大玉压在身下，钢板也握在大玉手里。

这会儿，咬子的心才怯起来，他害怕大玉也给他来一钢板，便说大玉，我并不想杀你。

大玉说：娘的！还嘴硬，不想杀我用钢板。来，我让你尝尝。

咬子：别、别，大玉，咱们有事好商量。

大玉：咋商量，你说吧！咱们是公了私了！公了，我告你杀人。看看，脑袋还有包呐！私了，你小子说咋办吧？

咬子一听说要告他杀人，非常害怕。虽说大玉没被杀死，可是钢板和大玉头上的包就是证据。证据足了，人就是不死，他也要下笆篱子。便说，大玉咱就私了吧。

大玉说，怎么私了？

咬子说，咱这屋你相中什么，随便拿。

大玉听了就嘿嘿笑了，说你这破家，有啥可拿的，四个墙角都看得着。

咬子说：我那几个孩子，你看哪个好，就领过去养。

大玉说：我这忙活一张嘴都费劲，弄个孩子干屁。

咬子说：再就是月儿了。

大玉听了月儿，脸上杀气立时消散了一些，赶忙拿眼睛寻起来，这才发现月儿正在墙角处啜泣，目光一点亮色也没有，红嫩的鼻翅在一扇一扇地抽动。

月儿看见大玉在看她，便说还不麻溜放开他，有话起来说。

大玉说那好，你起来吧！

咬子瑟瑟地坐起来，说月儿可不能全给你，我这还有一家老小，得靠她。顶多分个初一十五。

大玉说：好，咱就初一十五。

有了那个夜晚之后，日子便流水一样向前蔓延开去：月儿十五前在咬子这里，十五后晚上便去找大玉。

月儿成了一轮月亮，在他们两人生活中起落着，将那初一十五的日子都照得明明亮亮。

事情就出在八月十五这个晚上。按说这晚上月儿该轮到大玉那里。可是咬子看着一家老小和桌上的月饼，就对月儿说，中秋节，一家人团圆的日子，一年也就这么一回，今晚就别过去了。

月儿：那大玉那边？

咬子：上工还有误工的时候，今天就当误工。

于是月儿便留下，咬子喜滋滋地喝了一盅酒，之后，唱了起来：

> 我要你一两星星二两月，
>
> 三两轻风四两白云，
>
> 冰溜子晒干要五两，
>
> 蚂蚁翅膀要半斤，
>
> 还要你泰山那么大的一块玉，
>
> 黄河那么长的一锭金。

咬子唱得正欢的时候，大玉那边也正等得急切。头两天他便托人在山外捎回 2 斤月饼，上午又进山摘了半筐山梨，备了几样山菜。天一放黑，他将这些东西一样一样放到桌上，等月儿。一直到月亮由黄转白升上中天，也不见月儿的影，他便慌了，以为月儿准是身子出了毛病，要不哪有误时辰的事儿。于是就携着 2 斤月饼来到咬子家。

咬子这会儿喝得正酣，见大玉进来，心中就暗淡起来，月儿毕竟是我家娘们儿，误你一个晚上都不行，他还竟有脸来找！谁家还没有个年和节，咋能这般欺侮人。又见大玉手中没了那钢板，而是 2 斤月饼，便放开了胆，硬硬地问，你来干什么？

大玉被他镇得一怔，说我来看看。将月饼放在桌子上。

咬子酒劲刚好上来，眸子愈发混浊，看着大玉便比往日矮了一截。大玉变矮，他说话的音量就变大了：看，看什么？

大玉脸红了，看看月儿。

不提月儿还好，提了月儿，咬子立马就光火起来，光棍子——一个，咋也欺人这样甚！媳妇让你一半还不知足，又撵上门来，得寸进尺了不是！今天若不给他点颜色看看，明天或许就搬过来住……想到此，将盅子墩到桌上，说看个啥，月儿是你的吗？

月儿是我老婆！

大玉说：可今天是十五。

咬子说：十五咋的！十五也不去。快滚蛋！

大玉自进了院子，见咬子一家团团围坐在那赏月，心里就不快。"滚蛋"两字在他耳边响起，一下子就燃起了他胸头的怒火，他纵身向咬子扑去。

咬子有了上次的经验，知道肉搏不是大玉的对手，一跨身便向院门奔去。跑到门旁，高喊大玉你这王八蛋，我今天告你。

大玉还要追逐，便被月儿拦住了，说你们知不知害羞，这么粗声大嗓地嚷什么！

大玉就喘着粗气，呆呆地看月亮，心里的滋味自己也说不清。

月儿眼里含了泪，看着大玉，说你咋这么不懂事，咋还过来吵架。大玉也不言语。月儿说消消气喝杯酒吧！

大玉便端起酒杯。

正这会儿，咬子领着村长、治保主任两人进来了。咬子指着大玉便说，你们看到了吧，就是他——这个王八犊子，霸占我老婆有一年了。我今天，就向村上告他，让他服法，进笆篱子。

村长从桌上拿起个酸梨咬了一口，咔嚓咔嚓地嚼，说大玉，他说的可是实情？

大玉放下酒盅点点头。

村长一惊，说大玉，那咱可犯法了，人家的媳妇，咋能霸！霸媳妇从古到今都违法。人犯了法，那是谁也保不了的。

治保主任说：大玉，那就跟我走吧。这个扣子先不给你戴了，量你小子也跑不哪去。

咬子说：他跑了和尚跑不了庙。

大玉便缓缓站起，说村长，月儿和我好不假，可是法我不能服。

3 人都一惊，问为啥？

大玉就将手瑟瑟伸进怀里，一忽儿掏出一张纸，递给村长，说这事我和咬子签了合同，看看，押都画了。有这合同，也违法？

村长接过合同看了一遍，脑门立时暗淡起来，不高兴地看了咬子一眼，说咬子整的啥屁事，都签了这合同，咋还找村上！

村长便将合同交给了大玉。

治保主任说：大玉，这东西好好放着，省着以后留罗乱。

大玉就嗯了一声，将合同牢牢地揣进怀里。

月亮升起来了，那白惨惨的月光仿佛拂动着窗棂，窸窸作响。大玉依旧搂上了月儿睡在月光里，心里却想，臭咬子，法都不懂，还要告状？之后轻蔑一笑，甜甜地睡去了。

窗外的月亮，依旧那般圆、亮。

窗棂上挂串红辣椒

那拨人进屋的时候，二婶正在扫地。随着她胳膊一弯一弯地摆动，笤帚篾儿便刮拂着地面刷啦刷啦响，灰尘就飞飞扬扬飘浮起来，从窗子斜射进的阳光映衬出万千个白点，仿佛是鲜活的跳蚤在空气中上下跳动，弄得人眼睛迷迷茫茫。

老太太停止了扫地，将衣袖抻扯抻扯，擦抹几下炕沿，便说：他二叔，你们快坐。烟笸箩便拽过来。

被唤做他二叔的是村长，脑门暗暗的。把炕沿让给另外几个人，兀自蹲在了墙根处，哧啦哧啦卷烟；一会儿，红鲜鲜的舌头沿纸边一舔，指甲顺着牙缝抠出些许黏物，轻轻将烟卷拢。磕磕绊绊地问：那啥，顶子呐？

二婶：下甸子打草去啦。

村长：啥时走的？

二婶：小半个月啦。

村长：回来过没？

二婶：没。

村长吸溜一下鼻子，二婶，还不知道吧，顶子出事了。

二婶就一惊：出了啥事？

村长：杀人啦顶子。这不，官家正寻他呐！

啥！老太太便呆在那里，眼睛就直直地看着炕沿上几个人。她这才看个清楚，来人不是本地的，都是公家人打扮，还有一个戴着大盖帽，再仔细看去，才发现他们已经带了绑绳和黑亮亮的枪。立马她心一颤动，眼仁就朝上翻过去。一丝透明鲜亮的涎水顺着嘴角飘落出来，在空中荡漾一下，随之就打湿了她黑土布的前襟，人便跟着向门框斜过去。炕沿上的几个人惊恐地奔了过去，将老太太放到炕上。

村长也麻溜站起，在缸沿上哧哧磨了几下指甲，磨出几分锋利来。就来到老太太面前，边用那锋利的指甲揑着人中，边唤着二婶二婶。

一会儿，老太太的鼻下就出现两弯月牙状的血痕，村长缓手的当儿，她鼻翅便煽动一下，睫毛就眨动起来，翻转的眸子这才归了原位，依旧是愣愣向上看着。

警察：老人家你先平静一下。

村长：二婶，你看你啥个身板还不知道，上甚火，说来都是该着的事。半年前徐瞎子算卦时就说顶子有凶运。这不，应了。顶子这么本分的孩子，敢杀人，这不邪了是啥！话又说回来，顶子既是杀了人，就不是原先的顶子了，那便是犯了王法。犯了王法的顶子你还伤心个甚。麻溜缓缓，人家公安局还有事情跟你说。

老太太眸子这才转了一轮，一汪亮亮的湿润便映在里面。

看着老太太有了活气，警察就轻轻一笑，说老人家，你的心情我们是理解的，但是儿子杀了人，犯了罪，如今又跑掉了。这，国法是不能容的。我们希望你控制住感情，配合我们来抓凶犯。否则，比如说包庇儿子，袒护儿子，那样您老人家也有罪了，按我们的经验，你的儿子还会回家来的。那时你必须报告我们。

顶子真若是回家，你可得说呀，村长眼睛觑觑着，冲着她说，要不，那叫什么了，对，叫窝藏。二婶，咱可不能糊涂啊。

她痴痴点着头，两行老泪就缓缓漫入面颊的褶皱，在沟沟岔岔里恣意流淌，一会儿，整个面庞已经全是泪水了，闪着亮晶晶的光芒。

警察拿出手帕轻轻为她揩拭下泪，心头掠过一丝酸涩。于是就衔着烟在地上徘徊起来。没办法，他没有太多的时候去安慰她了，他还在仔细谋划着怎样抓到她的儿子。他最费思索的是：她儿子若回来，她怎么告诉我们呐？烟雾从他的鼻孔里徐徐喷出，丝丝缕缕在他头顶缠绕，他猝然发现了粮囤上那串红辣椒，眼睛立时闪出光亮，便指红辣椒说，对，就用它，老人家，他若是回来，你就将这串红辣椒挂到窗户上。

二婶，听明白了吗，就挂那辣椒。她又痴痴点点头，看了一眼红辣椒。

小庙就耸立在村头。

小庙是用青砖垒砌的，黄土做的泥口，靠近地面的地方，抹了一层大羊角碱泥。如今碱泥早已剥落，长出一丛一丛的荒草，没长草的地方，就泛着一片白茸茸的碱花，只有那清虚虚的神龛上还存留着几缕香灰和几节弯弯曲曲黑白参半的鸟粪。

老太太就是在神龛前跪下的，她开始拜了三拜，之后就簌簌从怀里掏出黄香，一炷一炷点燃。当三炷香都飘起蓝幽幽的烟雾时，老太太看着香火，已是满眼泪水了。

她缓缓地抬起胳膊，将两片手掌在胸前合拢一起，头略微低垂了一下，随之就为顶子祷告起来：

神灵，大恩大德的神灵，都是我前世作了孽，今生才生了这孽障。原本想有个养老送终的，死那会儿，也好有人披麻戴孝摔丧盆子的，谁承想，这孽障竟吃了豹子胆，动刀杀人。我知道，杀人是要遭报应的，天不报地报，地不报，车前马后也是躲不过的。神灵，看在我一头白发的面上，看在我那早死老鬼的面上，只求你开一次恩，饶了小孽障……他还小，一朵花还没开。一切罪过都由我来担，就是天打五雷轰，我也认，再不就让我下辈子变驴变马，托生到他家。神灵呀，只求你给小孽障一条生路，让他逃得远远的，就是到了天边也行，保佑他千万不要回村，不要回家，局子人正琢磨着捕他呐。求神灵，再替我转告他，让他千万不要挂记我，我好歹都能活，只要他有个安稳就行。

默念到此，额头就向地面碰去。忽听得香头"啪"的一响，爆出一束火花，她立刻觉得有了感应，连忙又碰了几个头，弄得额头沾满了灰土、草屑，才缓缓抬起头来，心里依旧想着顶子。

顶子伏在高粱地垄沟里，脸都成了高粱叶子色，可是心还是那么嗵嗵跳，几乎一闭眼睛就能浮现出那血流如注的脖子，听到骨头断裂的声音。事情来得太突兀了，突兀得他只有逃到高粱地之后才想起后悔，悔自己不该为那屁大的事而冲动，悔自己冲动时不该抢那镰刀。抢镰刀是闹着玩的吗！可现在一切都晚了。战战兢兢挨了 3 天，吃喝现在全成了问题，一顿两顿吃点高粱穗还可以，3 顿以后拉出的屎来全都是硬撅撅的高粱壳子，挂着鲜血；喝的就只能是垄沟里的水，苦涩涩的，发着腥臭。最讨厌的是那垄上的风，哗啦哗啦吹得叶子直响，仿佛有无数个脚步向他走来，把他弄得一惊一乍的，心老是抖抖地朝着一块缩。真是不敢想，犯个啥罪不好，哪怕是偷呐盗呐都有个缓。偏偏是这杀人，杀了人自己还能活吗！欠债还钱，杀人偿命，天底下谁个不知道……

这样恓恓惶惶过了 3 天，渐渐的，他又不怕了，心想，事情既然出来了，怕有个屁用，发昏当不了死，只有想办法逃出去才是，否则在这里，不憋死才怪。

可是一想到出逃，他又茫然了。天下这么大，地面这么广，可又往哪里逃？抬眼看去，只见高粱秆间挂了一张硕大的蜘蛛网，网上粘了一只绿微微的小虫，小虫在不停挣扎、蠕动，可是并没有挪出原来的地方，依旧牢牢地粘在那。

他拾起根草棍，怜悯地将小虫从蜘蛛网上挑了下来。之后，就在地上画个"十"字，标出东南西北 4 个方位。接着，从兜里掏出一枚硬币，在"十"字上面连抛了 3 次。一下子眼睛就亮了，就像刚刚被拯救的绿虫一样，立时活泛起来。他觉得这是天意，要不，硬币怎么会 3 次都落到北的方位上。可是北的方位具体起来，又是哪里呢，高粱地北是村，村北是乡，乡北是县，县北是哪他就不大知道了……想到这儿兀自笑了，一个出逃的人，又不是出差，干吗想得那么仔细，只能是走一步说一步，走到哪里算哪里。可是，不管去哪里，在要走之前，他要回家看一眼老娘。于是他便站起身子，用衣襟擦拭一下脸上的污垢，刚要迈动脚步，就传来一阵刷啦刷啦的脚步声，立马他吓得蹲在那里，头发根直直竖立起来，像喷撒了胡椒粉一样，麻酥酥地发辣，一股热尿不受遮挡地排出体外,裤裆迅速就洇出一片水来。他以为自己这回完了，准是给人发现了，包围了，若那样，他这一百多斤，就没啥戏了。他撩起眼皮儿，悄悄向外看去，禁不住一下乐得喊了起来，大黄。跟着眼泪就下来了。

大黄摇着尾巴，一下子扑到了他的怀里，于是，他抱着大黄，就和他滚了起来。

大黄，你好吗？

大黄，你想我吗？

大黄，我娘怎么样？

……

大黄没有回答他，用它茸茸的毛蹭着他的脚，用它柔软的红舌头，呱嗒呱嗒舔着他的脸颊。他脸上的污垢一丝一丝被舔净了，他脸上的泪水一丝一丝又被舔了出来。当星星出来之后，他才踽踽地走出高粱地。

老太太把家里仅有的二十几斤白面都烙成单饼，然后就一张一张地折叠，用纸包好，一沓一沓塞进帆布口袋里。又包了2斤盐巴，塞在缝隙处。她早已谋算好啦，顶子若回来，就让他把饼背走，先躲进小南山的石洞里，稳稳过个十天半月的，看看风声，她再想办法。她相信，办法总会有的。记得，她刚10岁那会儿，还扎着羊角辫呐，就给八路军伤病员往那山洞里送过饭，想想那会儿她都从没断过伤病员的一顿饭。如今，为了儿子，她还会没有办法？

小风轻轻拍打着窗棂，蟋蟀在墙角嘟嘟地叫，老太太迷迷瞪瞪刚要闩门的当儿，突然间，门吱呀一声开了，顶子站在了她的前面。她几乎不敢相信自己的眼睛，使劲眨动几下，站在面前的的确是顶子。

娘，顶子憨憨地叫一声。

老太太眼泪马上就下来了。

娘，快给我点吃的。

老太太就把口袋搬到了他的面前，说这里有饼，你吃吧，我再给你煎俩鸡蛋。

顶子狼吞虎咽地吃着饼和热气腾腾的鸡蛋，眼睛贼溜溜地寻觑着，待最后一口食物从喉咙处咕噜一声咽下之后，他才急急地说，娘，我看你一眼就得走了，有没有钱啥的，给我准备点。

老太太赶忙把裤腰拽开，从里面掏出厚厚的一沓钱，递给顶子，说，就这些了，都拿着吧。顶子，你要去哪里。

娘，这你就不要管了。

顶子，我说你把饼带上，到小南山的石洞里躲躲。

娘，你就别管我了，我这一走，是死是活，真的不好说，啥年岁能见到你，也都不敢想。娘，只求你自己保重啦！

顶子，老太太整个抖动起来，亮亮的泪珠向脸颊处滚动。

娘，还有一事，把咱家那把刀给我。

老太太抹了眼泪，愣了，说干啥。

顶子咬了嘴唇说，娘，我手头怎么也得有个应手的家伙呀，要不，你想想，真有谁，抓我捕我怎么办。

啥？老太太倒吸了一口冷气。

顶子：娘，我现在已经想好，谁真若是抓我逮我，我已没有别的路了，就得拼了，反正我已是有人命的人啦，杀一个够本，杀俩，赚一个。

轰的一声，老太太就觉得脑袋像被谁猛然击打了一样，眼前金光四射，她做梦也想不到，她身上掉下的肉——顶子，如今变得这般可怕了，她颤颤地向前走了一步。

娘，快快给我取刀来。

好好，老太太应允着他，她自己也不清楚为啥，却把那串红辣椒挂在了窗户上。

当顶子第三次催促娘取刀的时候，警察已出现在他面前。

顶子是在两个月之后被执行死刑的。

顶子死的那天，老太太表现出了少有的平静，依旧像平日一样做着家事，扫地抱柴，喂着家畜。只是临近傍晚的时候，又将屋子收拾了一番，将那挂红辣椒的窗户擦拭一番。

第二天，村人们路过顶子家时，猝然发现，老太太已经上吊了，就吊死在当初挂红辣椒的地方。

野　地

野　地

　　白天炒黄豆吃得太多了，又呛了几口风，半夜里，队长肚子便有了响动。开始只是小面积的鼓动，骨碌骨碌地响，后来，整个肚子都连通一气，响声由上向下走，走到最后，便"嘭"的一响，顺便崩出几颗屎星儿，臭得连自己都抹不开闻。到后来，他可是无论如何也挺不住了，刺棱一下钻出被窝，披着衣服来到当院，找个背静处蹲了下来，随着前面一条白亮亮水线的射出，眨眼间肚子里便泻得一空了。

　　肚子里没了负担，队长才有心思欣赏一下夜色。这夜色，的确不错，不黑，也不灰，蓝格莹莹的；月亮，滴溜圆地挂在村头；光，青虚虚的。把目光从村头收回，移到脚下，找棍。月光，咋也不如阳光，啥也看不清，没办法，只好用手在地上划拉一下，捡起块苞米瓤子，在那儿蹭巴一下，麻溜往起站。就在站起来那工夫，忽然看见了前院那黑乎乎的矮房子，也就顺便想起了矮房子里的她。

队里所有的男劳力都让他打发到甸子上打秋草去了。她爷们儿福来子也去了，家里这些二线妇女就由他领着干活。领着这些人干活，他觉得贼舒服，不但这些娘们儿身上的味道比男的好闻，和她们开个玩笑也过瘾。说说笑笑不算，摸个一把两把的事也常有。可是被摸的娘们儿是从不示弱的，不是把他按倒了，朝他嘴里挤奶，就是几个人一齐来间他的"苗"……干这些事儿的时候，她从不参与，只是躲在一旁偷偷地笑。越是不参与，越是偷偷地笑，他越感到她的神秘、越感到她有点儿那个……他试着逗她几回，她却只是笑笑，而不还嘴，他还想进一步，可是别的娘们儿早就不让了："你逗人家老实人干啥，有尿跟我们来。"于是他便没了办法。今天下午薅草的时候，她落了后，他帮她薅了几把，她极感激地看了他一眼。这一眼，他可是无论如何也受不了啦，心里热乎燎的，老好像有什么东西在抓挠，镇静了半宿还不行，一想起那眼睛，心就蹦……

又看了一眼矮房子，仿佛有点儿按捺不住，他二返脚进屋穿了裤子，就走。

"五更半夜的，往哪臊拉？"婆娘揉了揉睡眼。

"臊拉，你说往哪臊拉？"队长有点儿不高兴："队里劳力都下甸子啦，仓库什么的，我不得溜溜。老娘们儿家家的，少管闲事儿。"哐啷一声摔上门，走了。

翻过两道插着树枝的墙头，穿过一挂障子，就是矮房子了。这房子着实的破旧，厚厚的秫秸檐子，干打垒的土墙，墙的泥皮脱落了不少，露出一撮一撮的麦秸。窗户上面没有玻璃，除了少量地方遮着块塑料布、窗户纸，剩下的地方，便用一块熏得糊巴烂啃的大盖帘子挡着。

他来到窗前，停了停，伸手敲敲那盖帘儿。

"谁！"那女人显然是被吓醒了，声音有点儿急。

"我。"队长答。

听出了外面人说话的语声，里面的声音又像白天一样柔了："有事吗？"

队长立时激动了，连声说，"有，有。"

"啥事？"

"把门开开。"

里面不再吱声了，半晌才送出一句，"他二哥，天这么晚了，有啥事儿明天再说。"

"不能明天，就得现在。"

"他二哥，那你说吧。"

"我，我，"队长不知道说啥好了，眼睛盯着盖帘子嘴唇有点抖动，"你还是把门开开。"

"不……"。

"不开开。"

这一下队长不知说啥好了，在窗前走了几步，猛然间想起了开春时福来子交的那份入党申请，便朝里面说："哎，说真格的，你家福来子那申请我早就收到了，还在我抽屉呐，你若是把门开个缝，咱们商量一下，上秋的时候，让他填个表。一点儿不跟你赖玄，这路事儿，就我一句话，咱屯子这些党员不都是我鼓捣进去的，中吗？"

里面静静的，一点儿声音也没有。

"哎，说话呀。"不等里面吱声，队长自己又接上了，"那样行不行，赶明儿个大队公社再要什么妇女典型，我就让你当，那差事，不但轻巧，白挣分，还能上县里逛逛，就你这脸面、腰条，到了县上，谁个能比，你说行吗？"

里面静静的，依旧一点声音也没有。

终于没了办法，队长手扶盖帘儿低着头。女人，真是个谜。

他这么想着，就去兜里掏烟。巧的是烟没摸着，却摸到了那10元钱和7尺布票（钱和布票是队里准备购置学大寨锦旗的），他眼睛霎时一亮，转身来到秫秸垛前，抽了根秫秸，嘎巴，将顶端咬裂条缝，就把钱、布票夹上了，慢慢来到窗前，伸手拽掉一团棉花套，秫秸棍儿便颤颤巍巍伸了进去。

屋里，一忽亮起一根火柴，悄悄地移向秫秸顶端，在那停了片刻就灭了，猛听得咔嚓一响，队长再抽出秫秸，顶端那节已不见了，只剩下个齐整整的新茬。

队长正在疑惑的空儿，那扇门吱啦一声便开了，他一头扑了进去……

第二天，干活的时候，队长显得特别乏，那些娘们儿都逗他，说是不是又跟老婆扯事儿了。他脸便忽地红了，极快地扫了她一眼，气愤地说："少扯淡，干活。"于是人们都干活了。

以后，打洋草的回来了……

以后，天头越来越凉了……

有一天，人们忽然发现福来子添了一件新衣裳，都挺羡慕，都夸他娘们儿会过日子。他自己也夸：

"我那娘们儿没比。"

冬　别

草末子、碎马粪什么的塞了一馕洞子。火，从里往外一点点的滋润，小半夜的时候，刚刚着透，溢出来的光，红亮亮的，把当屋地上的尿罐子、酸菜缸、粮食囤子都照得通亮。

炕，贼热。光着身子睡在炕席上，屁股、脊背这溜地方，就仿佛有无数个针尖朝皮肉里扎一样，热乎燎地疼。尽管这样，瘸子还是一动不动。他紧紧咬着牙根儿，脸憋得黢紫。他在挺，为的是不惊动他俩。

他俩也睡在这铺炕上，娘们儿挨着他，隔着娘们儿就是那拉帮套的汉子。这会儿，他敢断定，他俩谁也没睡。一个炕上滚这些年了，他极熟悉他俩。若是真睡着了，决不会这么消停，那汉子鼾声响得很，站在窗外都能听见，娘们儿倒是不打鼾，可是手脚决不老实，尤其炕热的时候，被子早蹬光了……越是印证自己判断的正确，瘸子越不想动。他要让他俩相信他真的睡着了，那样，他想，他俩一定会来上一把，若不，这小半夜还能不睡，为的啥呀。

汉子动了一下。他明白，准是要干事了，可是仔细听听响声又没了。拿眼睛余光朝那面扫一下，汉子身子冲了墙，他有点儿不佩服汉子了。平日里,刚一熄灯,就急着朝娘们儿身上扑，娘们儿三把两把也推不下来，干起事来，谁都能听得见，他也不在乎。今天这是怎么了？

汉子来他家多少年了，他着实有点儿记不清了，只记得汉子当时壮得很，像一头牛，脸上的褶子也没有这么多。那会儿，他的腿已经砸坏了，只能凭搓麻绳挣3厘谷子的分养活着全家……队长看不下去了，便给搭了线，汉子就来了。来的那天，汉子羞得很，非要和孩子们睡西屋，队长急了：

"靠，都到家了，还外道个啥。"说着把他的行李扔娘们儿行李旁边，看了瘸子一眼，说，"是吧？"

他点点头，说是。

从那时起，他们便在一块儿生活了，汉子下地，娘们儿做饭，他搓绳……日子就像他搓的绳子一样，弯弯曲曲地过来了，孩子已经长大了。明天汉子就要走了……

一想起汉子就要离开这儿，就要回到那座孤零零的小窝棚里，他有点儿不是滋味儿。

火，还在烧着，可是不及方才旺了，草梗、草叶什么的，还在一闪一闪地发着红光。

汉子翻了个身，胳膊伸进衣兜里摸，半晌，拿出根烟袋，回身从馕洞子里挑出一点火，吧嗒着。

娘们儿依旧没动，头发顺枕头披散下来。瘸子实在受不了啦，挪动了一下。

听见响动，汉子把烟袋隔着女人递了过来："抽袋烟吧。"

"不抽，不抽。"说着瘸子极费劲地撑起身子。刚好这会儿洞子里的火光又是一闪，他忽然发现，娘们儿的脸已经全部是泪水了。他感到有点儿对不住他们了，应该让他们真正地过一次夫妻……他忽地坐了起来。

"要干啥，我替你来。"汉子说。

瘸子脸红了，连忙扯谎说，"我得解个手。"说着穿好了衣服、裤子，拿起拐杖，咯噔咯噔地向门外走去。

门外正是鬼龇牙那会儿，天嘎巴嘎巴地冷，拄着拐杖来到社房子的时候，老更倌刚从外面撒尿回来：

"我靠，这么晚了，来干啥。"

"家来人了，我想找个宿。"

"都啥时候了。那快上炕吧。"于是瘸子就上炕了。

第二天，瘸子老早就起来了，从圈里牵出两头牛套上，双手从草垛上抱了一抱洋草，铺到车箱里，才拄着拐杖上了车，向家门赶来。到了家门，他极兴奋地下了车，一拐一拐进了院，开了外屋门，他就喊：

"麻溜做饭，麻溜做饭。"

喊了两遍，没人应承。进得屋来，朝炕上一看，汉子、行李都不在了。

"哎，他哪？"他问娘们儿。

"走啦。"

"走啦？"

"走啦。"

拄着拐杖，他静静地站在那里。

看　地

他还是李小四那会儿，就张罗说媳妇，一直到了李老四的时候，媳妇也没有说成。到了这等岁数，还没尝到女人的滋味，老四感到没了希望，穿戴也不抵从前利索了，脸也不大洗了，有时就是拉完屎，都没心思正经揩腚，就那么在地上划拉一下，或是土坷垃或是砖头，横竖在哪蹭巴一下，便完事。只是到了晚上，他才有几分精神，因为夜间的梦境比白天滋润得多：不是张家的丫头钻进了他的被窝，就是李家的妹子压在了他身下……多半早晨醒来的时候，裤裆都要湿上一大片。夜里常有这种勾当，他身上越发虚了，白天干活自然透着乏。队长见他这般情景，心里很同情，分派活的时候，轻活都给他，到了立秋那会，他便看地了。

看地这活，极对老四的心思，每天除了夹着镰刀在地里晃荡两趟，撵撵狗、轰轰鸡，就没旁的事儿了，余下的工夫，除了烧点儿苞米，烧点儿黄豆之外，便能看唱本。早年间的唱本，都是些耳鬓厮磨、男女交媾之事……老四觉得极过瘾，专找花花地方看，人家书上调情，他也跟着调情，人家书上寻欢，他也跟着寻欢，人家早完了事，他却激动得裤裆里硬出一截……那工夫，就是马进地、牛吃庄稼，他也全然不知，为这事，队长训过他：

"李老四，干啥呀，这么看地，牲口进地都不知道。"

他不吱声。

"靠，你是看书呀，是看地呐，得了，书，给我吧。"

他舍不得。

"给不给，不给明天就别看地了。"

于是，他眼中挂着泪。把书拿了出来，"那你先拿着吧，人家还有两段没看完呢。"

队长笑了，把书揣进怀里。

没了书，老四比以前腿勤快了，没事的时候，便夹着镰刀，靴跶靴跶蹓跶地。

有一天，老四看地来到北洼子，忽听得地里"唰啦唰啦"苞叶响，他便紧张，赶忙把身子蹲下来，看，不远处，有一娘们儿正掰苞米，边掰边朝菜筐里塞，看到这，老四气愤了，娘的，娘们儿也敢来熊俺。他两脚一跺，就喊："站住！"

那娘们儿吓得妈呀一声，手中苞米落了地。转身定睛看是他，脸上立时绽出笑：

"妈亲呀，我当是谁呢，老四呀。"

老四咋的，老四不是人吗？他恼怒，极不愉快地用镰刀指指地上的几穗苞米："把它拿着，上大队。"

听说上大队，娘们儿倒是有些惊慌。前天队上开的会，对今年护秋有了新规定，偷一穗苞米，罚100分，偷两穗罚200分，三穗以上，不但罚分，还要串屯子游街。可是一想是老四看地，便笑了，"有啥大不了的，值得上大队，苞米给你留下就完了呗。"说着挎起菜筐就要走。

"放那儿。"老四脸依旧阴着。前几天，马进地都把话本没收了，今天若把这娘们儿放了，明天非把他拿下不可，不能放，接着还说上大队。

"死老四，拉倒吧。"她说着转身朝外走。

见她一走，老四急了，喊一声站住，伸手就去拽。那娘们儿衣裳早就有些糟烂，再加上老四用力过大，就听嘣的一声，当襟的三个扣子都断了线，衣服大襟就手便开了，那对白坨坨的东西露了出来。

"呀"的一声老四怔了，要说在话本上这东西老四见得多了，可是像这样活脱脱地摆在眼前还是第一次，他眼睛牢牢地盯着那儿，心突突地跳，嘴唇哆嗦一下，"他、他二嫂，反正没别人，我看私了吧？"

那娘们儿一把用手掩住怀："咋个私了？"

老四脸涨得通红，四外撒目一下，"嘿嘿，私了，就是咱俩好一把。"

"什么？"娘们儿声音有点颤，"你个缺大德的，我是宋二的。"

"都……"

老四一下没了词，"那就跟我上大队，公了。"

"上就上，还能咋的！

"咋也不咋的，就是罚分。"

"罚分……"那娘们儿语声有点儿软，眨着眼睛一劲看老四……

这块苞米地，长得真好，绿油油的叶子，像一块屏幕，小风一吹，哗啦哗啦响，几只觅食的小鸟，叽叽喳喳地叫着，在苞米蓼上突噜突噜地飞。

见到这般情景，老四觉得世界上最好的女人就是她了，她最美、最迷人，离她最近，比起梦中和话本上的女人强得多，实惠得多。此刻，老四再也控制不住自己了，镰刀一扔，猛地扑了上去……

一阵疯狂之后，老四呼哧带喘地站起来，傻呆呆地看着她，边系裤子边说：

"他二嫂，这几穗苞米拿着吧，回去给孩子吃。"

她没吱声。

"拿着吧，噢。"他一手提着裤子，一手去捡苞米。

"少虚头。"娘们儿的声音比方才硬多了，"姓李的，你这老轱辘棒子把我忙乎了，按着你方才的讲究，你说，公了私了吧？"

"嘿嘿，"老四笑了，"别整景了，刹棱回去吧。"

咔嚓一声，娘们儿顺手撅折了一根苞米秸子，边嚼甜边说，"竟想美事，完事就拉倒了，说明白的，咋整吧？"

老四有点儿慌，"你说咋整吧？"

"咋整，上局子告你！"

"啊！"老四脸上的笑影一点儿也没有了，"可别介。"

"呸！"她吐出一口甜沫子，"再不，就给我100元钱。"

"100元钱？"老四眼里见了泪，"我手头没有啊。"

"实在没有，那就给我1000分吧。"

"中。"老四擦了一把泪，跟着就说1000分。

太阳将近落山的时候，老四、娘们儿他们二人一起走出了北洼子。快到屯子边的时候，老四看了一眼娘们儿挎的筐，悄声地说，"那儿快用菜盖严了，让别人看见就完蛋了。"

于是二嫂抓起一把菜重新盖盖。

以后的日子便平淡了，老四依旧看地，二嫂依旧挖菜，偶尔二人见面，还像过去一样。

　　只是上秋快分红的时候，老四找到了会计，说："会计，把我账上分过给宋二家 1000。"

　　"咋回事儿？"会计问。

　　"没啥事儿。"老四答。

　　"那是干啥，你这里准保有点儿勾当。"

　　"没有。"

　　"真的？"

　　"真的。"

　　于是，会计就从老四帐上划走 1000 分，给了宋二。

乡村寓言

农夫宝栓得了绝症，怕是没啥指望了，走起路来，腿前后打摽儿不说，连带着身子都晃晃悠悠。医生暗里和家属做了交代，说喜欢吃点儿啥就吃点儿啥吧，后事该预备就预备着，别到了紧要的时候抓瞎。

宝栓对自己也没了希望：针也不打了，药也不吃了，每天就在屋里死囚着，顶多是傍晌那会儿，趔趔勾勾从屋里出来，嚓啦嚓啦，挪着碎步来到村头的小庙旁，寻个阳光充足的地方，蹲一会儿，晒晒。

这一天，他刚刚在小庙墙根处蹲下来，脑袋还没扬起，便听得旁边的雪堆处嚓啦一响。他扭过头去，愣住了，耶，竟是一条尺把长的小蛇：黄地儿，黑花，亮亮的脑门上沾了不少雪面子。蹊跷了不是，这季节还能见到这东西？这么想着就从地上拾起根树条，轻轻触碰了一下，噫，它竟吃力地弯了下身子。宝栓心一下就热了，怎么，它还活着？于是他兴奋地把它拾起，缓缓放进袖筒里。

袖筒里，已经挂满了汗泥，又被光杆胳膊磨来磨去，上面就闪出一块块油亮，只有褶皱的地方，才现着衣里本色。本来小风硬硬地吹来，就有些凉意，又好端端放进一条冻蛇来，寒气就愈发重了。

要说一点顾虑没有，那是瞎扯，宝栓将蛇放进袖筒的瞬间，他着实犹豫了一下，蛇咬人，哪个不晓得！休说宝栓，怕是3岁的孩子也知道，况且他从小就生在山里，长在山里，蛇的秉性清楚着哩。再说了，《农夫和蛇的故事》上一年级那会儿，老师就讲过。老师说，冻僵的蛇是怜惜不得的，救了它，缓过来是要咬人的，人被咬了，是要中毒的，中了毒，是要死人的……这么凶凶险险的事情，哪有不犹豫的，都犹豫。但是宝栓也仅仅就犹豫那么一下子，立马就坚定了。也是，一个都快要死的人了，还犹豫个啥呀！蛇咬他，是个死，不咬他，也是个死，前后两个死，拿过来比一比，实在看不出是个啥差别，怕是背着抱着一样沉的，于是他就坦然了。

袖筒里的蛇遇到了温暖，渐渐苏醒过来，有点像从梦里醒来一样。对它来说，真的是一场噩梦哟。本来，它出生在武夷山的密林里，日子蛮逍遥的，每日除了领略青山、溪水，再就是在草地上懒懒地晒太阳。倒霉的是那天晒着太阳忽然打了个盹儿，就是这该死的盹儿，使自己变成了捕蛇人手中的猎物。于是，厄运便接踵而来：先是被装进编织袋子运到山下，接着，刺拉刺拉，冷水一顿冲洗，被装进木箱，木箱上了汽车，轰隆轰隆，跑了3天，来到东北一个城市，正当它懵懵懂懂的时候，突然被卸下汽车，咣当一声，被扔进了酒店的玻璃槽子里，于是，它明白了自己的境况。来到酒店的第二天，也就是一个同伴被掌刀师傅拎着脖子去了后厨的时候，机会来了，玻璃槽上方挡板出现了缝隙。正是利用这缝隙，它跑了出来。它先是跑到了城郊，后来又跑到乡村，当它跑到村头小庙的时候，它给冻得昏厥过去。

现在它终于醒了过来，睁眼看了看四周，心里竟犯了嘀咕，这是个啥地方啊！黑洞洞不说，怎么老有一股酸唧唧的汗泥味，仔细一观察，才弄明白，这里竟是一个挂满泥垢的袖筒，那动来动去的东西，不是别的什么，好像就是人的胳膊……立马它便紧张起来了，觉得厄运又要来临，或许又要被抓回扔进玻璃缸里。于是便连忙扭动一下身子，想给逃跑做个准备。不动还好，这一动，才感到身子已经饿得没了丁点儿力气，像一截软塌塌被水泡了 3 天的麻绳□略微喘息了一下，它平静下来。当下最紧要的事情，就是要寻觅到一点东西吃。只要吃了东西，就能恢复体力，只有恢复体力，才能逃出这里。可是寻觅了一圈儿，除了袖筒上一块一块黑黑的泥垢，别的，没有什么东西。于是，它沮丧地闭上了眼睛。可是，当它再一次睁开眼睛的时候，第一眼便看到了宝栓胳膊上面蓝幽幽凸起的血管，那血管像蚯蚓一样，仿佛正徐徐爬动……几乎没容多想，它一口便咬向蚯蚓。

突然遇到蛇的袭击，宝栓胳膊猛然抖动一下，像有钢针刺进骨缝里一样疼痛。一咬牙，急忙用手捂住了胳膊，顺势倚在了村口一棵老树上，身子缓缓蹲了下来。到了这时，他心里生出几分懊悔，悔自己不该发这份善心，不该救这个害人的东西。狗拿耗子——管闲事了不是！

伤口的血，咝咝向外浸出，洇湿了袄里，到了后来，袖口的外边，都有些湿润了。

渐渐，随着胳膊的一丝丝麻木，宝栓的心思逐渐有了转变。他想，真若是被蛇咬上一口，能迅速地了却自己，岂不是一件天大的好事！

自得这病，罪真的没少遭，打针打得胳膊像熰了血一样，青一块紫一块的，密密麻麻的针眼如同筛子眼儿一般。药，吃得更是没了边，有时一碗药下去，肠子像断了一样疼，只有在炕上咕噜咕噜打滚儿来缓解。有时一碗药下去，就几天拉不出屎来，干巴巴蹲在茅房里，一蹲就是个把钟头，膝盖蹲得折了一样不说，拉出的屎球，硬邦邦的如同石子一样坚硬。最可怕的，要数化疗和放疗了，化疗的时候，就像有什么东西伸进五脏六腑，上上下下左左右右搅动，搅得他脑门噼涟噼涟淌汗，嘴唇都给咬得浸出血来。放疗，更可怕，身子如同掉进了魔窟，内里感受，就像有谁点起了炭火一样，用那蓝瓦瓦的火苗一丝一丝烘烤着心、肝、脾、肺……那感觉，真的没法说。

就为这，他曾经多少次想到死，割脉、上吊、撞火车……无论是哪种死法，只要是两眼一闭，就什么痛苦都没有了。有一次，在小南山上，绳子都挂在树杈上了，只要脑袋伸进绳套里，身子朝前一纵，他这一百多斤就彻底利索了。多么省心哪，自己少遭罪不说，家人也跟着少遭心。可是，就在脑袋碰着绳套的刹那，他犹豫了，还是把脑袋慢慢缩了回来，身子没有朝前纵。绝不是到了关键的时候，他拉松套了，怕死了，而是他害怕这个死法给家人留下不好的名声。自己死了，倒简单了，两腿一蹬，眼睛一闭。家人哪？别人要怎样说，怎样议论？绝不能为摆脱个痛苦，而把罗乱留给家人。那样，他就是真的走了，心里也是不会踏实的……就是被这种想法缠绕着，他至今都没有迈出那一步。

可今天被蛇咬一口，情况就不一样了，就和自杀这类事情搭不上界了。真若是眼睛一闭不再醒来，顶多人们会说，宝栓大冬天的还能挨蛇咬，该着了不是。这样想来，他有点感激小蛇了，觉得它成了他的救命草。

几乎死了一般，他整整躺了两天，第三天头上，才缓缓睁开了眼睛，立时，他给眼前的一切弄愣了，我这是在哪？

家人见他醒来，自然是一片惊喜，便把这几天的事情告诉了他，说他是如何在小庙前被发现的，被发现时他胳膊上如何流着血，后来又是如何将他抬到家里来的，如何给他做着后事准备的……

看看，打狗的干粮都预备好了！老伴说到这里咯咯地笑起来。

宝栓眨了眨眼睛，却露出一脸疑惑，说，老伴，你们到底用了什么灵丹妙药，我这一醒来怎么觉得身子清爽多了。

是吗？老伴有点奇怪。

儿子也有点惊讶。

第二天，便把先前的医生又接来了。医生折折腾腾检查一番，更觉得奇怪，问，打什么针了。家人说，没打。问，吃什么药了。家人说，没吃。问，有什么奇怪的事情发生吗？宝栓想了想说，就是前天被毒蛇咬了一口。

毒蛇？医生想了想，眼睛突兀地亮了，说，没准儿就是这蛇救了你。

蛇？

对！

跟着宝栓就觉得心里就有了异样的感觉，感到蛇咬的伤口处刺痒痒的。他想，或许是要长新肉了。

这以后，年节的时候，他都要来到村头的小庙前，为蛇烧上一炷香，嘴里却默默地念着，救命的菩萨！

二　皮

一

　　二皮是坐了一天一夜的敞篷车进入长春的。他进城那会儿已是小半夜了，整个城市都像睡着了一样，没有半点声息。敞篷车七拐八拐最后开入一个破破烂烂的工地，他是迷迷糊糊被赶下汽车的。当时要多狼狈有多狼狈了，头上脸上落满浮土，尤其嘴角、眼角这些坑坑洼洼的嫩肉里贮藏着一层水汪汪的泥垢，两只耳朵像从土里刨出一样，土豁豁发灰，吐出的痰，竟是一团黏稠稠的黑泥。

　　迈动脚步，他才晓得胯骨已经不听使唤，前腿硬撅撅迈出去，后腿竟跟不上来，在后面拖拖着，像吊了一只榔头。好容易挪至前面，前腿麻劲似乎又缓了上来，酥酥的，像过了电一样。他就是这样，磕磕绊绊将尿素袋子包裹的行李和干活家什拿进工棚的。

　　进了工棚，他差不多像捆稻草一样，囫囵着身子倒在板铺上，死狗一样地睡去。

睁开眼睛，天已经大亮了。再一看身旁的同乡，还都一个个傻呵呵地大睡。老亮睡态憨厚，一出气，鼻子像开了水的大茶壶一样，刺拉刺拉直响；狗头睡得更香，涎水顺着嘴角朝下流淌，把枕头皮上的花花草草浇灌得葱茏苍翠。

他悄没声地走出工棚，打了个挺解乏的哈欠，眼睛四外张望一下，立时就给这陌生的城市弄惊呆了。莫非这就是大城市，模样真是好怪呀，楼房一幢幢的，怕是数也数不清，马路宽得没了边，从这侧看那侧都不真切，路上的车更是花花得出奇，有红的，有绿的，还有耗子色的……他可是第一次走进这么大的城市哟。

说来，若是没有老亮、狗头他们撺弄，照原来的路数，他死也不会离开家的，他觉得在乡村里滋滋润润地过活，好得很哩，下地有活干，回家有饭吃，晚上有鲜鲜嫩嫩婆娘相陪伴……天皇老子的日子，不也就是这样！可是，老亮、狗头他们硬撺弄，说城里如何如何好，打工如何如何挣钱，在城里如何如何开眼界、长见识，说到动情的地方，狗头就把一张照片从兜里掏出来，说土老帽，见识见识吧。他接过照片，看见狗头穿着人模人样的衣服，打着领带，露着一脸的庄严，身后是一幢金碧辉煌的高楼。他便问，这是哪的楼，这么高。狗头收照片，一脸的不屑，哪的楼，说你知道啊！告诉你，这叫香格里拉，懂不？他脸忽地红了，心里很不是滋味，你个狗头，才几天没摸土坷垃，就狂成了这样，不就是在城里干活挣俩钱烧的吗？要是放在以前，他狗头敢这么说话吗，香格里拉能咋的，瞧那德行。再说了，城里又不是你们家的，有你狗头挣钱的份，就有我二皮的。二皮对自己干事还是蛮有底的。于是他便决定跟他们走一遭。

其实，昨天还没有下车的时候，狗头就对他说了，晚上睡个好觉，明天我领你先转转，让你先见识见识大城市，别让谁拿你当老赶。城里人，咕洞着呢。

行！行！他当时连连点头，露出一片欢喜，心里却洋溢着不快。大城市，他倒是想见识，可是何须狗头领着呐，狗头也不过是早来几天而已，路熟一点罢了，别的，还能有个啥？他几乎能想象得出狗头领他逛街时的情形，小脑袋挺挺着，脸上得意洋洋，一会儿用手指指这楼，说是哪哪大厦，一会儿用手指指那楼，说是什么商场……就像这些地方都是他家的似的，牛哄哄的小样，谁受得了。再说，他又不是三岁的孩子，还能迷了路咋的，就是迷了路，鼻子下面不是还有嘴吗？山里，老林子，那迷路可怕不？弄不好，小命都得丢了，他都没惧过，这么个长春，算啥。

他决定自己出去先转转。

二

这一宿，马三没怎么做好梦。

开始梦见黑道的哥们儿大傻失手掉进去了，关在局子里。老警突击审了两天两夜，要他交代同伙，大傻硬是牙口缝都没欠，后来老警就把他吊起来了，鞋、袜子也都给脱了，露出了一双胖头鱼般的大脚，老警就用一根木棍子咯嘣咯嘣使劲敲他的脚趾头，打花鼓一样地敲，敲着敲着，把他的尿就给敲出来了，他便挺不住了，随后就交代了，供出的第一人，就是他——马三。

他隐约记得，局子抓他的时候，他好像正找厕所。倒霉的是，他一连找了几个，厕所都是满的，憋得他实在没办法了，就寻了个墙旮旯儿，他刚掏出家伙，老警就来了，喊不准动，他激灵一下就醒了，再一摸小肚子已憋成了硬硬的皮鼓。

他麻溜到厕所把水放了出去，回来继续睡觉。

接着就梦见了"调包"，搭档也是大傻，好像就在五马路拐角那儿。他把一个小东西扔在了路边，然后就在附近转悠，做出一派等人的样子；大傻穿了一身银行工作人员制服，在工商银行办事处门前抽着烟，拿眼睛不时看他这边儿。他们就这么等啊盼啊，一个来小时，愣是没人上钩。眼见得大傻冻得哧溜鼻涕了，他两腿站得也有些发麻，后来目标就出现了，那是一个六十多岁的胖老太太，晃晃地朝五马路拐角走来，走着走着，忽然停住了，脚似乎被什么东西硌了一下，于是她弯下腰来，拾起了那东西，呀，戒指，眼睛立马就亮了。也就在这时，老太太的手被他攥住了，他说，老太太，这东西我也看见了，你要是不弯腰，那就是我的了，俗话讲，见个面儿，分一半儿，你说咋办吧？老太太看看他的一脸横肉，就慌了，说小伙子，咋办都行，你说。他看了一眼戒指，说这东西也不知个真假，咱们去附近银行鉴定一下再说，行吗？老太太连声说行啊行。于是他们就朝银行走去。

恰这时，大傻从银行大门里走出，装作去办事的样子，他就迎了上去客气地问，哎，同志，你是这银行的吗。大傻点点头。老太太就乐了，说这个同志，给你添点麻烦，你看这戒指是真的还是假的。大傻很内行地拿过戒指，掂了掂，又用手指头摸了摸，说成色不错，少说也得值 2000 元，说罢把戒指交给老太太，然后就拿出手机好像接谁的电话。这时，他就跟老太太说，大娘，虽说方才那同志说这东西能值 2000 元，但毕竟是你捡的，我不过是赶了个巧，这么的吧，你就给我 500 元，戒指你拿走，行吗？老太太一脸的感动，掏了掏衣兜，只拿出 350 元钱，便说，小伙子，钱不够，我回家给你取吧。他连连摆手，算了算了，有多少算多少吧，权当我们娘俩有这缘分。老太太一边递钱一边说，小伙子，那就好好谢谢你啦，啥时有空，上我家去玩，我家就在对面这个楼上。他说，好，拜拜！然后就朝大傻使了个眼色，朝前面的一个小胡同走去。大傻便收起电话，也朝那胡同踽踽走去。出乎意料的是他们刚进胡同，几只黑洞洞的枪口对准了他们，他猛然抖动一下，便醒了。醒来，心口窝还是一阵怦怦乱跳。

这时太阳已经升起老高，一抹惨白的光芒正照在床头的画片上，画片上施瓦辛格的脑门被照得闪闪发亮。他虽然明明知道，这些离奇古怪的梦都是瞎扯，是谁也不挨着谁的事儿，可是不知怎的心里还是别别扭扭。说起来，很长一段时间了，他心情都不怎么好，外面的风声一阵紧似一阵，讨厌的消息不断传来，不是这个哥们儿进"号"了，就是那个伙计掉底了，手上的活计，一件都没敢操作。就这么干巴巴在家待着，只能死嚼死啃过去的老本。开始的时候，还能凑合，十天半月还能去趟酒店，滋滋润润喝回小酒，喝兴奋了，再去洗一下桑拿。后来手头就紧张了，只能买瓶酒在家干拉，到了现在，不要说喝酒，吃饭都成了问题，每天只能靠两袋牛奶和两个面包打发着。

阳光，从施瓦辛格的脑门处已经移到鼻梁上。每到这时，他就要喝奶了。只有喝了奶，他才有精神面对这苍茫的一天。

他懒散地爬起来，斜斜晃晃推开房门，便拿着钥匙去开墙上的奶箱。钥匙举起来，他忽然呆住了，奶箱的锁头被撬开了，两袋牛奶不翼而飞。娘的，他愤然骂了声，牙根气得都发麻。丢了两袋牛奶，倒算不了啥，可气的是，打雁的人让雁啄了眼。一点不吹牛，在五商店这片，他马三是很有些名气的，一些小地痞、无赖什么的，提起马三两字，不哆嗦才怪，就是道上的两伙动了刀子，快出了人命，他马三一句话，就能把事情摆平，两伙人冲马三的面子，又成了哥们儿。小偷小摸这伙，逢年过节，都要提着几瓶好酒，来看看他，临走时说一句大哥多关照，他眼皮都不动一下。凭着脸面儿混事儿的马三，如今背时到这个份上，他心里着实地恼怒，他断定这不是什么正经伙计干的，活做得太糙了，锁头给别得七拧八挣，连下面的钉子都带出来……不管是什么人干的，他马三是咽不下这口气的。用湿毛巾擦了把脸，蹬上了皮鞋，他要出去转一转，真遇着那蟊贼，他想让他知道马三的厉害。

二皮没有弄清楚是怎么绕到香格里拉这里来的。

他只记得从工地一出来，是先从一块大型广告牌前经过的，广告牌上画着一只女人高跟鞋，鞋跟足有一层楼那么高，旁边的一行字更是绝妙：女人的美是从鞋跟开始的。他不知这话说得对不对，可是那双高跟鞋是不敢忘记的。走个百八十米，就要回头望一眼，不幸的是马路拐了弯，广告牌就看不见了。于是他又寻得一个新的目标——铁烟囱。铁烟囱比广告牌高，像一座黑洞洞的高塔，倒霉的是，过了两个路口，拐了一个小弯之后，身后出现三个一模一样的铁烟囱。他弄不清哪一个是方才那一个了，连忙奔过马路，顺着一条胡同斜插过去，怪不怪，三个铁烟囱又全没了，出现了一个四通八达的广场……这一下二皮彻底迷糊了，不知自己到了哪里。

既是不知到了哪里，二皮心中反倒轻松起来。他想，反正出来就是瞎逛的，自由自在地走，随随便便地看，倒是透着悠闲。像方才那么用心记这记那的，反倒误了看街上景致。出来，就是要见识见识的，如果把心思用偏了，好端端的时光不是糟蹋了吗？再说，看景就看景，哪能回头回脑的，做贼一般。不要说城里人看着不顺，如果让狗头他们知道了，也会取笑的。

他调整了下步态，尽量让鞋底和地面摩擦得轻一些，别老弄出嚓啦嚓啦的声音，又不是山里抬石头呐需要脚下稳，这等走路还是脚板高抬点好。优哉游哉地走，想朝左转就左转，想朝右转便右转，就这么七拐八拐便来到了香格里拉大厦前。

这大楼着实太高了，比小南山矮不了许多，楼顶的景致和山顶也相似得很，都有白云在上面缠绕着，一会朦胧，一会清晰，恰巧，有"老爷儿"的光照下来，就把楼尖染得红红亮亮的好看。

开始，他不知道这是啥楼，只觉得高，觉得大，后来朝上面看一眼，竟看见了香格里拉几个金字，他一下子就给震惊了，莫非这就是狗头说的香格里拉呀！他心里立时变得豁朗起来，感到肩头的骨头凸现一下,朝上增长一截,仿佛和狗头一样高了。

今后再说这楼,可就不是狗头自个的专利了,也有他二皮的份。狗头若是明白事儿,今后就该收敛着点,别那么张张扬扬的,说起这楼像说自家的菜园子、酸菜缸一样,真若是有什么说得不对的地方,他或许当面就要纠正的。其实这么做也没别的意思,就是让他狗头知道知道,香格里拉,二皮也见识过!

想到这一层,二皮自豪了不少,感到大楼分外的亲切了,同时也觉得有必要把大楼弄得更清楚一些。于是,他踽踽来到楼前,细心地摩挲着大理石墙壁,小心地弹弹玻璃,之后,仰起头来,一点一点向后退去,直退到视线能望到楼顶,才稳稳站住,像小学生一样用手指头,一层一层数起来。

一层。

二层。

三层。

······

三

马三已经端详二皮老半天了。越端详越感到这个人可疑,就在二皮手指头一点一点数楼的时候,马三过去了。

马三说,哎哥们儿,干什么呐?

二皮手不再动了,转身看了看马三,马三脸上的刀疤让他吃了一惊,脸忽地红了,说没干什么。

马三声音硬硬地:没干什么,那手是怎么回事?

二皮仰脸看了一下空中的手，自己也尴尬了，嘿嘿笑了笑，说不瞒这位兄弟，我……我数楼呐。

马三听了这话，再仔细看了看二皮，彻底泄气了，靠，整个一个老屯。他真感到有几分掉份儿，黑道上混这么些年，眼力咋能花到这等程度。他脸上的刀疤略微红一下，心里有点愧疚，但是，转念一想，觉得也怪好玩的，既然眼睛花了，那就干脆花到底吧，何不就热黑他一下。之后他就用鼻子干巴地笑了一声，说这楼是随便数的吗，里面净住着外国人，出了事，你担得起吗！

二皮嘴张了张，一脸的不知所措，这个……这个，我不知道啊！

不知道也就不深究了。不过按规定，这是要罚款的。

啥！罚款？

二皮脑袋轰的一响，心里好生发酸。城里吸烟罚款、吐痰罚款、折树枝罚款、踩花草罚款，连数数楼层居然也罚款……这叫什么事呀，可是他没有发作，他觉得人生地不熟的，脾气还是拢着点好。再说，公家有了那规定，你不倒霉认个啥。

马三脑门暗了，说咋的，连这规矩都不懂。

二皮就不好意思地挠开了脑袋，说规矩懂，就是不知咋个罚法。

马三很正经地觑了他一下，顺兜里掏出个小本，手指头嘣嘣弹两下：规矩都在这上头呐，数一层20元钱，可是，我一搭眼就能看得出你是个老实人，也就不难为你啦！反正都是公家的事，我也就豁出去了，干脆腐败一把，给你打个对折，一层楼就交 10 元，麻利着点！

二皮：那就谢谢大哥啦。

马三：你现在数到几层了？

二皮弄出一脸诚实，大哥，我本来数到 3 层半，那半层就免了吧，行不？

马三嘴角咧一下，露出一颗被虫子蛀黑的牙齿，问：就 3 层半？

二皮马上就委屈了，说大哥，看见那个挂花裤衩的窗口没有，就数到比那略微高一点口 要是有半点扒瞎，我都是你裤裆里的，要不，我给你起个誓……

马三就说算了，看你也是个诚实人，痛快拿钱吧，往后别到这乱数啦。

哎哎！二皮边点头，心中边窃喜，暗想，还都说城里人精明呢，扯淡吧，我都数到大楼的 18 层了，靠，就跟他说数 3 层，看看，他真就信了口 逗不逗，算来余下 15 层的钱就给他不声不响地落下了，捡钱，怕也没有这般容易哟。他就是怀着这分喜悦，把钱交到马三手里的。

马三接过钱，挺不好意思地笑了，他觉得他今天遇见了傻子。

四

二皮一走进工棚，狗头和老亮的鼻子差点都气歪了。

狗头当即就吼了起来，你干啥去啦，干啥去啦，干啥去啦！

老亮虽然没吼，也是一脸的阴暗，说二皮，重庆路这片我们都找遍了，这不，正琢磨写寻人启事哪！你倒是上哪去啦？

不管你上哪去。狗头还是那般吼：总得打个招呼啊，你以为还是咱山沟呢，这叫长春。你真有个什么闪失，是我哥俩领你出来的，得给你负责，懂不！

这时，工棚里就有人劝解，算了算了，回来就好。

还有的说，杀人不过头点地呗，狗头你们还有完没完啦，装啊！

于是狗头、老亮就不再吆喝了。但狗头还是硬硬地问：二皮你干啥去啦？

老亮也问，你干啥去啦。

二皮也没回答，就笑嘻嘻地说，行啦，今天我请客。

这一句把大伙说愣了，愈发觉得二皮的奇怪，想必是有了什么好的事情，否则哪能这般豪迈，于是就一齐刨根问底起来，问紧了，二皮就说其实也没啥，就是出去碰了个巧，有了点财运。

这一下，屋里人们的眼睛全亮了，闪出了一大片艳羡的光泽，连狗头的腔调都变了，软软地问，二皮，倒是碰了个啥财运。

啥财运？大伙也附和，仿佛有再碰碰的意思。

二皮就说，先别问了，吃了饭再说。

于是人们呼呼啦啦来到附近一个小饭店，寻了个阳光充足的位置。正座让给了二皮，之后就纷纷落座。

二皮拿过菜单，点了地三鲜、尖椒干豆腐、白肉血肠、关东乱炖之后，就问大伙喝啥酒。

狗头说，榆树王。

老亮说，大泉源。

大伙都说，大泉源没有假牌子的，味正。

于是大伙便要了大泉源。

过一会儿，酒菜就端来了。白蒙蒙的热气，一弯一弯地向上飘动，两只闻着香味飞奔过来的苍蝇一颠一颠地飞，不敢着陆，只在人们头顶上嗡嗡轻叫。

二皮就率先拿起杯子，和大伙碰了杯，跟着大伙就你一杯他一杯地喝开了。喝到兴奋处，大伙就让狗头说段子。狗头说，段子多的是，只是他说段子之前，二皮得先说说碰了啥财运。二皮说，不！还是先讲段子。大家就一致附和，先讲段子。狗头没了支持，吱溜一声喝了口酒，便讲开了段子。他说有一个三陪小姐，半夜从酒店里出来回家，已经没有出租车了，无奈，她只得叫了一辆"倒骑驴"。途中，蹬"倒骑驴"的就和小姐唠了起来，蹬"倒骑驴"的说小姐挣钱容易，小姐说蹬"倒骑驴"的挣钱容易，说着说着两个人就争辩起来。小姐说，我们容易？我们是陪吃陪喝又陪床，两个奶子被人押多长，容易吗？蹬"倒骑驴"的说你们不容易，我们呐？我们是走大街，串小巷，两颗卵子磨锃亮……听到这里，人们轰地笑了。狗头就说，这回该轮到二皮的啦。

二皮便不再推让，咕噜一声咽下口中那酒，硬撅撅的舌头舔舔嘴唇，然后说，今天也真巧，就在香格里拉那。说到这儿，他停顿一下，得意环顾了下左右，却猛然发现了马三。

马三就坐在靠窗边的一个位置上，面前放了一盘熘肥肚和半头大蒜，正独自饮酒。

二皮脸立马就白了，酒跟随着也就醒了过来。事情来得太突兀了，这是他做梦也想不到的，莫非这人是来讨那剩余楼层的钱的，是悄悄跟随到这里来的，若那样，他二皮可就麻烦啦。就在二皮惶惶不安的时候，马三也发现了他。虽然马三见过各种世面，可是内心也着实有着几分不安。本来，他就是为了避开香格里拉那片是非之地才溜到这里来的，哪承想竟是冤家路窄。他觉得因为几十元的事，折腾进去，实在划不来，再一看那老屯，毛头束尾的样子，更让他感到形势不妙，他本想弃桌而逃，又一想若那样，岂不更露了马脚。于是他咬了咬牙，端起酒杯，佯做镇静地来到二皮他们的桌旁，眼睛看着二皮，说兄弟，还认识不认识我了？

二皮吓得裤裆有些湿润，真后悔当初没有听狗头的话，若听狗头的话，事情哪会发展到这步田地。可是既然到了这步，那就只有硬着头皮应对了。他便说，认识，这位大哥，我还能不认识。

好！那我们就喝杯酒吧。

喝酒？二皮真觉得是在做梦，他弄不明白城里人是在搞什么名堂了。于是也拿起了酒杯，说来，那就喝吧。

马三将酒杯跟二皮撞一下，来，感情深，一口闷。喝罢，马三就告辞了。

这一下，把狗头、老亮他们全弄傻了，他们都在城里滚多少年了，也没有这交情啊，看看人家二皮，才进城几个小时呀，竟有了喝酒的哥们儿。真是人比人得死，货比货得扔。之后狗头就提议，大家共同敬二皮一杯。

对！大伙一致响应，纷纷把杯子端起来，乒乒乓乓，和二皮撞杯。

　　二皮就觉得分外豁爽，觉得狗头、老亮他们格外的亲切。这样说来，他从山沟沟到城里这步是没错的。这个晚上，他做了一宿好梦，差不多一个接着一个，正梦见马三的时候，被狗头喊醒了。

　　狗头喊，该干活了。

　　他眨眨眼睛，便起来了。

老北江水域

一

　　泥鳅出事的那天早晨，眼睛一睁开就跟爷爷木头说，他梦见喜贵爷了。说喜贵爷还是死前的模样，脸红扑扑的，眼睛眯缝着，鼻孔下面老有一截清汤清水的鼻涕，哧喽哧喽地响，仿佛总也擦不干净。见到他的时候，喜贵爷脸上就乐开了花，眼睛也亮了，鼻尖也亮了，似乎那截鼻涕都闪烁光泽。喜贵爷先是把他举过头顶，两手不停地抖动，弄得他一惊一乍地叫，随后又把他放下来，手伸到他的裤裆里，摸他的家雀，边摸还边唱：摸家雀，摸家雀，摸了个家雀没处跑。把他摸得像用草须须捅着胳肢窝一样，痒痒得险些笑岔了气儿。

　　之后喜贵爷就对他说，跟我走吧，我领你到一个欢畅的地方。他问什么地方。喜贵爷说你别问了，到那儿你就知道了。他问，有好玩的吗？喜贵爷便说有；他问有好吃的吗？喜贵爷也说有。他还想问点什么，喜贵爷就急躁了，说你这孩子，咋这般啰嗦，走吧！使劲将他胳膊猛一扯动，他便醒了……

木头听到这里,脸上一片黯淡,就说等一会儿吃早饭的时候,再把梦说一遍,就着饭吃喽!

泥鳅说,梦还能吃? 不吃咋的?

木头说：让你吃你就吃。小孩子懂个屁,不该问的, 别问。

泥鳅眨巴着眼睛,还是挺疑惑。真逗,梦还能吃!

不巧得很,还没等到吃早饭,邻家的草垛起了火。木头和泥鳅都帮着去救火,等回来再吃饭时,只顾着说火的事情,便忘记了说梦。

于是泥鳅就出事了。

出事的前一刻,泥鳅还蛮快活呐,他和四头、傻子他们,刚从老北江里爬出来,脑袋湿漉漉的,光溜溜的小屁股上挂着亮亮的水珠。他们在沙滩上兜着圈子跑,小脚丫每一起落,湿乎乎的沙滩便呱唧一响,出现了由 5 个小圆坑和 1 个大圆坑构成的脚印,沙子细腻的地方,连脚纹上的"斗""簸箕"都能印得清晰。泥鳅一边跑一边喊,一把火,两把火,太阳出来晒晒我。四头、傻子他们却喊,跑一跑,颠一颠,浑身上下干一干。果然,没跑多久,他们身上的水珠就没有了,只有小牛牛上还挂着湿润,于是他们每个人就朝那里扬几把沙子,小牛牛就变成了小泥球了。这时,傻子提议,扎猛子比赛,看谁在水下闷的时间长。之后,他们又来到水里。老北江的水,蓝幽幽发青,漩涡一个套着一个向前滚动,连水中的云彩都被撕扯成碎片,四处荡漾。

第一个扎猛子的是四头,他害怕呛水,耳朵、鼻孔里便塞满了麻果叶,有一片叶子因塞得不严,挺拔拔地从耳朵里支棱出来，逗弄得一只蝴蝶围着它翩翩起舞。四头看了一眼水面，身子一纵，就扑通一声钻入水中，可就是一眨眼工夫，他就从水中露出脑袋，啊切啊切，打了两个喷嚏，说鼻子没堵严实，挨呛了。

傻子就嘎嘎地笑，说呛死也不多，还有那么扎猛子的，看咱的！随后单手一捏鼻子，就扎入江中。立时，大片的波浪不见了，水面翻卷一层细密的浪花，随着水花波动，波谷之间就鼓起串串亮晶晶的水泡。水泡渐渐向前延伸，水面上就浮起两扇黑亮的小屁股和屁股。傻子一定以为自己相当隐蔽呐，手不停地划着水，两腿蛤蟆状一蹬一蹬的。四头见状就撅了一根水草，从后面撵了过去，照准傻子屁股就是一戳。哗啦一声，傻子在水中站了起来，抹了一把脸上的水，睁开眼睛说，靠，谁这么坏？四头就咯咯地笑起来，小公鸡一样。傻子就用水撩四头说，是不是你？！泥鳅说，傻子不该怪四头，你那叫哪国的扎猛子，除了脑袋整个身子都露在外面，丢人不？傻子就憨憨地笑了，说也不知咋个事，憋口气扎进水里，身子就发飘，手怎么挠，也抓不到底。

泥鳅不屑地说，想抓到底那还不容易，看我的，说着就朝里面走几步，身子朝上一纵，两片屁股蛋就白闪闪露出水面，跟着腰部轻轻一弯，双手前伸，整个躯体弧线一样扎入水中，水蛇一样柔顺。开始，水面上还能翻卷着几簇浪花：1、2、3、4……数到99的时候，还不见泥鳅浮出水面，四头就愣住了，眼睛眨巴几下，说傻子，泥鳅呐？傻子也立马感到事情的不妙，嘴巴一咧就大哭起来：泥鳅！

泥鳅！

泥鳅！

泥鳅！

······

两个孩子喊了十几声泥鳅，仍不见泥鳅出来，便疯了一样向岸上跑去。

二

木头那会儿正在江边一棵柳树下独自喝酒，面前放着一盘大酱，两截葱白和一碟炸得干干巴巴的小河虾。他用蒿秆儿做的筷子夹起一只河虾，慢慢朝嘴唇送来，冷不丁就想起泥鳅的梦，想起了喜贵。

喜贵死得够惨的了，而且样子相当吓人，从水中捞出后，脸上的肉就像泡得发起来的蘑菇一样，鼓囊囊的没有一丝血色；一只耳朵已经没有了，另一只，像撕开的菜叶一样，在脸边忽悠忽悠飘动着；嘴唇的嫩肉，已经残缺了，留下一豁一豁深水鱼的齿痕；整个肚子好似放大了一倍，稍一触碰，就能发出哗啦哗啦水响。

死的前一刻，喜贵还和他吹牛呐，他说老北江这块水域，无论是水上还是水下的事儿，他都知道，就连水中长多少根水草他都说得清。

木头就说，那你说说，去年保长的女人为啥在这儿寻短见？

喜贵说，那女人是和屯丁私通，被保长抓住了，所以就······

木头说，那前年徐寡妇在这投江是咋回事儿？

喜贵说，徐寡妇守 20 年寡，去年不知怎么弄怀孕了，为了遮丑，就……

木头说，那大前年……这么说吧，你说老北江这块为啥老出事？

喜贵眨眼看了看水面，吸溜抹了下鼻涕，说，老出事是这块水馋，传说那年立秋后的一天，一个怀孕的女人回娘家，在这里乘摆渡，船到江心的时候，忽然刮起了风，下起了雨，后来一个巨浪打来，船便翻了，女人、摆渡人都进了水。女人进水后像企鹅一样蹿了几蹿，每一蹿都发出一声求救，摆渡人竟像没听见一样，自己逃走了。后来江面上就闹鬼了，夜夜传来女人的哭声。怪的是，女人淹死周年那天，渡船到了江心，没有风，没有浪，船竟没有缘由地翻了，船上别人都安然无恙，只有摆渡人没有上来，于是人们传说是给那鬼抓了替身，以后老北江这里就邪了。差不多年年都有人葬身水底……这回你总该明白老北江这儿，为什么总出事儿了吧！

木头说，既是这样，我们在这儿打鱼，就要多留个神啦？

喜贵大咧咧地说，水这东西，跟人一样，看谁能压住谁，水压住人，人就完了，人要压住水，水也就熊了。我不是吹，就眼前这老北江，我脑袋朝下都能爬过去。

木头说：你不怕风大闪了舌头。

喜贵很是不屑：闪舌头，看我怎么下去给你捉一条鱼来。

木头说：捉鱼？反正吹牛也不犯死罪。

喜贵说：你看着。

他说着就啪嗒啪嗒向水里走去，这一去，就没再回来。

从那一刻起，木头觉得非常对不起喜贵。他觉得喜贵的死，多多少少和他有些关系，假如那天不唠那些事情，假如他不奚落喜贵，假如喜贵不硬逞能，或者说喜贵逞能的时候，他不在旁边火上浇油……喜贵兴许就不会出事儿，可是那天，唉，真不知中了什么邪，他和喜贵竟唠起了那些鬼鬼气气的事情……

至此，每每坐在这里独自饮酒的时候，面对那苍茫的水域，他总要想起喜贵，有时朝江里倒一杯酒，扔几块咸菜，有时就和喜贵说说话：喜贵，咋样啊！寂不寂寞？有个啥事情没有？有一回酒喝多了几口，他说动情了，就说，喜贵，别是老我唠叨，你也不言语，你要真听到了，就给老哥显个灵。你说怪不？那江面儿上真的哗啦一响，好像有条鲤鱼翻起朵水花。当时木头就惶悚在那里，不知怎么好啦！脸白白的，裤裆都有些发湿。以往对着老北江说话也就是解解心头的闷儿，松快松快自己。可是自从鲤鱼翻出那束浪花，他就确信水下有灵了，就相信了替身之说。可是令他不明白的是，喜贵都走两年啦，为何还不抓个替身？活着的时候他是个好人，莫非死了也想做好鬼。想到这儿的时候，他心里就矛盾了，一是希望喜贵抓个替身，早点托生；二是不希望哪个被抓，成了水中冤魂。这一矛盾，有点像一上一下、两槽锋利的牙齿，时时刻刻噬咬着他的心。

他又倒了满满一杯酒，看了看翻卷的酒花，正要扬手朝大江里洒去时，水边就传来急促的哭喊声：救命啊，泥鳅淹住啦！救命啊……

他霍地站起来，只觉得眼前的江水忽然结了冰一样，没有了波纹，没有了浪花，唯有一股阴森森冷气向他袭来。杯子啥时掉到地上，他都不晓得，只感到内里像塞进了冰块一样，整个心都凉啦。

三

　　泥鳅是太阳下山的时候，用大网打上来的，样子很新鲜，就像刚刚睡着一样，两眼微闭，嘴唇略张，一对鼓溜溜的虎牙还露在外边，唯有鼻孔处不断有血水流出，沿着嫩嫩的嘴唇小蚯蚓一样爬着。手里，还牢牢攥着一截翠绿的菱角秧，秧上还挂着两颗黑黑的菱角。很显然，他是腿抽筋后被淹的，腿这会儿还硬撅撅地弯着，腿弯处凝结着一个核桃大的疙瘩……

　　闻讯赶来的村民都哭了，都说泥鳅这孩子仁义，不该死，一朵花还没开呐！

　　也有人就责怪木头：你咋能让孩子在老北江这儿玩儿呢，这水邪你不知道？

　　很多人就用舌头发出一阵啧啧啧的响声，透着万分惋惜。

　　木头的心彻底碎了，碎得像刀剁的馅子一样，每个小碎块似乎都挂着鲜血，一时真的无法拢起来！直到草草地埋了泥鳅，回到家中又静静想起泥鳅的时候，他似乎才一下子明白过来，泥鳅让喜贵抓了替身。

　　喜贵，好他妈狠哟，木头想起喜贵牙齿就咬得响起来：你抓哪个替身不好，为何要抓我的泥鳅，泥鳅是我的命根子你不是不知道，抓了他，不就等于往我心尖捅刀子吗？对我有什么怨，什么恨，可以明来哩，抓呀，杀呀，都使得，为啥还兜圈子抓泥鳅呐。泥鳅毕竟是个孩子，还有好多好多日子等他过，这就像一棵花草，刚刚长出几片叶子，花还没开，就给折断了。管咋的，我们也是多年的朋友，一块打过鱼，一块喝过酒，一块……难道朋友还能这么毒吗？

木头大骂一声，从案板上绰起菜刀，忽地向门外跑去，可是跑到门旁边，他又蔫蔫地停住了。他要去哪里呐？他要找哪个报仇呐？看着那满天闪闪烁烁的星星，他茫然了，他多么希望他的仇人，是实实在在的人，是个有血有肉的人。可是这个人他在哪儿？

凑巧的是，就在泥鳅出事儿的当晚，屯东王二的媳妇却生得了一个娃。这娃，一出生眼睛就睁开了，亮亮的眸子里像藏了两眼深井，黑幽幽的，看见人就像认识一样，嘴角一咧，跟着就哇啦一声哭起来。哭的模样很像喜贵，尤其是下巴颏一抽一抽的样子，像是从喜贵脸上扒下来的。于是人们就传开了，说娃是喜贵托生的，喜贵生前欠王二的钱，托生他家是来还钱的……这消息就像五月小麦一样疯长着，当它不声不响传到木头耳中的时候，木头一下就振作起来了，眼睛立马就闪出光泽，他觉得王二媳妇为他产生出了复仇的希望，他心里立时就踏实了。

四

王二世代单传，得了娃就像得宝贝，给娃过百天的时候，把村中的人都请来了，木头也来了。木头就坐在离王二不远的那个位置上，王二说话的声音他能听得清清楚楚。王二说，今个把大伙请来，没别的意思，孩子一百天了，让大伙跟着一块乐呵乐呵。

这时，就有人提出让王二把孩子抱过来，给大伙看看。

王二脸就红了，说先别忙，孩子这会儿正睡觉呐，等睡醒了，就抱来。咱们，先喝酒咋样？

于是，人们开始喝酒了。

木头，真像木头一样坐在那里，脸上一点表情都没有，眼睛老半天也不眨动一下。他身旁的人见他这般模样，就劝他喝酒，起初，他不喝，脑袋摇得像拨浪鼓一般。后来，有的人就把他面前的杯子倒满了，跟他说，木头，你不就是想泥鳅嘛，告诉你，喝了酒就能见到泥鳅了，酒这东西神得很哩。木头知道这话是瞎扯，酒是咋个东西他还不清楚吗？可是泥鳅二字，一下把他心里弄乱了，就像无数个虫子从上面爬过一样，他没法把握自己了，几乎不假思索地就拿起了杯子，就跟人们喝了起来。

酒，地道的烧刀子，小刀子一样尖锐，头一杯下去的时候，还能清楚感到辛辣、灼热，像有一股燃起的火苗子从肚里穿过。第二杯下去，感觉就迟缓多了，虽然依旧是辛辣、灼热，可是火苗子的感觉没有了。第三杯，木头就哭开了，便跟人们讲起了泥鳅。他说泥鳅如何如何懂事儿，如何如何孝顺，说有一回他病了，馋蛤蜊吃，馋得嘴唇都起泡了，泥鳅就颠颠来到江崖子旁，左瞅瞅，右看看，江崖子距水面足有十几米呀，你说泥鳅神不？愣是从江崖上跳了下去。说着，木头就纵身一跳，一下就把板凳掀出老远，身子重重摔到地上，跟着就醋醋地睡去。

待他醒来，睁开眼睛的时候，发现已躺在了自己的土炕上，再一摸兜，为王二儿子准备的那包耗子药，依旧完好。这时，他后悔不该喝那酒了，否则，这会王二儿子（喜贵）还会有命吗？既然老天让这畜生多活几天，木头也就放他一马。反正，躲过初一，也躲不过十五。

五

怀着这种仇恨，木头更加沉默了，每天就是没命地打鱼，没命地卖鱼，没命地想着那件事情。似乎只有想着那件事情，他身上才有力量，不再虚幻，尤其是当一秤秤的鱼卖出，一张张带着鱼腥味的票子进入口袋的时候，他觉得这一张张票子，不再是一张张票子，而是一束束的复仇的火苗，只有这所有的火苗都聚拢在一起，才能燃起冲天火焰。两个月后，当他兜里终于蓄满了两捆票子的时候，他觉得机会来了。

这一天，他敲开了麻脸儿家的门。

麻脸儿出道时是跳二神的，狐、黄两家都走得通。只因有一年乡府来个保长，欺压百姓，弄得民不聊生，乡民们实在没法子，就来找麻脸儿。麻脸儿气愤至极就做了个火柴盒大小的棺材，捏成保长状的小泥人，把泥人放进棺材后，就念开了咒语。巧的是第二天保长在茅房拉屎时，屎没拉出来，人忽巴儿地死了。这一下，麻脸儿的名声就大了，乡民们都把他视为神了，于是他便不跳神了，改为念咒，于是他便发财了。

这会儿，麻脸儿正看《麻衣神相》，见木头进来，眼皮撩一下，朝指头尖上吐了点唾沫，又翻了一页书，说木头有事儿？木头没言语，只是点点头。

麻脸儿说，这阵身子虚得很，胳膊腿老不听使唤，有时出门，风刮大了，身子都栽歪，我知道这都是咒人咒的。以后不念咒了，就批批八字，算算卦。

木头脸一下子青了 □ 眼睛眯成了一条窄缝儿，目光小刀子一样看着麻脸儿。

麻脸儿脸上的麻坑一颗一颗红起来，说木头，抽支烟吧。就把烟笸箩朝木头推一下。

木头没去抽烟，而是将手瑟瑟地伸向衣兜。一忽儿，两摞票子拿出来了，重重地放到炕沿上。

麻脸儿眸子忽地就亮了，像点起了两盏灯笼，他缓缓地放下书，说最后咒这一回了，木头你想咒哪一个。

木头狠狠地说，我咒王二的娃，我求死咒。

于是，麻脸儿就端出一个黑匣子，徐徐打开，里面放着一排砖头色的小棺材。麻脸儿说，你给他选一口吧。木头就选出一口。麻脸儿说，你回去等着吧，七七四十九天之内，我定会咒他没命的。

之后，木头就等着王二的娃的死讯。开始的时候，木头心情豁爽得很，有时情不自禁就唱上一句：一更里呀，月牙刚出升。渐渐的，就有些等不及了，到了后来，他心态就躁了，平白无故便摔东西。一天、两天、三天，一直等了七七四十九天，那孩子依旧活得活蹦乱跳。木头就找了麻脸儿，麻脸儿一脸苦相，说这孩子命忒硬了，咒他我都用去五包钢针了。木头就木在那里。

他的希望又一次落空了。

怪异的是，希望愈落空，木头复仇的心愈急切。这很有点像渔夫捕鱼，如果网网不空，心思反倒淡了，可是网网不见鱼，心思就急切起来。木头这心里像疯了一般，不时寻着时机。

七月里的一天，机会终于来了。

那天他正在江里摆船起挂子。忽见王二媳妇抱着孩子来江边洗衣服，那孩子见船，眼睛就亮了，双手张开，哭着喊着要上去。王二媳妇就冲他说，木头大叔，我娃娃要上你船上玩玩，行吗？

真是天赐良机呀，哪个能说不行。

行行，他嘴上答应着，心里立时灿烂起一片阳光，想不到，平日里，千般谋划、万般算计的事情，机缘来得竟是这般妙，似乎透着天意。船靠到了水边，那孩子扒扒擦擦爬了进去。王二媳妇一边朝水中扔着衣服一边说，大叔，这孩子淘，你可要照应着点！木头说，放心吧。一打桨，小船就顺着水，朝江心奔去。

水波，像一片片柔软的舌头，啪嗒啪嗒舔着船帮。一束束碧绿的水草，在水波中微微晃动，偶尔露出水面的枝叶，竟会招来一两只花膀蜻蜓，试着胆子，一跳一跳地朝上落。船舱里，那孩子快活极了，像只小兔一样欢实，又是蹦又是跳的，有时乐得两只小手不住拍动。

木头看着孩子，心里刻毒地想，小东西，明年的今天就是你的祭日啦，死到临头还乐，乐吧，一会儿就让你到水下乐去。这么想的同时心里就渐渐紧张了。其实以往对这小东西或者说对喜贵的复仇，心里想象过程较多，像今天这样一点点实施差不多接近目标还是第一次，这事儿不要说是木头，放在谁都要紧张的，毕竟叫杀人哩！平日里，杀个鸡，宰个羊，他都慊手。现在对这小生命……他不由得心跳的速度加快了，握桨的手开始哆嗦了。他现在最犯难的是不知用什么方式来处理他，想来，现成的办法倒多的是，一是把船摇翻了，二是把他抱起扔进水里，三是用船桨击他头部，四是……可是他觉得这办法有些残暴了，手段又太简单，事后局子追起来，是再清楚不过了。他很希望能想出一种神不知鬼不觉，不露破绽，不露痕迹，说出来又顺理成章的办法。

船一丝一丝朝前走，桨一下一下划动。当水面上出现几簇菱角花的时候，那娃忽然叫了起来，我要摘花。

摘花？木头嘴里重复一遍，心里立时亮过一道闪电，是啊，摘花不是动手的最好时机吗？这个时机是无论如何也不该错过的，或许是天意。

随之，他放下双桨，缓缓来到孩子身旁说，来，我把着你，你自己摘吧。

孩子乐得蹦了起来。

于是，木头把孩子的身子放在船舷上，那孩子就倒悬着身子摘取菱角花。

水面静极了，像一面平展的镜子，木头和孩子的身子都清清楚楚地映在里面。

木头已明显感到他握腿的手变得发烫了，他知道这份烫，是心中那团火烘烤的。算来，这团火已经燃烧两三年啦，他已经说不清当初烧烤的感觉啦，仿佛剩下的只有酸、辣、苦。此刻，这团火似乎比以往都要炽热，烧得他心尖都一阵阵地发疼。

爷爷，接花。他觉得孩子的声音有些飘忽。花，几乎是一只手机械地接过来的。

爷爷，还有一朵。他又接过了一朵。

爷爷，还有……

他觉得不能再接了，如果这么一味地接下去，他心中那火的热度就要减了，对喜贵的仇恨就无法报了。他牢牢地盯着握腿的那只手，他发现那只手开始抖了，牵连得胳膊都在动。他笑话自己太没钢性了，到了较劲的时候，竟是这般没有成色。什么事情坏就坏在犹豫上，到了这份上，还犹豫什么？于是他手就慢慢放松了。

爷爷！下面又传来一声喊叫，怪异的是，这声音不再是那孩子的声音了，而变成了泥鳅的声音。他一下就惊呆了，猛然朝水面上看去，更怪异的事情发生了，清清的水面上浮现的竟是泥鳅的面孔，眼睛、耳朵、鼻子，还像先前一样，那两颗鼓溜溜的虎牙，还闪着白亮亮的光。刹那间他那松开的手忽然一下攥紧了，几乎像发疯一样将孩子提进船舱。

那孩子呆坐在船舱里，满眼都是惊慌，战战兢兢地问：爷爷，你咋啦？

木头的眼泪哗啦一下就流淌出来，冲着大江哭喊：泥鳅，爷爷对不起你哟！

六

从此以后，木头不再寻觅王二的娃了，而是独坐在江滩上，望着江面出神,有时一望就是一天。人们喊他、叫他,他都不理,整个人就像泥塑一般。

于是就有人说,他是想泥鳅了,想痴了。

还有人说,他是在帮助泥鳅寻找替身呐。

婆娘们就对孩子说,不要下江洗澡了,当心被抓了去……

之后江边就有点阴森了。

在一个飘着牛毛细雨的晚上,村上人都到王二家喝酒来祝贺孩子五岁生日的时候,人们喝着喝着忽然感到奇怪,发现木头不见了,碗筷还在。跟着人们便四处寻找。

寻找到江边的时候,便发现了他的鞋子、衣裤。人们感到事情不妙了,赶快弄来船、网打捞。一直打捞一宿,也没见木头踪影。

第二天天放亮的时候,才打捞上来。这会儿,木头的形象真像一截木头了,身上的肉皮紫黑紫黑的,皱皱巴巴的纹路像树皮一样,一根微绿的草绳拦腰缠了五圈,草绳中间竟绑一块硕大的石头。看着石头,人们感到愕然,赶忙找来麻脸儿。麻脸儿见了,眼泪就下来了,说木头是为泥鳅做替身去了,要把泥鳅换出来。人们便问那石头是咋回事儿?麻脸儿叹了口气说,他是永远不再想抓别人了,所以才绑了石头……

于是,木头绑石头的传说就在江边传开了,传着传着人们把麻脸儿的话当了真,认为老北江水域能这样平安,多少年不再有人溺水,那都是木头的功劳。

蟑　螂

　　咣当一下，太阳就出来了，红红的光线，从窄巴巴的窗口挤挤插插照进来，立马，对面的墙上就像甩了一溜血点子，散乱而混红。

　　冯三从光线进来那刻就怔怔地盯着窗口，直勾勾的眼神，傻子一般。

　　进来多长时间了，他自己有点记不准了。

　　只记得五花大绑，像麻袋一样被人家扔进号房的时候，窗口的树枝还光秃秃的，黑黢黢的枝条连一星半点的绿叶都没有。可如今，不要说绿叶，就是那嘀里嘟噜的山梨，个头都有拳头大了，遮住窄小的窗口不算，连树枝间噗噜噗噜飞来飞去的鸟儿，也被挡个严严实实，号房里根本看不见。

　　虽然看不见，冯三依旧怔怔地朝那里看着，他总希望能看见点什么，可就是看不见。只因号房太小了，窗口又开得太高，斜刺刺地看上去，能觑见那山梨就不错了。

　　号房里暗暗的，床，土灰色的，马桶，脏兮兮的，发黑，清虚虚的水泥墙上，粘着五六只紫黑色血迹的死蚊子。蚊子旁，歪歪扭扭地画着一些文字、图案……

日子真的太无聊了。

他每天醒来，差不多都这么傻呆呆地看着。有时看墙角，有时看天棚，有时就是墙上一条水迹都能牢牢地盯上两个时辰。

眼睛，依旧盯着那窗口。他正有些沮丧，猛然间，那红亮的边缘，竟出现一个黑亮亮的小东西。起初，他以为是一个水泥点子或一节塑料线头什么的，可是随着它的移动，终于看清楚了——是个蟑螂。

于是，他兴奋了，悄悄脱下鞋子，用手掌牢牢握紧鞋帮，眸子觑了一下光亮亮的鞋底，咕噜，朝嗓子咽了口唾沫，然后，他缓缓将鞋子背到身后，屁股朝墙边挪了挪，做好了袭击蟑螂的准备。

蟑螂并没有感到丝毫凶险，沿着水泥墙面，哧溜哧溜向前爬行，爬到一个死蚊子旁边，停住了，触角轻轻碰了碰蚊子翅膀，蚊子翅膀轻轻动了动，蟑螂略微思考了一下，又向下爬去。

渐渐的，蟑螂进入了冯三的视野。

他握鞋子的手握得越发有力了，仿佛热汗从手心处正丝丝渗出。他悄悄给自己发着指令，1、2、3、4……他憋足了力量，心想，待数到 10 的时候，手中的鞋子就横拍过去。他确信，这一鞋子下去，墙壁上的效果一定很壮观。

可是当他数到 5 的时候，情况突然有了变化，蟑螂的爬行方向发生了 180 度的逆转，于是他顾不得多想，挥起鞋子，重重向墙上拍去，只听得啪的一响，震得他手臂一阵发麻。定睛看去，墙上除了一个大大的鞋底印记之外，根本没有蟑螂被拍碎的痕迹。

他暗自骂了一句，低头来穿鞋子，这时，他发现那蟑螂已被震落下来，正仰壳躺在地上，腿脚在不停地蹬动。

耶呵！他笑了，慢慢蹲下身子，饶有兴趣地欣赏起来。

腿脚朝上的蟑螂，活动起来，有趣极了：身子像灌了铅一样，稳稳地坠在下面，任腿脚怎样蹬动，它也翻转不过来。别看它的腿只有毛发般粗细，但力量还是蛮大的，一根草棍儿放上去，一脚能蹬出老远。

冯三拿着草棍儿，一下一下逗弄着。他先是用草棍儿碰它的脑袋，看它是个啥反应，接着，再碰它的腿弯，之后把草棍儿横过来，用毛刺儿刺儿，哧啦哧啦，刮它的肚皮。开始，蟑螂相当狂躁，奋力摆动触角，腿脚咣当咣当一顿狂踹，带动得整个身子都在颤动；后来，显然有点累了，腿脚还是蹬动，但力量不及从前了，有时前脚蹬出去，后脚要慢上一拍，才能跟上，这样就显得非常不整齐，有点七上八下的样子；再后来，或许一点力气都没有了，腿脚软塌塌放下来，像两只生锈的锚钩，紧紧地抱着前胸，装起死来。任冯三的草棍儿怎样触碰，愣是一动不动。

冯三觉得有意思极了，小小的蟑螂，竟有着这样多的把戏。原本他是要戏弄一番之后，处死它的，但是现在，他舍不得了，他从入号以来，还从来没有像今天这样快乐过。于是，他用一个装丸药的空盒将蟑螂装了起来，放到了床下。他想用这只蟑螂帮着打发以后的日子。

　　说来，进号的人最难熬的，就是个时光。为了熬时间，冯三想出了好多法子，他曾经一条一条数过手掌的纹路。掌上的纹路真的很难数哟，每一条细得像发丝，相互间又密得像布纹，有时数着数着就串了行路，于是还得重新再来。他总是先数左手，后数右手，偏偏右手还有几处结茧的地方，纹路就越发复杂了，时断时续的，数起来就更难，他就得像绣花的女人一样，一丝一丝地捋顺，一段一段地清理，之后再巧妙地接上……就是这样费劲巴力地数，也熬不去多少时光！

　　自有了蟑螂，日子就不难熬了。每天醒来的第一件事，不再是坐在床铺上，眼睛直直发呆了，而是从床下把药盒拿出来，端端地放在床上，逗弄蟑螂玩。

　　起初，无非是玩一些追逐事情，也就是蟑螂在前面跑，他的小棍儿在后面追，追得蟑螂无处躲无处藏的，哪怕就是指甲宽的小缝，它也要拼命朝里面钻挤。常常是，脑袋挤进去了，身子还明晃晃露在外面。每到这会儿，他的小棍儿就要换个角度，从后面一下一下触碰蟑螂的屁股，触到最后，蟑螂就会猛的一下调转身子，两眼凶凶地看着他，样子特逗。后来，有了花样，他把家里送来的肉干，撕扯下几条肉丝，用细线绑上，悬在空中，一下一下晃动。很快肉丝的香味，就弥漫在盒子里，馋得蟑螂在里边哧啦哧啦不停地走动，眼睛不住地盯着肉丝，爬到后来，无论如何也忍不住肉丝的诱惑了，竟嗖的一下蹿了起来，去够肉丝。虽然并没有够到，但就是这一蹿，立马让冯三眼睛亮了。他似乎一下子看到了蟑螂的潜质，他觉得这小东西只要能有这么一蹿，其他动作，比如说钻圈、倒立、翻跟头……也一定能够做得出来。于是，一个新的计划便迅速诞生了——训练蟑螂。

因为时间充裕，他把训练分为四个阶段：第一，腿部练习，即把蟑螂的身子翻过来，仰壳朝上，腿脚处于一种空置状态，随着他手中小棍儿一下一下地触碰，蟑螂的腿便一下一下蹬动。每蹬动 200 下为一组，规定 3 分钟完成，中间间隔 3 分钟，再做第二组。这样 5 组下来，就是半个小时了。再看蟑螂，已经大汗淋漓了。第二，饥饿训练，即他发出一个指令，让蟑螂完成一个动作，摆摆触角、蹬蹬腿什么的。小东西一经违反，不按他的意志来，他就不给它东西吃，肉丝也好，窝窝头渣也好，什么都不给，使劲儿饿，直饿得它走起路来，东倒西歪、晃晃悠悠。第三，引诱法，当它饿得摇摇晃晃，濒临倒下的时候，他就把最好吃的东西拿出来，在它眼前一丝一丝晃动，直诱惑得它涎水都流出来了，他才又发出指令。果然，小东西熬不住了。第四，奖励法，真若能按着他的指令做出了动作，不管动作质量怎么样，不到位也好，做过头也罢，他都要拿过一条肉丝、一个饭渣来慰劳它。让它感到这份慰劳是奖励那个动作的……

10 天过去了，20 天过去了，渐渐的，蟑螂便学乖了，仿佛悟出了胳膊拧不过大腿的道理，于是，冯三再发出什么指令，比如说，跑、跳、翻跟头……它都立马来做，有时动作精彩得连自己都吃惊。

这样一来，冯三的生活就有意思了，似乎比一个专业的驯兽师还要忙碌，每天除了给蟑螂复习一下以往的课程，还要开发一下新的项目：爬竿，荡秋千，顶豆，等等。

时光真快呀，有点像流水一样，在他身旁汩汩流动。

忽然有一天他接到释放通知，他惊奇地发现，窗口的绿叶早已经枯黄了，秋天已经到了。

走出看守所大门，外面的阳光已经有了寒意，光线依旧是白炽炽地照在脸上，但并没有热度。接他的亲友，见了他第一眼，便惊奇得要命，怎么人蹲号房非但没蹲堆了身子，反倒蹲亮了眼神？

怎么弄的？

他没有理会。

到底是怎么弄的？

他神秘一笑，顺便挥了下手，没说什么。

越是这样，人们越是觉得有内容，便追着赶着询问。

冯三看人们问得急了，有点躲不开的样子，于是就说，回到家再说吧。

于是，人们便把冯三的破行李，扔上了四轮子，把冯三让到副驾驶的位置上，各自在后面拖车的四边上落座。接着，才沿着乡村大道，突突突向屯部驶去。

毕竟，离家一段时间了，又踏上回乡的路了，冯三的心里难免有些感慨。可是很快他又不感慨了，他觉得这段时光并没有白过，怀里这只蟑螂就是个证明。假如没有这案子，假如不蹲那号房，假如蹲号房时没遇见那蟑螂……会有以后的一切吗？不会的。

这样说来，或许一切都是个机缘。他着实为蟑螂的训练戒果感到自豪。

他已经都谋划好了，以后就靠蟑螂来过活了，靠蟑螂的表演来挣钱。他相信这世上，有看过猴子爬杆表演的，有看过猩猩骑车表演的，有看过老虎钻圈表演的……可绝对没有谁看过蟑螂的表演。况且，他的蟑螂不但会表演爬杆，表演荡秋千，还会表演翻跟头呐。表演这些，不挣钱才怪呐。他粗略算计一下，每表演1天不多算，就算收30块钱，1个月那要收多少呀，1天30块，10天300块，1个月就是……想到这儿，他只觉得心尖子像抹了蜜一样甜美。

天傍晌的时候，四轮子进了村子。

听说冯三给放回来了，村民们也都来看望。见到冯三的第一眼，都很惊奇，蹲笆篱子，咋倒把人蹲精神了？这是为个啥？

冯三见村民们大眼瞪小眼看他，也就觉得到了时候，于是，让家人给他拿来一张报纸，平展展地铺在院子的光溜地上，四角用土坷垃压牢，接着便蹲下，从怀里缓缓掏出那个装丸药的盒子，慢慢打开，盒边顺着报纸轻轻一拖，哒拉一下，一个亮晶晶的黑东西便呈现在报纸上面。人们定睛看去，才发现是只蟑螂，便都一愣。

冯三便有些得意，慢慢站起身子，眼皮眨了眨，说，看吧，谜底就在这里。

村民们便都伸长脖子，直勾勾看着蟑螂。

蟑螂经过一路颠簸，便有些惺忪，活动了下腿脚，四处瞅瞅，环境好陌生哟！它这么想着，便哧溜一下，爬出了报纸。观看的人们哗的一下散开了。巧的是，就在这时，冯家的一只芦花鸡出来觅食，恰好和蟑螂撞了个满怀。它先愣了一下，跟着像见到了宝贝一样，不容分说，便当的一口叨了过去，还未待冯三发出什么指令，蟑螂已经进了芦花鸡的肚子里了。

妈呀一声！冯三当时就傻了！嘴，张着，眼睛，直直的，那样子，说不清是在哭，还是在笑。

村民们都很纳闷儿，一只破蟑螂有什么可神秘的，哪家的灶台边不都多的是。便都问冯三，谜底哪？

谜底在哪？

冯三便哇地哭起来，还谜底个啥？蟑螂都没了。

……

从此，冯三眼睛又直勾勾的了，似乎比蹲号房时还直。尤其，当看见蟑螂的时候，眼睛直得就像个傻子。

红铜螺丝

一

房门仿佛被风吹了一样，咯棱咯棱响几下，临末这声，似乎比先前还大一些。福生嫂并未出现一丝惊奇，很平静地用手拢了拢喷了发胶的头发，抻扯了一下裸露臂膀的短衫，拿起唇膏，朝红艳的嘴唇上涂了涂，随后才拖着鞋子，趿拉趿拉，向房门走去。

做这生意，不是一天两天了。自福生在城里打工从一百多米的脚手架上摔下来，成了血肉模糊的肉饼，他家的日子也就跟着摔了下来。面对5亩地和两个饿鬼一样的孩子，脊椎骨就像被抽走了一样，整个身子瘫成了一堆泥。那会儿，她已悄悄预备好了一瓶杀灭腻虫的乐果，想用这东西把自己送到福生那去。一天晚上，她取过瓶子，拧开瓶盖，将瓶口一丝丝朝嘴边移动，突然，她瞥见那小笨熊一样的儿子向她伸过手来，嚷着妈妈我也要喝甜水水……这一下，她便软了，叫了一声孽障呀，眼泪刷的一下流了出来，从此便断了那念头。

门开了，进来个浑身散发着油污味的汉子。不用问，一定是村边油矿上的。其实，她在村边开这小按摩院，也就是冲油矿开的，没有小油矿，村里人谁会到她这里来呀！

大哥，里面请！福生嫂非常热情，一边打着招呼，一边在前面引领。

汉子对来这样的地方有些陌生，踽踽跟着福生嫂进了里屋，怯怯地坐到了床上。

福生嫂连忙倒了一杯茶，小心翼翼放在床边的矮桌上，大哥，先喝口水，润润嗓子。

汉子便端起杯子，吸溜，喝了一口，喉结咕噜一响，顺便滚动一下。

见汉子气喘得平稳了，她才浅笑了一下，说大哥，想做个啥手法的？

汉子瞥了她一眼，说，你都能做啥手法的？

福生嫂脸略红了一下，眸子直直觑着汉子，略有一点羞涩，低声地说，咱这儿，往实了说，也就两样，一是你躺在床上，我从头到脚给你按巴按巴，舒舒筋，活活血，解个乏；再一个，就是……说到这儿顿了一下。

就是什么？汉子追问了一句。

福生嫂脸仰了起来，一点都不含蓄地说，还能是什么，就是来真的呗！

汉子身子动了一下，眼睛从上到下打量一下福生嫂，真的？能是个啥价？

扑哧！福生嫂笑了一声，眼睛看着墙皮上那只爬动的蜘蛛，说，大哥掂对吧！我想大哥不会亏待我的。

还是说个价。汉子咳喽一下嗓子，把一块发黑黏痰吐到地上。

福生嫂脸红了一下，反正你们矿上来的，最少也得扔 20。

可是……可是……汉子说了两个可是，语声便止住了，似乎有个什么东西堵在喉咙那儿。

看着他，福生嫂生起疑来：矿上到他这里来的，决非一个半个了。可是像他这样迟迟疑疑的，还是第一次看到。莫非 20 元还嫌多。若那样，干脆买块肉皮割个口子，自己玩玩算了，干吗还要到这里来寻哪！这么想了，福生嫂脸上就有点不高兴了，说 20 也嫌多，那可就……

不、不、不。汉子脸立时红了，很急切地摇了几下脑袋，不是嫌多，俺想问问用东西顶钱行不？

东西？什么东西？

汉子慢慢站起来，一只手慢慢伸进怀里。一忽儿，掏出一个沉甸甸物件，哐啷一声，放到了桌上。

福生嫂定睛看去，才看清那是个碗口大的红铜螺丝。她很诧然，说你这是……

他忙解释道，这是地地道道的红铜，一点假没掺，少说也有 5 斤重，就是按废品价，也值 20 元。

应该说，福生嫂不是个刻薄的人，对于客人少给个 5 块 8 块的，不怎么计较，有时真逢客人手头紧了，免个一把两把单的事儿也是有的。可是今天面对桌上那个红铜螺丝，她真不知怎么好了。虽然她也知道，铜螺丝是可以换钱的，这么大个螺丝换个 10 元 20 元，估计是不成问题的，可是拿螺丝顶钱，直接成事儿，总觉得有些别扭。究竟别扭在什么地方，她一时又没有想得太清。

莫非嫌少吗？汉子木木地看着她说，随后手又伸进怀里，又掏出一枚同样的螺丝，放到了桌上。

这一下，福生嫂就无法再说别的了，只抻扯了一下床单说，那就麻溜上床吧！

汉子嚓拉一下脱掉鞋子，扭脸看了一眼床铺，脸窘窘的，说脑袋朝哪边？

福生嫂扑哧一下笑了，指了指枕头，说傻样，朝这边儿。

二

汉子前脚刚走，老贺后脚就歪歪斜斜来到这儿。

老贺，矿上的保安员，也是这儿的常客。他常跟福生嫂开玩笑，说矿上最苦最累的差事就是钻井。可在她这里钻井，再苦再累心也甜。福生嫂就骂他缺德，他却一丁点也不恼。

今天，老贺已经醉得不成样子，哐当一声推开门，身子险些摔倒在地上。

福生嫂一边搀扶着他，一边归弄着凌乱的头发，嗔怪道，这是跟谁喝的，不要命了咋的！

老贺腿脚磕磕绊绊，白眼仁朝上翻转，舌头有点大了，跟谁喝的？我自个喝的！管得着吗？

自个这么喝，你虎啊！

我憋屈！

看饱饭把你撑的，憋屈个啥？

你说憋屈啥，老板把我家的祖宗板儿都快骂翻了。

为啥呀？

不就因为……

话还没等说完整，他已闭上了眼睛，睡了过去。

待他一觉醒来，太阳已经落山了，西边的天际还能看见几缕暗淡的红色。

福生嫂赶忙给他泡了一碗浓浓的红茶，端到了床前，说咋能这样喝，脸紫得快赶猪肝了，麻溜喝点茶，解解酒。

老贺一脸黯然，端过碗，吹吹水皮儿上的茶梗，吸溜溜喝了一口，深深地长叹一声。

福生嫂似乎想起了前面的话茬，说老板为啥骂你呀？

唉，别提了。老贺摆摆手，这不嘛，矿上井台丢了螺丝，机器就停转了，老板就冲我这个保安的发起了毛烟，说我是废物、饭桶、白吃饱，并勒令我3天之内必须找回螺丝，否则就下岗、滚蛋！不瞒你说，这3天之内我腿都跑细了，该找的地方全找了，哪有螺丝的影啊！

啥样螺丝？

唉，说了你也不懂。反正我已经想好了，走之前再来看看你。老贺说到这儿，眼里含了泪。

究竟是个啥螺丝？

你就别问了。老贺一脸的无奈。

福生嫂听着听着眼珠突的一转，手指朝桌上一指，你看看，是不是这两个？

老贺扭头看去，立马愣住了，眸子直直盯着福生嫂，问哪来的？

这一问，把福生嫂脸问得红了一下。她不想把真相说给他，觉得那个真相是不好说出的。虽说用身子换钱也是不光彩的，也是无法拿到台面儿上来的。可那毕竟是情理之中的事情。但用身子换螺丝，就有点下作了，有些说不出口了，于是，她淡淡的一笑，我捡的。

捡的？老贺露出一脸的疑惑，真的假的？

福生嫂有点不高兴，我还能糊弄你！

嘿嘿，老贺就笑了笑，用小拇指甲呲嘎呲嘎抠了几下牙缝，说真是个巧，该着我老贺不下岗了，那样行不？把它卖给我吧？

卖给你？

真的，说个价，多少钱都行。

多少钱？

你说。

哼！亏你想得出。

怎么？

既是你需要，还什么钱不钱的，痛快拿去。

真的？

真的。

三

老贺捧着两枚红铜螺丝，走在去油田的小路上，心情真的好惬意。迎面吹来的小风，柔柔的，地上的月光，白白的，吸一口原野的空气，都丝丝香甜。

好多天没有这种心情了，自钻井台上被盗，丢失了钻杆螺丝，他的心里一直就是暗暗的，尤其是矿长没脸扒皮那顿骂，更把他弄得心里一点缝都没有。

如今，螺丝找到了，就在他暖暖的怀中，像两个顽皮的小宝贝，一跳一跳的，他能不喜悦？可是喜悦的同时，还有一种想法竟像薄雾一样悄悄涌到心里，把他的情绪弄得有些黯然。不是多虑，事情明摆着哩，假如人们问起螺丝从哪里找到的，他该怎样回答呐。能实打实地把福生家里的端出来吗？如果不端出福生家里的，那这螺丝是咋回事儿？从哪来的？

他忽然有了一丝恐惧，觉得这事情有些地方是说不清的。既是说不清，人们就要产生一些疑虑，怀疑是不是你行了窃，偷了螺丝，藏匿几天，看风声紧了，又拿了出来……人家那样想，事情就麻烦了，休说能领到功，得到赏，或许还要引来罗乱。到了那时，不要说下岗不下岗了，没准还要进局子呐。

事态既然这等严重，他的心态便不像方才那样轻松了，只得放慢了脚步，趿拉趿拉，朝前走。

星星，暗淡了。

月亮，黄灿灿的明亮。

就在走到岔路的当儿，忽然从路边的老榆树旁闪出个人来，吓得他身子一抖，以为遇到了歹人。定睛看去，原来是人家在那里小解刚刚完事儿。

多亏这一惊，把老贺的思路一下子弄开了，于是一个临危不惧勇斗歹徒的故事便产生了。他已经想好了，回到矿上就说，晚上出来巡逻从这经过，忽然发现了一个可疑的黑影，一闪，便不见了。当时他警惕性就上来了，他就想这黑灯瞎火的，行迹又这么鬼鬼祟祟，干什么的？怕是没有什么好勾当。之后，他的身子伏了下来，静静地朝大树那儿观察。不一会儿，那黑影就从大树后面闪出来，样子更鬼祟了，怀里好像还抱着个布包，里面还隐约发出金属物品撞击的声音，钢唧钢唧的。什么东西？他暗暗猜测着，猛然眼睛一亮，哎呀！能不能是丢失的螺丝？于是，他便一丝一丝朝那家伙靠近。离那人只有五六米远的时候，他大喊一声，不许动，那家伙先是抖动了一下，跟着便扭过头来。月光下，隐约看见那人，个子挺高，腰身挺壮，浓浓的络腮胡子上方，有一条月牙刀疤。干什么？那家伙瓮声瓮气问了一声。还未待他回答，那家伙刷地从腰间抽出一把砍刀，直挺挺地朝他走了过来。说心里话，他当时也蒙了，长这么大也没见过这阵势呀！可又一想，狭路相逢勇者胜啊！这么灰溜溜地败下阵来，多没面子，哪还像个爷们儿。想到这里，衣服大襟猛地一咧，扣子噼啪落到地上，一片白生生的胸脯便袒露出来，跟着便迎着刀子走了过去。有趣的是这一举动，竟把对方镇住了。那家伙先是停了脚步，随之刀子朝腰间一插，接着扭头便跑。站住！他大喝一声，起身便追。这样追赶了一阵，便不见了那家伙的踪影。之后返回树下，找到那个鼓囊囊布袋，将里面的东西倒了出来，仔细察看，不是别的东西，正是那两枚亮光光的红铜螺丝……

　　故事到了这儿，老贺心里便有了底。他觉得这一说法，不但避开了福生家里的，还给自己戴上了一个不大不小的光环。娘的，他有点佩服自己了。

一边走着，他一边又把故事从头到尾捋了一遍，感到没有什么漏洞和不足了，心里很是惬意，便顺嘴哼起了月牙五更：

一更里呀月牙刚出来，

小寡妇羞答答地上楼台。

……

四

老板听了老贺的讲述，当时就给感动了，一边摸索着桌上的螺丝，一边关切地问，伤着哪没有？

老贺不屑的一笑，伤我，他小样。老板，不是跟你吹，放在3年前，我要是不把他放倒，都倒着来见你。现在，毕竟腿脚有点笨了，撵一段，脚掌子疼，再说，我还怕丢了那螺丝……

老贺，做得对！老板轻轻拍了拍老贺的肩膀，语气平缓了一些，找回螺丝，是我们最大的目的。有了螺丝，我们就能钻井啦！

老贺点点头。

但是，对于你这种不畏强暴，勇斗窃匪的精神，我们一定要大力弘扬。老板说罢就抄起桌上的电话，打给了矿上宣传科。

一忽儿，宣传科的几位就过来了，后面还跟着电视台、报社的一些记者。见了老贺，就苍蝇见了血一样，呼啦一下包围过来，采访的采访，录像的录像，照相机便是一顿咔嚓咔嚓地拍照。

第二天，矿上的电视、报纸都报道了老贺的事迹。老贺一下子变成了勇斗歹徒的英雄。

五

这天，福生嫂肚子坏了，正蹲在猪圈里解手。突然间，一阵小风悠悠吹来，吹得秫秸篱笆沙沙作响，一忽儿，伴着碎鸡毛、烂草屑等物，从空中飘落下一片破碎的报纸。福生家里的顺手便拾起，草草看去，竟发现上面有一张老贺的照片，正咧嘴憨憨地笑哩。

福生嫂看了，有点发愣，咋的？还上了报纸。也不言语一声。仔细看去，才弄清那是一篇报道老贺勇斗歹徒，智夺螺丝的文章，旁边还配发了红铜螺丝的照片。

扑哧！她给逗得笑了一下，心情也有点复杂。还未来得及仔细品味，肚子又剧烈疼痛起来，像有谁拧着劲儿抻扯肠子一般。

没办法，她只得用着力气将腹中的垃圾排泄了出去。

肚子空了，再看报纸，看老贺，看螺丝，就觉得有点可笑，有点可悲。尤其老贺那张挺憨厚的面孔，显得越发滑稽。她想，人真没常看去，看着挺厚道的老贺，咋还整出了这事儿。于是便将报纸搓巴搓巴，弄出一些褶皱，嚓拉一下，揩了屁股。

这时她的手机响了，接起来一听，是老贺打来的，就觉得可笑，调侃道，大英雄咋这么闲着。老贺说，你咋也胳肢我！她说，谁敢胳肢呀！你别把我当盗贼抓喽。老贺嘿嘿笑了。她说，有事吗？老贺有些支吾，就是、就是……她便有些着急，就是啥！麻溜说。老贺说，就是螺丝那件事，天知地知你知我知得了，当别人就不要说了。她心里抖了一下，不耐烦地说，我可没闲工夫管你那破事。老贺很感激地说，你等着，哪天我买重礼去看你。她说，得了。说罢便挂了手机。

回到屋里还未上床，房门就咯棱咯棱响了几下，她开了门，进来的还是身上散发油污味的汉子。

她又将汉子让到床边，汉子还是那么直直地看着他，问，用东西顶钱行不？

福生嫂就有些惶恐，问，什么东西？

汉子就从怀里掏出一个闪闪发光的红铜螺丝。

福生嫂忽地站起来，脸上一片冰冷，指着螺丝一字一顿地喝道，从哪拿的，把它送回到哪去！

汉子愣了，脸灰灰的，麻溜从床上坐起来，声音怯怯地，怎么……

福生嫂眼睛瞪圆了，似乎有火光在里面闪动，她只吼出一个字：滚！

汉子看了看，一脸的无奈，将螺丝匆忙揣进怀里，走了。

六

当！当！当！

老贺又敲响了福生嫂家里的门，门却没开，又冲门缝儿喊了几声福生嫂，也没个回声。老贺就兀自笑了，心想，一个婆娘家的，还要开了脾气。于是就从兜里掏出个红色绒布小盒，小心打开，拿出了一枚金光闪闪的戒指，凑到唇边，噗噗吹了一吹，又用衣服软里擦了擦，然后就找来一截秫秸，去掉外面的叶子和边缘的毛茬，将戒指缓缓套在了秫秸顶端，碎步来到门前，将戒指一丝丝举到门上面的玻璃亮子上。擦着玻璃晃了晃，见里面还是没有反应，就用戒指当当当一下一下敲打着玻璃。他相信只要她听见声响朝这里看一眼，一定会看到戒指的，只要看到戒指，房门就一定会开的。

当！当！当！

到了太阳下山的时候，房门也没开。老贺慢慢收起了戒指，心里有些酸楚，娘们儿家这是咋的啦，人不想见不说，见钱都不动心思了，真邪门了……

无奈，他只得蹁蹁朝村外走去。走了好远，还回头看了一眼房门，但那房门依旧没开……

酒　场

　　小夏从坐在餐桌旁，身子就不大自在，老觉得自己坐相不太规范。于是便悄悄地挺挺胸，耸耸肩，眼睛使劲眨了眨，故意将一团笑意弄到脸上，之后才壮着胆子向四周看了看：坐在主宾位置上的那个胖子是董局长，局里的大麻雷子；挨着他的，是副局长老万，局里的二把；老万的下首，是副局长老裴；挨着老裴的，就是几位科级干部了：有人事科长小高，财务科长小崔，工会主席李大伟，妇女主任白梅，党办主任孙强，办公室主任老贾……

　　这么一顺边地看过来，整个桌面上，通身上下不带任何官衔的怕是只有他一个了。看清了这一点，小夏手脚立马活泛起来；差不多看到哪位烟卷刚一叨到嘴上，便能嚓拉一声燃着火柴，很及时地将烟卷点燃，哪位面前的茶杯刚一缺水，便能麻溜斟上。巧的是董局长有点伤风，只要嘿喽一下嗓子，不管是否咳出痰来，他便马上将一块折好的餐巾纸悄悄递上，这样把董局长弄得有点不好意思了，便说小夏，你快坐下，这不是有服务员嘛！那服务员便脸红了。冲小夏说，先生，你别老跟我抢了，还是我来。小夏这才满脸通红地坐到位子上。

　　本来，这个饭局和他是没有关系的。人家董局长要陪市长去欧洲考察，局里领导和各科室头头给领导饯行，按说这和他一个最最普通的小科员是不应该有任何关系的。可偏偏碰巧的是，那会儿他骑车回家刚好路过这家酒店，更巧的是，路过酒店的当儿，车链子还咔啦啦地掉了下来，像绳子一样拖到了地上。没办法，他只得跳下车来，上链子。就在他嘎吱嘎吱一扣一扣将车链上到轮盘的时候，恰巧董局长从小车里下来看见了他，董局长一边摩挲头发一边和他打招呼，说这不是小夏嘛，咋的啦。他的脸便忽地红了，连忙站起来，说局长，链子掉了。局长又说，还没吃饭吧？他支吾一下，想说吃了，可局长的话已经抢在了头里，局长说，走，进屋吧！他连忙说，不不不，董局长就有点不高兴了，说咋的，我说话不好使啊！他鼻尖立马见了汗，连说哪里哪里……就这么，他跟着董局长进入了今天的酒局。

　　菜，一盘一盘上来了，颜色非常鲜艳，有红的、绿的、白的、黑的，主要的硬件菜是：清蒸闸蟹、东坡肘子、软炸虾仁、蒜蓉夏威夷贝……

　　上到八道菜的时候，副局长老万看了看丰富的桌面和每个人面前满满登登的酒杯，轻声对董局长说，董局，开始呀？董局长点点头。老万又试探地说，是不是你先说两句？董局长用牙签抠了抠牙花子，笑了，说我今天坐的这个位子，可不是先说话的地方，你来吧！老万就不好意思地笑了，说好，那我就来了。于是，头便抬起来，环顾一下四周，音量提高一倍，说诸位，咱们董局长出国考察，我敬杯酒，表达这么三层意思：一是祝董局长一路顺畅，考察成功，收获多多，二是请董局长放心，在您考察期间，我们一定按您的部署，把局里的工作做好，三是盼董局长早日归来，把考察期间学得的东西带到我们工作中来，使我们的工作取得更大的成绩，上一个新的台阶。三层意思，都在酒里，来，董局长，您沾一沾就行，剩下的酒小白负责。其余的人，他说到这儿，又环顾一下四周，说都不要含糊，走一个。

于是，便听见一片吸溜吸溜喝酒的声音。

一杯酒下去，老裴明显兴奋了，就让服务员给每个人满酒。妇女主任白梅一把捂住了酒杯，说这几天胃不好。老裴便发话了：白梅，怎么的，不给面子呀。白梅就把手抬了起来，说裴局长发话了，谁敢不给，倒吧！裴局长就笑了，说这还差不多，随后冲大伙说，我张罗杯酒，意思就一个，就是祝愿董局欧洲之行，心情愉快，工作顺利，身体健康，万事如意！

好！众人一声附和，又是一片吸溜吸溜的喝酒声。

之后，便出现了一个小小的间歇，整个桌面安静极了，能清晰听到董局长咔嚓咔嚓嚼黄瓜的声音。

该谁敬啦？老万不能让这份安静持续得太久，似乎很不经意朝科长们看了一眼，顺便夹起一粒花生米，咯嘣咯嘣嚼着。

跟着科长们便推让起来，小崔让小高敬，说小高是局后备，小高让老李先敬，说老李党龄长，老李说自己是副科，还是正科们先来……推来推去，董局长说话了，客气啥，挨着排来，谁也逃不过，都得敬，包括小夏。

这一下，大家不再推让了，挨着裴副局长的人事科长小高抢先站了起来，恭恭敬敬地说，我敬一杯酒……

……

看着前面的人，一个个妙语连珠地敬酒，小夏心里有点凄惶了。

其实，单就喝酒这一项，他是不怎么惧怕的，喝就喝呗，又不是毒药。喝不了半斤八两，对付个二三两酒，还是没有问题的。最令他头疼的，倒是敬酒这件事情。他不晓得是哪个吃饱了撑的想出了这个主意。喝酒就喝酒嘛，干吗喝酒前还要哇啦哇啦说上那么一气。他天生是个木讷的人，口齿笨拙得出奇，平日里说句话，都笨笨磕磕不太顺畅，像今天这场面，只要大家把目光都对着他，立马就慌了，说话便没了根底，先是心咚咚地跳，像做了贼一般，跟着舌头便不大灵活，常把话语弄得支离破碎，缺胳膊断腿……因此，今天这个场面，他有些慌乱了。也是，今天的场面，不同于以往。以往的场面，就是和朋友、哥们儿聚聚，随便得很，说得好啦赖啦，都没什么关系。有时实在想不出什么词了，他就把杯子朝桌子上一顿，说，没用的话我就不说了，麻溜喝酒吧，咣！一口酒就捅了进去。朋友们都说爽快……可今天就不同了，在座的可都是一些有身份的人，局长啦，副局长啦，科长啦，在这些人面前说话，总要拿着点分寸哟，总不能想啥说啥，拿起话就说呀。再说，换一种思维想想，敬酒，也的确是种展示自己的机会。想想看，要不就他这么个萝卜头般的小科员，整天就是默默地工作，三点一线，哪有和这么多领导相聚的场面，绝对没有！有时局里开大会，领导倒是全在场，可哪有他靠前面的份、说话的份呀！其实谁都明白，人事科长小高是怎么上来的，不就是在一次有领导参加的酒局里，敬酒时一连使用了 5 个排比句！工会李主席怎么上来的，不就是给领导敬酒时，声情并茂地背诵了一首海涅的诗么……这么转着圈一想，今天的机会多难得，怕是寻也寻不着的。

酒，已经喝了几轮，气氛比先前活跃多了。万局长脸红红的，让董局长给大家讲个段子。董局长摆摆手，用食指悄悄指了指旁边的白梅，意思是有女同志在场哪，咋能说段子。白梅也喝高了，看着董局长的指头咯咯地笑了起来，说董局长真够封建的啦，我 3 杯酒下去，休说听段子，就是看黄片都不在乎，多大个事儿呀！万局长听了，便啪啪鼓起掌来，说真是巾帼英雄，这回董局长就看你的啦！大家也跟着附和，说看董局长的啦！董局长也就不再推让，嘶哈下牙花子，说白梅既然这么开放，那我就讲个尖端的。白梅插嘴说，是不是还那些老段子呀，什么"副处"呀，什么"老干部活动中心"呀，什么"女人画苹果"呀。"不，不！"董局长彻底兴奋起来，说绝对是个新的，绝对是个尖端的。"尖端的好！"整个餐桌都兴奋了起来。随后，董局长便讲起来了。他说从前有这么娘俩过日子，非常贫困；儿子都要娶媳妇了，家里连一块做裤衩的布都没有，当妈的一着急，就将面袋子剪巴剪巴，给儿子缝了一条裤衩。新婚之夜，那新娘子看新郎喝醉了，就替他脱衣服，先脱去外裤，回手又来脱裤衩的时候，但见上面印着几个硕大的黑字：内装 20 公斤！新媳妇看罢，当时就吓得昏厥过去……大家便轰地大笑起来。董局长说：尖端不？大家都一齐喊尖端。这时，董局长说，别瞎扯了，你们还是敬酒吧！我这杯还是小白负责。老万四处看了看，问该谁啦？党办主任就笑呵呵地站了起来，不好意思地摸了下脑门，说我敬……

看着桌子对面站起来的党办主任，小夏心里一阵焦灼。

按着这个节奏进行下去，过不了多久就该轮到他啦。可到这个时候，他心里一句成形的酒嗑还没有，你说能不让他焦灼吗？他就像在考场中，望着试卷而写不出答案的学生一样，眼巴巴地看着时光从自己的身旁一分一秒地滑过。

这会儿，他真的好佩服这些局长、科长们，他们敬起酒来，是多么有才，说出的话，是多么动听啊！差不多每一个人一张口，都能说出个两三点来，就是说一点，那一点也能说出一大箩筐的话哟！过去，他最瞧不起妇女主任白梅，背地里很多人都说她靠着抱大腿当的科长，如今他不那么看了，他觉得白梅还是蛮有才的，敬酒的嗑说得多溜啊，她能从国际形势说起，一直能说到国内状况，最后还能巧妙地回到董局长出国考察这件事上，这不是才华是什么呀！这么一比较，他觉得自己真是笨得透顶了……

越瞧不起自己，心里就越乱，脑袋就越空。为了使自己能静静地想一想，他悄悄来到洗手间。

洗手间的确安静，几个贴墙的白瓷小便池静静地站在那里，小便池上方悬挂着一幅幅小巧的风景画，有的是小溪，有的是小桥，有的是几朵飘逸的白云。

他解开裤子，呆呆地站在小便池前，看着里面白花花的尿碱和一个烟头，脑袋里还在想着敬酒的事儿。

这么一想，他才感到自己是多么的不幸，那么简单的、容易被人想到的酒嗑都已经给人说了，剩下的，不容易想的酒嗑，想起来又是多么难呀！这有点像深山寻宝，明面的、容易找的宝都已让人寻到了，还没有找到的珍贵的宝物，谁知道藏在深山的什么地方呀！

老这么站着，尿不出尿来，也实在不是个曲子。一旦有熟人进来，那像个啥呀！是前列腺有病，还是有露阴癖的毛病？于是，他裤子一提，身子一转，溜进了大便间里，咔啦，将房门一划，就势蹲在了大便池上。

蹲厕，到底是个好地方、安静、封闭，自成格局，对于思索什么事情是极有益处的。差不多就是蹲下半颗烟工夫，就想起了法子，于是便掏出手机，给一个久经沙场的哥们儿打了过去。他叫对方二哥，说自己在酒城上遇到了麻烦。对方听了就很焦急，问怎么了？他便说领导出国，他敬酒的词怎么想也想不出了。对方就笑了，骂他蠢驴，说这事容易得很，随之，简单了解下现场情况，酒场主题，整体进度，领导情绪……于是，便指点了迷津，说既是领导出国，就属于送别酒，送别酒大路货的东西就没味道了，不如来典雅的，像诗、词什么的。他就说二哥，我脑袋都要憋炸了，你就别再绕圈子了。对方就说，那你干脆来高适的那两句诗吧。他忙问，哪两句。对方说，莫愁前路无知己，天下谁人不识君。他听罢眼睛立时亮了，忙说，好诗，好诗，就用这两句了，对方便笑了，骂了他一声蠢驴，便挂了电话。

　　他刚要起身，隔壁大便间里突然跑进一个人来，抠嗓子哇哇呕吐。他偷偷从隔板的缝隙看去，竟是刚刚敬董局长喝酒的人事科长小高，吓得他一伸舌头又蹲了下去。

　　过一会儿，待他从洗手间回到酒桌的时候，心情已经爽朗无比，似乎觉得吊灯比方才亮了，墙壁比方才白了。悄悄搓了一口海鲜大拌菜，细细一嚼，呀，味道不错呀，他连忙又搓了几口别的菜，味道都不错，到了这会儿，他大大松了口气，暗中十分庆幸，多亏去了趟洗手间，多亏给朋友打了个电话，多亏……要不这么一桌子好酒、好菜不等于白吃嘛！他一边惬意地吃着酒菜，一边很细心地听着别人敬酒，暗中还常把别人的酒嗑和自己心中那两句诗进行比较。这一比，高、低就明显分出来了：用词、用句就不要说了，单就意思的含量，字词的韵味，真是没法比哟。有句俗语说，不比不知道，一比吓一跳，拿他们和高适一比，真把他吓了一跳。他甚至都这样想了，一会自己弄得太精彩了，能不能使别人受到损伤，从而给自己带来负面影响。后一想，没必要顾忌太多了，任何事情都是有得有失的，只要局长满意就行。于是，他又很从容地拿湿巾擦了擦嘴唇，顺便又把那盘闸蟹转到了董局长面前。

　　终于，轮到他上一家的办公室主任敬酒了。

　　小夏依旧不屑地听着。

　　办公室主任说：局长这次欧洲之行太有意义了，为局长送行我心情非常激动，此景此情，不禁想起了唐代诗人的一个名句：莫愁前路无知己，天下谁人不识君。

　　好！大家一声齐喊，同时鼓起掌来。

当时，小夏就傻了，他简直不相信自己的耳朵，仔细听来，人们依旧鼓掌。

董局长也兴奋了，高高地举起酒杯，左右晃了晃，说：我一般不喝酒，今天就冲这两句诗，我就把这杯干喽！说着，一仰脖便将酒喝了进去。

好！酒场似乎一下子进入了高潮，桌面上"过电"的声音咣咣响成了一片。跟着有人就喊，快满酒，这回看小夏的啦！

酒，服务员眨眼时间就满上了，一只只透明的酒杯，像一颗颗星星在闪烁。

小夏看着酒杯，看着酒杯前每个人的脸，脑袋像挨了棒子一样沉重，突然间，他觉得鼻子一酸，眼泪就要往外涌来。猛一咬牙根，才将眼泪抑制住了。随之，手指颤颤地端起杯，说：啥也别说了，麻溜喝吧。咣！一口就将酒喝了进去，之后，眼泪就流了出来。

……

狗娃放过猪

　　天一擦黑，地上的冰就变亮了，白天太阳光在上面照出星星点点的小麻坑儿，眨眼就给雪面子抹平了。小北风硬撅撅吹过来，被篱笆窄窄的缝儿勒出了一声声呼哨呼哨的尖响，像蛇吐信子一样尖锐，刺激得狗娃直想尿尿。

　　他提着裤子在地上转了两圈，也没有找到尿尿的地方，小鸡鸡上已经冒出一颗圆滚滚的尿珠了。使劲憋了憋，尿珠才没有滴落下来，就那么亮亮晶晶在那闪烁……

　　地上，铺着好大一块苇席，上面结得一层白亮亮的薄冰，因苇子编着"人"字花纹，冰面就冻得有趣起来，凸是凸凹是凹的，凸凹之间透着闪闪亮亮的"人"字痕迹。席面上摆着一块一块切好的方肉，有后鞧、里脊、前槽、下膪……临到席子边上，放着那个白白净净的猪头。

　　他绕过猪头，就再也憋不住了，一条水线白亮亮地朝地上喷射过去，发着噗噗声响，冒出团团热气。

　　尿过后，跟着就是几个寒噤，他身子晃了晃，把残余的几滴尿珠又滴落在裤裆上，仿佛越发冷了，牙帮骨也嗒嗒嗒磕碰起来。他多想进屋暖暖身子啊，可是一想起娘让他看肉的吩咐，就不想暖身子了，觉得再冷的天，只要抱抱肩膀，夹紧屁股，都能挺过去。于是，他就缩了缩怀，蹲下了身子。

肉，也是白亮亮的，肉皮上刚刚结冻的薄冰，像镜子一样透明，把天上的星星、月亮都清晰地照在里面。看着肉，狗娃心里猛地就酸楚起来。

啥时和猪相识的，狗娃记不得了。只记得开春的时候，娘像背角瓜一样用麻袋背回一样东西。刚放到地上，这东西就猛一下子蹦起来，把狗娃吓得当时就坐在地上，哇地哭起来。娘麻溜把他扶起，一边摸着他的脑袋一边说，扑噜扑噜毛，吓不着，扑噜扑噜耳，吓一会儿，跟娘来呀！……于是他不哭了，泪珠挂在眼角上，怯生生地用手指着麻袋，问娘是啥东西。娘便拽起了麻袋嘴，说看吧。他就从麻袋嘴里看见了猪崽。

那会儿，猎崽白生生的可爱，身子圆滚滚的，皮肤透着微微粉色，白白净净的毛，没有一根杂色，尤其是亮亮闪闪的毛梢，像用奶皮漂过一样白亮，拱嘴红得更是鲜嫩，两个黑洞洞的小鼻孔，就像在拱嘴上滴落两滴圆溜溜的墨点，画一样美妙，尾巴愈发活泛，一会儿绕成个圆圆的圈儿，一会儿变成根直挺挺的棍儿……

真正使狗娃认识猪崽却是三天以后的事情。

那天，娘赶集去了，其他人也都下地了，家里就剩了他——狗娃。

守着空落落的家，狗娃好寂寞哟！于是开始了尿尿和泥玩：

先是捧几捧黄土堆一堆儿，顶尖弄出个小坑儿，然后哗哗把尿呲到坑里，洇一洇，接着便呱嗒呱嗒和泥。一忽儿泥和出来了，软乎乎发黏，怎样拉扯都有着弹性。之后他便开始加工小人儿了：先做二胖、大海、毛头，又做刘四、孟五、狗剩子，伙伴们被挨个塑造了一回，然后又加工小动物，小猫、小狗、小猪……小猪做出来，他不晓得像不像真的，便猛然想起猪崽，就拿着泥猪来和真猪比较，这一比较，才发现了猪崽的凄凉：偌大个猪圈里，除了窝里的一点干草，墙根儿的一个猪槽，猪槽旁边几泡干巴巴的猪粪蛋儿，别的就没有什么了。那条长拖拖生着锈的锁链，一头锁住了猪崽，一头固定在木桩上，像一条曲曲弯弯的蛇。任猪崽怎么样奔跑、挣扎，也只是将锁链抻扯出哗啷哗啷的响声，木桩却像生了根一样。

狗娃看着，心酸了。他知道，猪崽准是想娘啦。要不，哪能这般前蹿后跳，像丢魂似的。精神头儿也不如刚来那天，眼神儿发散不说，拱嘴儿也不那么鲜艳了，灰突突的，像挂了层葡萄霜。尤其是那条小尾巴，蔫了吧唧的没了一点生气，霜打一样耷拉着。叫声，吭吭唧唧的，音儿像窝在了嗓子眼儿那，细听，丝丝缕缕像在哭。听说这猪崽才出生两个月呀！两个月的小东西哪能不想娘，说来，想娘的滋味是最难受的，比渴、比饿还难受。他娘赶集刚走一个上午，他就心慌了，空落落的，像丢了东西。这猪崽，都离开娘三天了，又该是怎样的滋味。他真不敢替它去想，可是话说回来，既然离开了娘，也不能老这么想，老想也是不管用的。真若是把身子想出毛病来，岂不麻烦，弄不好就得灌药、打针，尤其打针，可怕着哩！那么长的针头，闪亮亮的，不管脑袋屁股就那么一扎，不疼死才怪。冲这点，就不能太朝死胡同里想，于是他冲猪崽叫了一声：咯唠唠唠唠唠唠唠！

猪崽就抬起头，怯怯地看着他。

咯唠唠唠唠唠唠唠！

猪崽似乎认出了他，露出一副挺委屈的表情，嘴巴朝他举了举，拱嘴翘了翘，小眼睛可怜巴巴的。

狗娃心里有点酸，他麻溜回到屋，舀来一瓢猪食，倒进槽子里。

猪崽见到食，不叫了，脑袋低下去，拱拱，嘴巴又转到别的地方了。

他知道猪崽是上火了，上火是吃不下东西的，尤其是吃不下这些干糊糊猪食的，吃这些东西会感到糊嗓子、反胃，来点清爽菜类或许还好些。之后他跑进仓子，抓一把苣荬菜，扔进猪圈里。

见到苣荬菜，猪崽眼睛亮了许多，小尾巴晃了几晃，便跑了过去，闻闻，咔嚓咔嚓嚼起来。一忽儿，一溜白生生的苣荬菜浆从嘴里流了出来，奶珠一样挂到下颏的嫩毛上，一缕苦涩涩的野菜气息便弥漫开去。

见猪崽有心情吃东西了，狗娃的心里一下子就豁亮起来。恰这时，娘回来了，见狗娃这样喜欢猪崽，就把放猪这活计交给了他。

之后，狗娃便开始放猪了。每天差不多都是踏着露珠把猪赶出去，傍晚太阳落山再把猪赶回来，整个白天，都是和猪崽在大甸子上。

　　大甸子，真是好大，远处仿佛总是和天边连在一起。走在上面，老像被天这口大锅扣着。狗娃赶着猪崽心里好滋润哟。哪里有苣荬菜、灰菜、线菜、老苍子……猪娃就朝哪里赶，哪里向阳、风凉就在哪里歇着。只要歇着，狗娃多半是侧身仰在草坪上，嘴里叼着一片草叶，眼睛眯成一条缝，眸子温暖地觑着猪崽，而猪崽也会懒洋洋地躺在他身边，四蹄伸开，两眼微闭，耳朵一扇一扇地摆动，它似乎在等待着什么。狗娃明白，可偏装不明白，故意不理它。一会儿，它小眼睛就睁开了，吱吱叫唤，像患了牙疼一样。如狗娃再不理，它就要扑棱一下欠起身子，拿拱嘴触碰狗娃的手……这会儿狗娃就再也绷不住了，扑哧一下乐出声来，把肉乎乎的小手伸到猪崽的前腿腋下，咯哧咯哧挠起来。只挠几下，那小腿就像疏通了筋骨一样，渐渐地伸展开来，把长着绒毛、粉嘟噜肤色的腋下，全暴露在外边。这时，那一个个圆滚滚趴在上面的虱子，就没了遮挡，暴露出来，经小风一吹就受了惊动，于是便开始逃窜，有的朝肚皮方向爬，有的向小腿根部爬，有的因吸饱了一肚子血行动不便，爬两步，就爬不动了，开始装死……这时候，狗娃就会顺手捡个缸片或瓦片什么的，擦去上边的泥土，放在猪蹄旁边，然后捏过一个虱子放上，指甲斜着硬面抹过去，便啪的一响，崩出一丝血来，指甲上只留下一块软塌塌的黑皮。前腿儿挠过后，猪崽就要翻个身。待挠后腿的时候，猪崽躺得更舒坦了，腿，懒懒地伸着，尾巴，一动不动，软乎乎的肚囊，一鼓一鼓喘着气，整个身子就像块水豆腐，任狗娃怎样摆布，也不拒绝。其实，使狗娃最感新奇的，还是猪崽裆部的那串小东西，两个圆圆的球体是那么光润、温热，隔着一层皮儿，都能感到它的活泛。每每手指头触碰它时，狗娃心里总要动一下，禁不住要多看一眼。他不知为何自己怎么老喜欢摸那串小东西，但他能感觉到他这么做时猪崽是蛮幸福的，那种幸福，是要比从它身上捉走几个虱子强好多倍的。

可是猪崽这种幸福没有持续多久，就被断送了。

断送它的幸福，是在一个雾气漫漫的早晨。那天，天也不知中了什么邪，雾气，就像白色绷带一样，一层层一道道，拐弯抹角把整个村子全缠绕住了，一星一点的杂色都无法透露。

狗娃娘就是裹挟着一身雾气走进家门的，她连房门都没关，就对拿起鞭子去要放猪的狗娃说，今个儿别去了，一会儿徐兽医来，趁着雾天，把猪劁了吧。

狗娃一脸的不解，劁猪？咋劁啊？

娘擦一把雾气在头发上凝成的露珠，说待会儿，徐兽医来了，你就知道了。

狗娃就把鞭子放在了墙角，心里像窗外的雾气一样，迷迷茫茫。

两袋烟工夫，徐兽医来了。他进了门就从腰间摘下羊皮口袋，哗啷一声扔到锅台上，跟着就一件一件往外取东西：刀片、挑钩、皮绳……

狗娃见了，心里就发紧了，他不知道要发生什么事情，可是他觉得不会发生什么好事情。想要阻拦，娘已把猪崽活脱脱递给了徐兽医。

不愧是徐兽医，摆弄猪崽就像摆弄面团一样柔顺。他左手顺着脑门儿轻轻一挡，猪崽便顺势横放到地上。小东西刚想嘶叫，徐兽医一只脚就准准踏在它的耳根上，于是叫声就无法响亮了。接下来的事情，更叫狗娃心惊，他眼睁睁看着徐兽医手中的小刀子，在猪崽后腿间亮亮的一闪，那鼓囊囊的肉皮便被划开一个寸巴长的口子。先是白肉翻卷，随之便有鲜血涌出。徐兽医毫不惊慌，任猪崽怎样叫，也不紊乱，手指头沿着刀口轻轻一挤，便有两颗粉灿灿的肉蛋带着牵挂滴落下来，像两枚熟透了的樱桃，发着腥不叽的气息……这时，徐兽医的动作明显麻利了，先是用挑钩沿着肉蛋微微一顺，跟着指缝中的刀片紧贴肉皮横抹过去，几乎风吹一般，那串红鲜鲜的东西便被带得飘飞起来，在空中闪烁一下，便准准落到门口大黑狗的嘴里。于是狗嘴里发出一阵嘎叽嘎叽的声响。这会儿，徐兽医才抬起脚，猪崽便逃命一样向门外跑去……

挨劁了的猪崽，远比先前惨多了，拱嘴干巴巴的，身上沾满草屑，创伤处还残存着一块块紫黑的血污，皮肉肿得像抹了桐油一样发亮。它浑身哆嗦着站在猪圈里，两眼惶惶向外看着，眸子一片惶恐。

隔着圈门儿偷看一眼猪崽，狗娃心窝里就苦得不行了，竟有几颗眼泪吧嗒吧嗒掉下来，用手一抹，泪珠还热乎乎的，有着体温。

他真感到很对不住猪崽了：小小的生命，咋能经得起这般折腾，手上扎个毛刺儿，还疼得连着骨头连着心呐，何况它是被刀子割伤的，而且还从里边剜出串肉来，能不疼吗？也就是猪崽吧，若放在他或别个伙伴身上，不疼死才怪！由此，他怨恨起娘来，他不解娘为何好端端向猪崽使出这等手段，又为何从猪身上剜下一串肉来。他不明白，那串肉，究竟哪里碍了娘。于是他嘟起嘴来，开始不理娘。可气的是，那会儿的娘，一天脚打后脑勺地忙，眼睛里除了鸡、鸭、鹅、狗、活计之类，哪里顾得上别的事情。因此他的噘嘴、鼓气、瞪眼睛，全白费了，没有收到一丁点儿预想的效果，嘴唇也撅酸了，腮帮子也累麻了，娘愣是一点儿没有发觉。第二天早晨开始不起来，趴在被窝里怄气。“咋啦？咋啦？”娘急火火地问。见他不答，娘就以为他患了感冒，立马做了一碗疙瘩汤，又放了一些黄灿灿的姜丝，热气腾腾端进来，说麻溜吃麻溜吃，发点汗就好了。狗娃吸溜吸溜喝娘做的疙瘩汤，心里的怨气就一丝丝朝外蒸发，疙瘩汤喝没了，怨气也就蒸发掉了。过后，又乖乖拿起鞭子，下甸子啦。

狗娃的怨气虽然消了，但是猪崽的怨气还大着哩。它对平白无故挨了这一刀，总是想不通的，总觉得这里面有狗娃参与的成分。他若是不参与，兽医哪会出手那么准？它那串肉长得多秘密呀！这样看来，狗娃以前老喜欢摸那串东西，多少有点给兽医打前站的意思。于是便不再理狗娃了：嘴撅撅着，鼻子哼哼怄着气。狗娃再亲近，它也不理会。有一次狗娃还想像先前一样给它挠个痒痒，它却猛一弹蹄子，蹄甲准准蹬到了狗娃的手背上，眼见得一条口子翻卷开了，血流出来。狗娃有点发怒了，一下抄起鞭子，可刚举起一半，就觉得不应该了。将心比心，猪崽的举动是应该理解的，小东西受了这么大的委屈，哪有不撒气的道理，虽说撒在他身上是冤屈了他，但是不冤屈他能冤屈谁呐！谁让他是猪崽的伙伴？莫说弹他一蹄子，就是咬上一口，也不算过分的，于是他兀自蹲下身来，抓起一把细土面儿，丝丝缕缕撒到伤口上，跟着伤口处就鼓起一道红鲜鲜的小土塄。猪崽看了这些，便不好意思了，它原本只是发个小脾气，让他知道知道它的心思，哪承想出手太重了，竟伤了人家。于是它伸出红嫩嫩的舌尖舔了舔狗娃受伤的手背……这之后，他们俩又像先前一样好了。

甸子上，别的猪倌看见他家的猪崽劁了，就都说看着吧，这回你家的猪该抻腰长了。

开始他不明白，心想猪劁了就能抻腰长，瞎扯！可是后来随着猪崽的变化，便印证了这一点，于是他觉得他的猪崽再也不是原来的猪崽了。

一两个月还不明显，半年一过，猪的身子就气儿吹一样甩开了长。腿也变长了，腰也变粗了，前腿盘到后屁股蛋儿之间，面积明显宽阔起来，两只耳朵，也似乎演变成两片大白菜叶子，呼扇呼扇遮挡着眼帘。尤其是立秋一过，生长得更加迅猛了，几乎一天一个成色，原本还松松垮垮的皮囊，已渐渐被填充得鼓胀起来，下颏肉也有了，夹裆肉也有了，走起路来，大肚子就像悬了个鼓溜溜的麻袋，忽悠忽悠晃荡。

偶尔，狗娃赶着它从村中走过，就总能听见一些农人的议论，有的说这猪能出六成肉，有的说能出七成肉，有的说抛开头蹄下水算，或许能出八成肉……尽管狗娃对他们议论的事体有些懵懂，可是那语言背后的危机多多少少还是能感受到的。

等进了腊月，情形就有些不妙了，隔三岔五就能听到吱吱啦啦的抓猪声，跟着还能看见一些孩子呼呼啦啦朝着猪叫的方向跑去。狗娃知道这是屯子里又有谁家杀猪了，以往他也会和伙伴们一道去看热闹的。

杀猪，真是蛮热闹哩：通常是在院子中间的空地上，摆好一张擦拭干净的八仙桌，几个壮汉把那头捆绑了四蹄的肥猪用杠子抬起来，吭哧吭哧放到桌上。肥猪上了桌，便开始挣扎，有的蹬腿，有的鸣叫，力气用得过猛的，还能挤出一截硬撅撅的粪蛋儿……到了这会儿，那屠户就会把顶门杠抄起来，慢悠悠走到猪的近前，先是用杠子比量一下猪的耳根，停一停，朝手心唾了口唾沫，跟着便呼地抡起杠子，几乎带了风声，哐啷一下向猪击去。立马猪就昏厥过去，也不蹬腿了，也不挣扎了，身子仿佛抽去筋骨一样松软，脑袋也就顺势向桌角耷拉过去。屠户这才扔下杠子，顺后腰处搜出侵刀，吹吹，吹吹刀子上面的浮土，再在胸前的皮围裙上嚓啦嚓啦蹙两下，于是一手拨挡着猪的前腿，一手将侵刀在猪的脖颈处斜刺进去。那猪顶多是哼哼几声，连眼皮都没撩一下，刀口处便咕嘟咕嘟冒出血来……每看到这时，伙伴们的脸就全白了，可还是舍不得走，狗娃也是一样的……但是现在，就没有那个心情了，每当哪传来抓猪的叫声，他的心就咕咚咕咚蹦起来，慌得什么似的，连忙挥动鞭子，让猪尽快走开些。他真害怕那个叫声被猪听见，他想猪听见叫声是会明白一切的。人有人言，兽有兽语呀。猪和猪之间的叫声也是相通的，就像人与人说话一样，每一声都表达着一个什么意思，猪的叫声也是表达意思的：比如吱吱哇哇这一声，人是听不出个啥眉目的，可是放到猪的耳朵里，那意思就

迥然不同了，也可能是一声求饶，也可能是一声呼唤，也可能
是一声诉说，也可能……如果这些意思一股脑进入猪的耳朵
里，那是多么可怕的情形呀！但话说回来，他又是无法阻挡猪
听见叫声的，想想看，那么个小村落，巴掌大的地方，休说猪
叫，就是公鸡打鸣也会响彻全村的。况且猪的耳朵又是那般灵敏，
吱吱哇哇的叫声还会听不见？但是令他吃惊的是，猪竟像什么
也没听见一样，该怎么样还怎么样，脸上一丝一毫的变化都没
有，于是他就有些纳闷儿了，莫非猪的耳朵变聋了，心眼儿变
憨了……

　　有一天夜里，当他在猪圈墙外解手时忽然发现了秘密，猪
在窝里正吭吭地啜泣哩，抽抽噎噎的声音是那么悲伤。借着月
光他看见它眼角处有大把大把的眼泪在流淌……他一下惊呆在
那里，想不到哑巴牲口，竟是这样通人性哟，竟会用咽泪装欢
的办法掩饰自己，迷惑别人。霎时，他眼角发湿了，觉得有凉
丝丝的东西在脸上爬动……跟着他便踽踽来到猪近前，伸出手
来，他想抚摸它、安慰它，向它表示一点亲昵。可是手伸到一半，
衣襟处便突兀发出一声清脆的金属声响，于是他便看到了胸前
那把平安锁。那是一件他出生时姥姥送给他的礼物，是保佑他
一生平安的……立时，他心中温热起来，就像有暖流滚过一样。
平安锁，是能锁住平安的，它不但能锁住人的平安，同样也能
锁住猪的平安。之后他慢慢摘下平安锁，小心翼翼地挂在猪的
脖子上……

　　但是，平安锁并没有锁住它的平安。就在狗娃被娘打发去
镇上赶集的那天，厄运还是降临到了猪的头上……

小北风渐渐煞住了，天，却比先前冷了许多，狗娃擦抹眼泪的袖口，已经冻得硬邦邦了，就像绑了铁片一样，稍有动作，便发出刷啦刷啦的响声。

看着地上的肉，狗娃的心真像刀割一样难受。他怎么也不明白，早上还欢蹦乱跳的一头猪，一个白天过去，竟然变成白花花的一片肉了。这些肉是永远再变不成原来那头猪了。就是把头蹄下水合并起来，还能拼成原来的模样，可是他知道那个通晓人性的东西是永远回不来了……至于去了什么地方，他真的不知道。

悲痛，没用了。伤心，没用了。眼泪，也没用了。如果这些能救活猪的话，狗娃宁愿在这里哭上一天一夜。

现在最可怕的事情是，娘已经把整猪卖给了公社食堂，明天早上人家就要把所有的东西拉走了。也就是说，从那会儿起，他对猪想念的全部依托，也将不复存在了，以后再想的时候，全部得靠想象来完成了。想象，狗娃觉得可是个靠不住的东西，它虚幻得很，有时一闭眼，它能演电影一样在你眼前花花绿绿过一遍，有时一闭眼，就是一片空白，一丁点影像也没有。狗娃害怕想猪时出现空白。他记得他想姥姥时老愿意看一张发黄的照片，只要一看照片，姥姥的形象就能从照片上活起来，还像活着时候一样，笑眯眯地看着他。不看照片，干巴巴地想，就费劲了，有时想着想着，姥姥的形象反倒模糊起来，鼻子眼睛都不真……连想姥姥都是这样，就不要说想猪了……想姥姥时照片怎么也是个抓手啊，想猪他可是一点抓手也没有了。

于是，他猛然产生一个念头：何不藏起块肉来当个抓手呐！

这念头一出现，他自己就给吓出一身汗来。可是经风一吹，汗又渐渐地消退了，心里也就坚定起来，看来此刻，这也是唯一的办法了。于是，他身子慢慢站起来，缓缓伸出手，一块一块摸着肉，前槽、后鞧、腰盘……

当他摸到一小块最不起眼儿的瘦肉时，他手哆嗦一下，连忙觑了一眼房门，极快地把肉拿起来，快步来到草垛旁，将肉深深地藏在草垛底下……之后，心里就放松了，觉得以后再想猪时，就有了着落。虽说他藏起的只是一块肉，可是它却能叫他幻化出猪的模样来。就是以后日子久了，肉有了变化，他相信那剩下的骨头，也会起到同样作用的。

后来的岁月就平淡了，不过狗娃的心里并不平淡。每每听到谁家猪的叫声，他的心里总要动一下，跟着便想起了自家的草垛，想起了草垛下面那块肉，于是就觉得有些温暖。

寻人启事

　　魏三张贴小广告的时候，目光有些游移，常常是眸子盯着墙上或电线杆的某个地方，而余光还在前后地撒目，贼一样地警觉。能不警觉吗？"老便"到处都是，绝不能因为一张小小的广告，把自己栽进去。进去的滋味，他清楚得很哩……这走路拉拉尿的毛病，就是上次蹲大号时落下的。

　　现在眸子的余光，明白无误地告诉他左右无人了，他才小心翼翼地将"办证广告"从兜里掏出一张，快捷地贴到墙上去。就在他转过身将要溜掉之际，猛然发现了墙上一张寻人启事。启事的内容是，老父七十余岁，走失多日，其子甚为着急，有知其下落者，请拨打135×××××××××，酬金6000元。启事左上角，印有一张老者的黑白照片。老者的形象虽无特点，但那簇翘翘的山羊胡子却分外抢眼。

　　就在他看完广告，走出还没有十几步的地方，忽然看到令人惊奇的一幕：一个留山羊胡子的老乞丐正倚在老杨树下懒懒地打盹，那缕山羊胡子，让他震惊了一下，于是赶忙跑到启事前，又端详了一下。这一端详，魏三心尖都颤动了，娘的！他觉得今天遇上了个金疙瘩。

屈指算，进城少说也有3年了，天上掉馅饼的事儿还是第一次碰上。

杨树叶子被风儿吹着，发出哗啦哗啦的响动，像摇动风铃一样清脆，枝叶间，赤红腿儿的蝈蝈，趴在叶子的青梗上，猛劲儿扇动翅膀，吱啦吱啦鸣叫着。

魏三差不多是迈着碎步来到老者跟前的。

老者仿佛是刚从梦中醒来，伸了个懒腰，打了个哈欠，随后才缓缓睁开眼睛，一块谷壳大的眵目糊颤颤地挂在睫毛上。

魏三又往前凑一凑，弄出一脸挺敦厚的笑意，说你老咋睡在这里呐？当心着凉。

老者山羊胡子翘翘，凄然一笑，冷冰冰地说：着凉，死了倒痛快！

魏三脸上的笑止住了，故作关切地问，老人家，是不是迷路啦？

迷路？老者身子欠了欠，我迷什么路，我是故意不想回那个家！

那……魏三语塞了一下，那是为什么？

老者眼睛直直盯着他，扑哧笑了，你听了也没用，还是做你的事情去吧！

不，老人家，你说说，或许我能帮着你？

你，呵嗬！老者摇摇头，哧溜，吸了一下清冷的鼻涕。

魏三还是一脸的真诚，说，老人家，说说嘛！

其实也没啥好说的，就是我那败家的儿子欠我 3000 元钱，不还我，所以我一赌气，就……

儿子朝爹借钱，不是很正常嘛！干啥生这么大气？

理是这么个理，你是不知道啊！我那儿子不是缺钱的主啊！真缺钱，我白给他都行，可他不缺钱呀！整天小车坐着，一会儿和日本人谈生意，一会儿和香港人谈买卖。有时回来打开保险箱，全是一捆一捆的票子。人家，老牛了！

魏三有点纳闷了：那他咋还朝你借钱呐？

老者还是一脸生气的样子，说来也是该我倒霉，他那天保险箱放在公司保险柜里啦，临时来个朋友，他要请人家喝咖啡，一摸兜，可能觉得钱不够，就找到了我，我问他借多少，他说拿 3000 元吧，我就给他拿了 3000 元，问他啥时还，他笑了，看小孩似的看着我，说爹说啥时还就啥时还。我便说，明天就还，最迟不能超过后天。他还是那么笑，好，就明天。可是第二天，他就去了香港，一去就是半个月，他刚一回来，我便问他，他便笑了，说爹，我那钱全在卡里，等明天……我一听就火了，明天明天，老明天，这不是要我吗？我这么大岁数受你要！这一气我便离开了那个家。

……

魏三听到这里便笑了，说，老人家，你也真是，和儿子哪能这样。你说，你儿子能不还你钱吗？

是啊！我知道他能还我，可是他这么拖来拖去我就受不了啦！小伙子，我这人的脾气你是不知道，干什么事情就是丁是丁的，卯是卯的，差半点都不行。我们那条街都叫我"一根筋"，

"一根筋"就"一根筋"吧，这一辈子就这么"一根筋"过来的。

魏三已经将老头的大体情况弄明白了。便觉得这是上天赐给他一个绝好的发财机会。

6000 元，虽然不是什么天文数字，但是对于他来讲，也着实是个挺耀眼的数目。刚进城那会儿，屁沟子淌汗地干，一年到头才赚几个钱？有一年 2000 元，有一年 3000 元，有一年老板跑了，一根毛都没落着。后来，入了办证这一行，才算好点，以办证的收入算，办个本科文凭，顶多 100 元，办个重点的顶多 200 元，办个清华、北大的 400 元，6000 元，是多少个北大、清华呀！再说，办证风险也大呀！买卖双方都像做贼一样，交易地点都选在背旮旯的地方，稍有个风吹草动，就得像兔子一样逃跑。有一回跑得太急，摔在马路上，卵子被石头硌得像个水葫芦，害得他半年多没敢跟老婆扯事儿……尽管加着万分小心，这一行掉进的人还是不少的。轻则，罚你个倾家荡产；重则，那是要蹲大牢的。这样一比较，他真觉得启事赐给的机会，是上帝赋予的机会。这种机会，是应该牢牢抓住的。

于是，他就按启事上的号码打了电话。

接电话的是个哑嗓子，一听魏三帮着找到了爹，直呼他大恩人，千恩万谢地感激。后来，语言中就带出了一丝歉意，说正在和港商谈判，谈的是一个涉及国计民生的项目，这会儿正谈到节骨眼儿上，按礼节，是不好抬腿就走的……麻烦他能否将老爹送过来。

魏三为难了：这……这……他有点支吾。

哑嗓子倒是爽快，电话里对魏三说，6000 元之外再给你加

2000 元，权当打的费了。

人家把话说到这个份上，魏三就不好意思说别个了，于是就说好咧！做出一个爽快的样子。随后就踽踽来到老者近前，缓缓蹲下身子，顺势拍打一下老者头上沾浮的灰土，说，老人家，我送你回家去吧！

回哪？老者脖子拧过来，拧出了几条挺粗糙的褶皱，眼睛愣愣地看着他。

嘿嘿！他笑了，笑意中藏着一点狡黠，说，你说能回哪，当然是回家啦！

老者身子忽地坐起来，山羊胡子颤抖了几下，脸上透着一层阴暗，说，我就是死，也不回去！

为啥？

他不给我 3000 元钱，我坚决不回去。

你回去，他不就给你 3000 元钱了吗？你想想，你儿子那么有钱，在乎你那俩钱吗？

我不管他在不在乎，反正是他不给我 3000 元，我坚决不回去。

事情又到了死角。魏三这时才感到老者真是一根筋。可为了那 6000 元钱，他又给他儿子打了电话。

哑嗓子听了，就哈哈大笑起来，说他爹就是这么个犟脾气，脾气上来谁也没办法。

怎么办呐？哑嗓子似乎在思索，随后话锋一转，仿佛依旧带着歉意，说，这样好不好兄弟，我看你就帮人帮到底，能否想个法子，把钱先垫上，给那倔老头子……一会儿，你将他送来时，我一并给你。

这，真是魏三做梦也没梦到的事情，仅仅把人送过去，没有什么大不了的，顶多是麻烦一点呗，可是一涉及垫钱，他就有点困惑了，觉得事情稍稍有点复杂。又一想，有点多虑了，人家那么大个老板，整天接触港商台商的，能在这几千块钱上跟你玩猫腻儿嘛。再说，哪有拿这么大岁数老爹玩的。

哑嗓子似乎容不得他多想，便急切地说，我这里正忙，你想个法子吧，我不会亏你的，到时多给你加 1000 不就完了吗！

又是 1000。魏三眼睛便一亮，心里真的好滋润，暗想，运气来了，挣钱也真的容易哟！左一个 6000 元，右一个 3000 元，这么放屁的工夫，就对付 10000 元啦！机遇对人太重要啦！可他还是故意为难地说：这……这……

你就说行不行吧？哑嗓子问的也很急切。

不能再端了，魏三觉得已经到了火候，便很勉强地说，那……好吧。

随之，那边电话就撂了。

既然是答应了人家，魏三觉得说话还是要算数的。于是他就给同伙赖子打了电话，谎说家里的一个亲戚病了，住院需要钱，让他抓紧送过来。

赖子是刚刚卖了几本东北大学的毕业证，手中有了一点积蓄，原本是想拿着这点积蓄买奖券的，但是魏三是他的领路人，人家朝他借钱，咋好意思不借，话说回来，休说人家是借，就是实打实地朝他要，也是不能拒绝的。因为他能走上此道，一锛子一斧子都是魏三教的。所以，他很快就把钱送了过来。

凑足了 3000 元钱，再来到树下找老者，他已经睡在那里，嘴角一丝亮闪闪的口水垂到地上，有烟盒那么大一块地方被洇湿了，几只黑亮亮的蚂蚁在上面缓缓爬动。

他轻轻叫一声老者。老者便缓缓地睁开眼睛，迷蒙地看了他一下，说，钱，弄到了吗？

他说，弄到了。

老者说，多少？

他说，3000 元。

老者说，在哪？

他笑了，就将钱缓缓地掏出来，直直地递过去。

老者接了钱，便呸地朝食指肚上吐了点唾沫，接着便喳喳地查起来。查到最后，嘴角露出个笑，说，这还差不多，没有这 3000 元钱，我死，也要死在这里的。

好好，有了钱，这回我们该走了吧！

好，走吧！

于是，魏三打了辆车，将老者安顿在后排的座位上，接着便向银贸大厦方向驶去。车厢里，正在播放着单出头《红月娥做梦》：

我要你一两星星二两月，

三两轻风四两白云，

雪花晒干要五两，

冰溜子烧热要半斤。

……

车子七拐八拐将要抵达老者指引的家门的时候，魏三心里刚刚舒缓出一口气来，事情总算要有个眉目了，10000元钱离自己不远了。

　　一想到那一捆厚墩墩的票子将要进入自己的口袋，魏三心里便有些激动。真的是来得早不如来得巧。想想看，看寻人启事的人何止他一个呀，多了，恐怕成百上千都不止。可是为啥只有他一个，能看见那所寻的人，是巧合、是机缘、还是……他想来想去，觉得还是个命。既然自己有了这个命，也就不要太客气啦！于是，他便盘算起这10000元钱的用途来，首先得先把赖子的钱还上，然后再租个舒坦的房子，最好是阳面的，大点小点都没有关系，只要采光好就行。像现在他住的地下室，根本就不是人待的地方，阴暗、潮湿，在屋里牢牢蹲两天，身上或许都长出绿毛来。再就是衣服也得换换了，不能老这一身穿了洗、洗了穿的。还有，其实也是顶顶重要的一项，那就是怎么也得像模像样地吃上一顿，否则，长时间用方便面对付着，也真亏了自己。人活着，说到底不就是为了这张嘴嘛，也只有吃了，才是真得了。所以钱一旦到手，就要去大世界肥牛吃上一顿，而且把屯子中一块进城的几位哥们儿都叫上，多要肉，少要菜，调料一律要麻酱的，再弄两瓶本地小烧，菠菜、小白菜……想到这里，嘴角就丝丝缕缕涌出一股口水，他连忙吸溜下嘴唇，才将那白亮亮的液体收拢住。

　　这时，车已到了那个楼下，停住了。魏三对老者说：到了，我们下车吧！

　　老者：下车，说得轻巧，我就这么下车？

　　魏三有些不解：怎么？

老者使劲儿朝座背上一仰，说：你去叫他，那小犊子不亲自来接我，我是不会下车的。

魏三笑了：大爷，你可太犟了，走吧！我扶你。

老者：你扶我算怎么回事。告诉你，他不来，我就死这儿。

魏三有点火，心里暗自骂道，这个活人惯的老东西，再饿两天，或许就没这个章程了。可他脸颊仍旧挂着笑，亲切地说，那你等着吧。随之便下了车，向楼门走去……

十几分钟过去，魏三没有找到哑嗓子，急匆匆从楼道里出来，再向车里一看，老者已经没有了踪迹，问司机，司机说老者去小便，下车就没再回来。

这一下，魏三知道上当了，而且上了一个大当，他独自站在楼下，傻子一般，任小风吹得他头发一掀一掀的。不知为何，他笑了，摇了摇脑袋，骂了自己一句，傻 ×。

……

当晚，在一家小酒馆里，他把赖子请过来，喝酒。诉说心中的郁闷，说到伤心处，泪光就在眼眶里熠熠闪耀。

赖子就劝他，说大哥，谁还没有个马高蹬短的时候，这件事，你干吗那么太在意。

他就说兄弟，窝囊啊！我这常年打雁的人，怎么生生就让大雁啄了眼睛。

赖子还是劝他，说大哥，不能老朝窄处想，要把心放宽了。

他听了眼泪就落了下来，说放宽，谁不想放宽呐，这么些钱咋说没就没了，怕是扔进水盆都不响。

赖子最见不得别人眼泪，看大哥到了这个份上，心里也是一酸,便把实话说了出来:大哥,不要伤心啦,方才我借给你的钱,并不是真钱,全是假币,我是花 200 元买的。

什么,魏三一愣,假的?

赖子:是,大哥!

魏三:这、这,假的?

赖子:撒谎是犊子。

嘿呀! 魏三脸上的笑容立马回来了,露出的金牙也在闪闪发光。他一口干净了杯中的酒,对赖子说,大哥落伍了,从今后我该拜你为师啦!

大哥,你骂我呐! 赖子一把抓过魏三的手,说你还是师傅。

魏三笑了,心想后生可畏!

黑　虫

看看，嘴上的火燎泡都起来了，嗓子也肿了，尿出尿来，都没个正经色——焦黄。不是咱爱着急，而是事情把咱挤到了这个份上。同教研室的几位都交稿了，小张、老赵头半个月就写完了，就连干活最慢的老黄也交上去3天了，现在只有我，只写了个题目:《老庄思想与先秦文学》。再往下写,心绪就乱了，有时就那么眼巴巴看着稿纸，傻子似的发呆……

这情形，以前可从来不曾有过。我读研究生那会儿，一直以刻苦钻研而著称。要不，导师能把他的千金给我吗！要不咱哥儿们，能留校吗？留校也不全是走后门的。这有点扯远了，还是说论文吧？人家都交稿了，咱能不着急嘛！就这年月，出版社能咬牙赔钱出我们这书，是多大面子的事。首先是80岁的王老，拄着棍，哆哆嗦嗦找了出版局的领导。领导碍着当年是王老学生的面子，找了出版社的领导。社领导又碍着顶头上司的面子，找了室主任。室主任正想入党，就应了下来，一找编辑，编辑就恼了？说这选题，能挣钱吗？主任无奈，就又给了他一个畅销选题《女性杀手》，条件是两本《女性杀手》，带一本他们的书。编辑这才接了，并气哼哼地说，那快点交稿。

我们就是那书稿的作者，现在人家都交稿了，唯独差着我。

桌上，仍然是那张凄凄惨惨的稿纸，纸上仍是那几个可怜巴巴的字——《老庄思想与先秦文学》。娘的，到了这会儿，我至死也不明白自己这是犯了什么邪，是什么东西搅浑了我的头脑，弄乱了我的心绪……我茫然地看着白墙。

墙上一只小虫艰难地向上爬动，黑亮亮的身子一忽一忽闪着光泽，细细的爪子刮动得墙皮发出一种沙沙的声音。在一块缝隙处，它停了下来，触角轻轻地摆动着，似乎思索一阵，但仍不知该怎么走，左爬一阵，然后又调过头，朝右爬，依旧发出沙沙的声响……

眼睛离开墙，向左一扭，便发现了日历，日历翻开的日期是：9 月 18 日。看到这个日子，惊异得我浑身都战栗了，仿佛有一种什么东西，一丝丝地向我心头袭来。

知道吗，这个日子就是华联股票开盘的日子。就是我人生最关键的一天。从前，在我人生的旅途中，有过几个最难忘的日子，上大学的时候，考研究生的时候，娶媳妇的时候……而今，和 9 月 18 日相比，都黯然失色了。只有这一天，才是最关键的日子，瞬间可以让我成为富翁，同样，瞬间也能让我一下子成为穷鬼……

而今，距离这个日子只有 3 天了。

3 个月前（和写论文的日子相近），华联商场卖股票了。股票是个啥东西，当时，我丁点也不懂，只是从小说里知道。外国有这玩意，30 年代的上海也有，蒋介石就为这玩意，有人差点因它跳了黄浦江。

后来，媳妇回家就张罗要买，说她们单位的很多人都买，还说深圳、广州等地，很多人就是靠这发的大财。

我对发财不甚感兴趣，况且日子还能凑合着过，便说，"算了，发什么财，君子安贫嘛！"

"安贫、安贫，你就知道安贫！这些年，我跟你过的都是些啥狗屁日子呀！"

妻这句话，一下子刺到了我的痛处。再一看自己眼前的生活，的确很凄惶：一间窄窄的房子原本是个破仓库，潮湿而阴暗，只要下雨，屋中的水分便增大，盆盆罐罐立马有了用场。妻常跟着唱"泉水叮咚泉水叮咚泉水叮咚响，跨过了高山跃过了大河来到我身旁"。还好，无论天怎样下雨，室内潮度怎样大，我们是不怕的，因为我们没有贵重的家当：电视是黑白的，写字台是搬迁户的处理品，最高档的要数洗衣机，双缸的，大波轮。不过那也是妻托她三外甥兄弟媳妇买的出厂价……本就清贫的生活，妻过得越发节俭，她曾为 1 斤便宜 5 分钱的酱油，而奔走两个半站地……

是啊，如今像咱这么死巴死嚼，靠工资活着的，有几个呀？没几个了。干个体、做买卖的不用说了，就是正经上班、吃着皇粮的，也都是明里暗里两把扇子扇，想着法地抓弄钱。两旁外人，咱不知道，就是一左一右的哥们儿可都动起来。哲学系的小孟，那可是大哲学家的坯子，全国十大青年理论名列第三。就这学问，人家愣从书斋里走出来，办起了新世纪公司。老蒋虽比不起小盂，可也是做学问的主儿，关于马王堆拓片文字的论文，国内都震惊，听说今天养起了马尔吉斯狗，发了大财。还有马利，当年研究《易经》的，天地水火雷山风泽，一说就是一大套，而今在大庙门前摆起了卦摊，专卜善男信女的生离死别，名气大得连市长都坐着小车来请，挣的钱海了去了，老婆烫发要坐飞机去广州。再就是大海，中文系有名的海涅，当年高雅得差点卧轨，为抄《荷马史诗》曾经 5 个晚上不睡觉。如今精辟语言完全用在对缝上，从生产资料、生活资料，一直到儿童用品、妇女保健，无所不对，小打小闹的就多了。于是我决定下海——买股票。

媳妇得知我想通了，便乐了，愉悦地唱起了我们的生活充满阳光！

"阳光在哪？"我瞪着眼睛看着她，"钱哪？"

阳光消逝了，媳妇脸上立时出现了阴影！沮丧地坐在床上。以我们的收入而论，每个月除吃喝拉撒睡，便所剩无几了，一旦有个人情来往，就只得从嘴里克扣。有一个月因系书记他妈死了，害得我和老婆吃半个月干豆腐.

"借吧。"妻蔫蔫地说。

"借！"

只有这条路了。

借钱！掏心说，可不是容易的事，关系不好的，不能借，关系好的，没法借。在这钱能生钱的今天，朝谁借钱，就是朝谁要钱。要钱，乞丐的事，咱能干吗？

我骑车跑了多少家，一下子变成了孙子。心慌得自己都能听到跳动声。娘的，那个"借"字都到嘴边上了，愣是没有说出来。只说没事没事，随便走走。

一出门，我差点哭了。仰头看看天上的残月和那一明一灭的星星，心里发誓：娘的，得挣钱！

多亏马利，难怪这小子是算卦的。那天我一进他家门，他正在喝酒。瓷瓶五粮液！有一甜甜女孩陪着喝。见了我，笑笑，指指那女孩，说，介绍一下，这就是你嫂子。

一句嫂子，把我脸弄得通红。

女孩大方地伸过白皙的小手，手上的戒指闪着炫目的光泽。

我几乎木在那里。

马利笑笑，说，还是这么呆，来喝杯酒吧。他斟了满满一杯，递过来。我没心思喝酒，便摆摆手。见状，他就放下盅子，拖着鞋，缓缓来到抽屉前，哧啪，拽开抽屉，拿出两摞厚厚的票子，放到我面前："拿去用吧，2万！"

"啥？"我感到万分惊讶。

"拿去吧。"他平平静静，"还我本就行。"

我差点给他跪下。

于是第二天我们就买了股票。

捧着那写满数字，支票一样的玩意，欣赏着上面的花纹，我和妻的心情都很激动。

妻小心翼翼地抚摸着，说："这是个喜日子，我们涮一顿吧！"

我说行，涮。

这样我们就进了加州牛肉面馆，在一张洁净的铺着白色的桌布的桌子前坐了下来。

牛肉面馆雅致得很，绿色绣花窗帘被风儿吹得一款一款地波动。彩色的拉灯顺着墙壁而蔓延，时明时灭地闪动。顶棚上，垂下一串串塑料葡萄，紫褐色的，发着奇异的光彩。

在这美妙的环境里就餐，胃口也好得出奇。面的美味还没怎么品透，半碗就已进去了。在我哧溜哧溜喝汤的时候，电视正播午间新闻，女播音员的声音似乎比以往更圆润。头条是王震会见日本前首相田中角荣；二条是云南又破获一起特大走私案；三条是上海一市民因股票下跌而坠楼身亡……霎时，我愣住了，端着碗木在那里。

妻问我怎么啦。

我说没怎的。

她摸了一下我的手，说咋这样凉。

我没有吭声。何止手凉，心也凉呀。

真的，我做梦也没想到，股票会有这样大的闪失。

撂下饭碗，我便开始咨询股票知识。第二天我又去书店买了一堆有关股票方面的书，研究。从股票起源、种类、特点、基因分析、投资技巧、市场行情、心理因素、风险变化，一直到经纪人、牛市、熊市等问题。越研究，越恐慌；越研究，心里越没底。渐渐的，饭也吃不下了，水也咽不进去了，神情变得恍恍惚惚，夜里常常做噩梦。有一次我清楚地梦见股市开盘了，我变成了穷光蛋。要债的人拿着刀子向我走来，样子凶得很，我吓得一步步退却，退却。一下子退到了墙角处，眼睁睁看着那滴血的刀子向我胸膛刺来，我大叫一声，醒了过来，浑身汗潺潺的……

就是在这等时候，系里把论文的任务交给了我。

想想，我还哪有心思写论文呐，这会儿我除了看股票的书，就是在家算卦。我拿着一枚圆圆的铜板，心中认定带字的一面是发财，没字的一面是破财。于是我便闭上眼睛将铜板在手中摇。摇的时候，我的心里是极虔诚的，求上帝，求玉皇，求狐、黄二仙，凡是能保我的，我都求……之后，我颤颤地把钱扔到地上。随着那"当"的一声轻响，我才缓缓睁开眼睛，可是我的目光是不敢马上朝地下看的，我总要默念一会儿才看。当看字面朝上时，我的心情就出奇的好，立马空气就清新，阳光也明媚，股票仿佛变成一只船儿，把大笔的票子载到我面前。于是，我便精心筹划钱的用场，得先买块新疆地毯，纯毛的，四角有绒边的那种；再买盏欧式吊灯。书架早该换了，铝合金的，当下最时兴。妻子羡慕坤车有几年了，这回挑最高档的买，颜色由她自己定，女人其实最好满足。剩下的钱，到出版社买个号，自己出本书，把发过的一些乱七八糟文章都收进去，求名人写个序，印刷讲究点，铜版纸压个膜，再精装几本，待以后评职称也是个成果……幻想能把我推向云端。一旦铜字朝下，我便完了，身体软得不行，心跳也加快。一点不玄，死的心都有。

就这么煎煎熬熬过了3个月。还有3天就要开盘了。娘的，这3天，比3年还难过哟！

忽而，传来一阵细碎的敲门声。我走过去开门。站在我面前的是个衣着华丽的姑娘，头上拢着高高的发髻，脸上的香气直刺我的鼻孔。

"是王先生家吗？"

我仔细辨认一下，方认出来：原来是马利家曾介绍为嫂子的那个女孩。

"是，是。快进屋。"我热情地相让着，样子局促得很。

"不了。"女孩依旧像上次一样大方，用手摆弄一下精美的蛇皮背兜，甜甜一笑，"王先生，我近日搞了笔买卖，对方要现钱。马利一时手头紧，就让我先问问你，看能不能……"说到这儿，话停住了，柔柔地望着我，"3天后来取款怎样？"

傻了，当时就傻了！我感到整个空间都在摇晃，面前的女孩也在摆动。平息了好一会儿，我才镇静下来，"行，行。"说话的时候，我的汗都下来了。

"那我走了，拜拜！3天后见！"

昔日同窗

一

肖扬从站台一出来，就给金山打了电话。他已经好久没跟金山联系了，在电话簿找了半天号码，一拨，真通了。金山接电话的口气相当傲慢、懒散、哼哼哈哈的，半天才问是哪一位。肖扬说我是肖扬啊。金山这才哈哈大笑起来：肖扬啊，咋不早说，好，我这就派人去接你，你在哪？

于是肖扬就被接到金山的酒店。

当时，肖扬都让金山的酒店给弄惊呆了，想不到昔日的大学同窗，发展得如此阔绰，竟拥有了一座北京饭店一样的酒楼。酒楼的豪华、考究，他怕是做梦都梦不出的。墙壁，是楠木装修的，顶棚镶嵌着金箔，就连前厅的地面儿，都是天然大理石铺就的，光洁得比他家的穿衣镜都明亮，走在上面连皮鞋的前掌都看得真切。

就在前厅龟背竹旁边，金山正恭候着他。他几乎都认不出金山了，他人整个胖了一圈儿，脸上油光发亮，鼻头上渗出几颗不知是油珠还是汗珠的东西，闪闪发光。最有意思的是，他下巴颏上竟垂挂着一嘟噜肥肉，重叠出几层软乎乎的肉褶。他愣神的工夫，金山就握住了他的手：我说，几年没见，还是这熊样，一点不老啊。

肖扬就笑了，说金山，咋胖成这样，在街上我可认不出你。

金山说，喝凉水都长膘，你说咋整，看看这肚子，都快生啦！随之挥了下手，说走，咱们上房间去。服务员便赶紧跑过来，拎起肖扬的皮包，颠颠地跟在他们后面。

走进电梯的时候，金山照了照镜子，摸了下丰厚的下巴，慨叹道，真快呀，一晃我们都分手5年了。

肖扬也说：可不是，就像一眨眼似的。

金山说：你走时那情形，我都能想得起，眼睛红红的，脸都让眼泪给泡肿了，握着我的手反复就说一句话，金山我一定要打回来。说到这儿，他像忽然想起了什么似的，便问肖扬，哎，你后来咋变卦了呐？咋不张罗打回来了呐。

肖扬笑一下说：此一时彼一时。

金山说：拉倒吧，我听说了，你娶了位漂亮娘子，然后就乐不思蜀了。

肖扬连忙问，你听谁说的？

金山就说，别管听谁说的，你就说有没有这事儿吧。

肖扬憨憨厚厚地笑了。

于是金山就挺遗憾地说：咋不趁这机会，把她带出来呐，溜达溜达，我们也好认识一下。

肖扬说我这是开会去了，回来顺路到这儿，咋能带她。

金山说：行了，没带就没带吧。你来了，正好。我也可以轻松一下，咱们好好玩几天。

肖扬说看到你也就行了，待一天半天就得走，家里还有事呐。

金山扑哧一下就笑了，说啥事儿，是不是想老婆啦。实话告诉你，到这你就得听我安排，啥时候走，得我说了算。行了，到房间了，你先洗洗脸，然后我们去海鲜城。

二

从海鲜城出来，已经是夜里10点了。天上的星星不安分地眨着眼，似乎看着他和金山。肖扬一身酒气脑袋昏昏沉沉，但神志还清楚。他知道老同学金山今天为他破费了，而且是挺出格的破费，要了那么一大桌子的菜，有些东西他是从来没见过的，什么龙虾啦，什么花蟹啦，什么鱼翅啦……尤其是那酒，他连听都没听说过，洋牌子。起初，他还没觉得能花多少钱，只是到了买单的时候，看着金山刷刷刷地往外搜票子，他才吃惊不小，他估摸一下，那一摞票子足有几千元，几千元钱，几个小时的工夫就这么吃掉了，他有些心疼。他想吃得再好，也不过是香香嘴，臭臭屁股，别的，还能有个啥。这些票子若是放在他的手里，他能干多少事情呀，别的不说，起码给妻子买条项链够了。妻子和他结婚这么多年，他还不曾给妻子买过一条项链，看着别的女人脖子上闪闪发亮的东西，他常常发誓要给妻子买一条。可是临到工资发到手里，派上了柴米油盐的花销，又所剩无几了。

为此妻子还和他开过玩笑，说嫁他不如"傍个大款"了。他苦笑一下，知道妻子这是开玩笑，可是笑过之后，舌尖真的发苦了。他弄不清楚自己这会儿怎么想起了这些，可他清楚的是，今天确实喝了不少白酒。

肖扬，还想玩点什么？金山问。

玩？肖扬眼睛都直了，我现在就想睡觉。

睡觉？金山笑了：亏你想得出。告诉你，城市的夜晚是从零点开始，这会儿就睡觉，未免太奢侈了，走，唱歌去。

于是，肖扬就被拉到了练歌厅。

练歌厅装潢得相当典雅，乳白色的墙壁，彩色的吊灯，卡拉 OK 机正放着舒缓的乐曲。

金山要了果盘、啤酒和饮料，于是就拿起麦克狂唱，先唱一首《萍聚》，接着又唱《心雨》，随后就把麦克给了肖扬，让肖扬唱。肖扬感觉眼前晃晃悠悠的，说不会唱歌，金山说，你要不唱就喝酒。肖扬没办法，就唱了一支《洪湖水浪打浪》：

洪湖水呀，浪呀么浪打浪啊，

洪湖岸边是呀么是家乡啊，

清早船儿去呀么去撒网，

晚上回来鱼满舱。

昂昂昂……

"昂"字唱到一半，就上不去了，脸和脖子憋得通红，接着就咯咯咳嗽起来。

听到这里，金山哈哈大笑起来，上前抢过麦克，就把"昂"字嚎了上去。回头说，怎么还和上学那会儿一样，你是个老古董。

肖扬说，整这套玩意我是不行，连我媳妇都说我落伍。

金山说，那得跟上时代呀。看我这回好好开发开发你。

三

第二天晚上，金山就把肖扬拉到了红河谷洗浴中心。洗浴中心的服务人员都认识金山，而且相当客气，一口一个"金老板"地叫，还不断点头鞠着躬。

金山不屑地扫了他们一眼，玩笑着说难道这位肖老板你们不认识。

服务员便赶忙致歉，连说认识认识，肖老板您请，您请。有一个还上前笑着点头。直到进了大厅，光线陡然暗起来他才停下。就在二楼僻静处，金山要了个包房。

包房，虽不及金山酒店的客房高雅，也蛮有味道的，地毯是酒红的，墙壁透着乳黄，垂地窗帘是由粉和白一点一点融合起来的，有点像黎明的天际，朝霞刚升起几缕，还有好多没有升起来一样，再加上顶棚那盏迷迷蒙蒙的彩灯一映衬，自然就有了一种迷离、朦胧的感觉。

金山先领肖扬冲了淋浴，然后又桑拿一回，待他们穿着浴衣回到包房的时候，就快到零点了。金山拍了拍肚子，很神秘地出去一趟,回来诡秘地笑一笑说,我去隔壁看看四头他们打牌，你上床歇着吧。说着，就出去了。

屋里，立时静下来，只有墙上的表发着嗒嗒的轻响，躺在床上看着彩灯，忽然有了一种虚幻之感。他觉得今天的一切多多少少有点不真实，细一想哪里不真实又有点想不出，这就有点像猫儿捕捉自己的影子，眼睁睁看着那黑黑的一团，捕过去，那影儿又没了。

这时，忽然传来一阵敲门声。谁？他问了一声。

我，大哥。随着答话吱呀就是一声门响，跟着闪进一个娇艳女子，她臂膀和前胸都白花花袒露着，只是乳房处有一块红红的轻纱遮挡，轻纱到了小腹处又不见了，竟白亮亮地露着一块肚皮。下身的短裙更是薄得透明，连里面的小三角短裤都看得真切。

肖扬先是吃了一惊，跟着忽悠一下坐了起来，连忙扯动一下浴衣，脸上的肌肉窘迫得都有些发硬，结结巴巴地说，同志，你……有啥事吗？

事儿？女人就笑起来，腰肢挪动了一下，拿眼睛风骚地瞟了一下肖扬，说啥事大哥还不知道吗？

我知道？肖扬有点发愣：什么事？

女子就款款来到肖扬床前，嫣然地一笑，我是怕大哥寂寞，是来陪陪大哥的。说着就坐到了床边。

这时，肖扬才明白进来的是什么女人。以往他只是听说而已，并不了解这些女人的状况，此时实实在在到了面前，就有些惊惶，心怦怦跳得厉害，脑袋有些发热，连呼吸都有些异样。其实，以前和朋友开玩笑的时候，也曾经拿着这种事儿相互涮过，涮过之后，他多半没有朝深处想，有一回想得稍稍一具体，脸就红了，感到有点对不住妻子，妻子多么好啊，心咋还这样花！这会儿，女人已经到了床上，他哪还有花心的份。于是他赶紧摆手道："不需要，我不需要。"

那女子就嬉笑起来，身子又朝里挪了一下，说大哥不需要我还需要什么。

肖扬便赶忙用浴衣裹了下身子，很正色地说，我真不需要。

那女子又笑了，身子几乎碰到了肖扬，说大哥你就不喜欢我这脸，这胳膊，这腿，来，摸摸。

你干什么？肖扬说。

这样一来，女子的神情便黯淡了，说大哥莫非嫌我不漂亮。不过这没关系，我们这儿小姐有三十几个呐，大哥需要啥样的……

肖扬神态这才舒缓一些，他感到有点对不住这女子了，不用陪就说不用陪嘛，干吗这般不客气，审贼一样，若是日子好，谁能来干这等事情，于是他紧抓浴衣的手松开了，抬头看一眼女子说，不瞒这位妹子，我是啥样的也不需要。谢谢你啦。

女子依旧很为难的样子，缓缓站起身，说金老板在吧台已经交过钱啦，你看你……

肖扬说：交就交吧，姑娘，去吧。

女子这才羞羞走出屋，露着一脸的感激。

天放亮的时候，金山才气呼呼地回来，一派睡眼惺忪的样子，脖颈处印有一弯一弯的口红，见了肖扬，就气呼呼说了一句话：我是服你了，整个一个木头疙瘩。肖扬便笑了，心想，不管是木头疙瘩，还是铁疙瘩，反正不能做对不起老婆的事。

一连几天，吃吃喝喝地折腾，把肖扬弄得很疲惫。这一天吃过晚饭后，他便来到金山的办公室，央求金山说，今晚可是哪也不去了，我就想在房间歇一歇，要是再这么成宿半夜折腾，非扔这儿不可。

金山就笑，说你们这当老师的，也就是个嘴上功夫，到了正事上，刚这么两天就堆了。看看我，天天这么整，还越整越胖。

肖扬打着哈欠说：谁能跟你比得起。我现在一走道脚都发飘，忽悠忽悠的。

金山说：真熊，我原先还想今晚去滚石广场蹦迪呐。

肖扬说你可饶了我吧，我是哪也不去啦。

金山眼睛眨了眨，说那怎么办呢，不能干闲着呀。说到这儿，他眼睛忽然一亮，鼻翅也都似乎闪烁着光泽，跟着说，有了，我们哪也不去了就在这屋看录像，怎样？

看录像？肖扬露出挺不屑的样子：有啥好带子咋的。

金山说：你看看就知道了，来，稳当坐这儿。我保证这种录像你没看过。说着啪地打开电视开关。

立时屏幕上出现许多红红绿绿的方格，方格闪烁几下，便消失，接着就映现出宾馆的服务大厅。

啊，原来是闭路监视器呀！肖扬说，这有什么好看的。

金山用遥控器一边调电视一边说，这你就是老赶了，咱这客房这么火，靠谁，不全靠这些野鸳鸯啦吗！野鸳鸯的动向这东西全掌握，有时碰巧他们干事的全过程都能看到，比看三级片都过瘾，全是现场直播，信不？

是吗？肖扬感到挺惊奇：在宾馆还敢扯这事儿。

果然，说话的工夫，监视器的屏幕里就出现了一对男女，男的都七十多岁了，皮肤皱皱巴巴的，女的只有 20 岁左右，身子光洁闪着光亮。他们似乎刚从洗浴间出来，身子还都一丝一丝冒着热气。男子到了床边，双手就不老实起来，先摸女子的乳房，又摸女子的屁股，摸着摸着，似乎又想起了自己的家什，于是又自摸起来，摸来摸去弄了半天，家什还是疲沓沓的，没办法，他就从桌上拿起个印有"神油"的小瓶，去掉瓶盖，将液体喷洒到家什上，一忽儿，那疲沓的家什就坚挺起来。

这个老淫棍！肖扬骂了一声，金山便啪地换了频道。于是屏幕上另一番景象出现了，一个五十多岁的妇人，肥胖得像一口缸，趴在一个小伙子的身上，把小伙的脸都压白了。

这个荡妇！肖扬又骂了一句，金山又换了个频道。接着屏幕上出现了绝妙的一幕，一个漂亮的少妇正和一个矮胖子在接吻。接吻的声音非常夸张，有点胡萝卜被折断的声一样，啪儿啪儿地响。起初，肖扬只是一愣，感到这声音挺熟悉，仔细看去，禁不住惊愕得"啊"了一声。这一声，把金山也给弄愣了，连忙扭过头问，怎么啦？

肖扬脸白煞煞的，脑袋像挨了谁一闷棍般懵懂，支吾一下，才说没怎么。

没怎么？金山很奇怪：那你脸咋这样白？

肖扬摆摆手说，心脏有点……

是吗！金山就紧张了，咔地闭了电视，上前扶住肖扬，说有没有"小炮弹"？肖扬摆摆手说，没有。金山便说，赶快回房间休息一下，不行，就挂120。

没那么严重。

于是金山就把肖扬搀回房间。

　　恰这时，肖扬兜里的手机响了，金山连忙为他打开机盖，捺下接通键，递了过去。肖扬一看，竟是妻子用手机打来的，他十分诧异，问，你在哪里。妻娇滴滴地说，我在家嘛，你在哪里。他说，会还没散呐，你说能在哪。显然她并没有听出他的谎言，接着她就说如何如何想他，如何如何梦见他，说到最后竟问，你想我吗。肖扬舔舔嘴唇，说想。于是就关了手机。

　　1个小时后，肖扬从床上慢慢地坐了起来，脸色还是那么白。

　　金山连忙凑过去，问他怎么样。

　　肖扬：好多了。

　　金山说，吓死了，咋整的，咋还养成这毛病了呢。

　　肖扬龇龇牙，但脸上一个笑纹也没有涌现出来，眸子直直看着金山，说金山我想求你一件事。

　　什么事？

　　肖扬说，今晚上能否给我找个小姐。

　　找小姐？金山哈哈大笑起来：肖扬能不能不闹。

　　肖扬说：真的。

　　金山很迷惑：真的？

　　肖扬说：是真的！

　　金山暗想，这小子看来真病了。

蓝布棉袍

　　王四来到马市的时候，太阳已经偏西了，圆圆的一轮像烧饼一样挂在天上，只有土墙边还站着一个土豁豁的汉子和身旁的那匹同样土豁豁的马。

　　王四到了近前，拍了拍马的屁股，然后又绕到了马的前面，端详一番，很内行地将马的嘴唇朝上掀了掀，问多大口了。

　　汉子看了他一眼，直直伸出 4 颗黑黑乎乎的指头，说 4 岁。

　　王四嘴咧一下，那颗金牙就闪烁出来，他摇摇头，说别扯了，这牲口至少有 6 岁了。

　　汉子似乎受了委屈，说啥？ 6 岁，它要是6岁,我都是你养的。

　　王四嘿嘿笑了，说多大个事呀！还这么起誓盟愿的。实实惠惠地来，打算卖个啥价？

　　汉子看了看王四，眸子缓缓动了动，说："这位兄弟是要买呀，还是……"

　　"你看、你看、你看……"王四嘶哈两下，眼睛斜斜地看着汉子，说，"你这嗑不是往散了唠嘛，到马市你说干啥来了，还能上这玩吗！"

汉子脸红了一下，连忙说："这位大哥听拧了，我不是那个意思，我是说……"

"得了！得了！"王四做出了一副不耐烦的样子，胳膊挥了挥，说，"没用的，你就别说了。你就说，你这匹马多少钱卖？"

汉子眼睛眨了眨，说："大哥既然把话说到这个份儿上，我也就不兜圈子了。再说这也是快下市的光景了，就我这马，你看这毛梢，你看这骨架，你看这蹄碗……"

"这些我都看见了，你就别啰嗦了。一句话，多少钱吧？"

汉子手掌似乎挂了汗，他两手一边搓着，一边木讷地说："咋也得50块光洋。"

"啥？"王四眼眉紧皱，就像没听清一样，"你在这儿颠大哥呐！"

汉子呵呵笑了一下，一派挺憨厚的样子，说："那大哥你想给多少？"

"顶多40块。"

"40块？"

"对。"

"大哥能不能再添两个？"

"一块都不能添。"王四说着就做出要走的意思。

"别别。"

王四这才把脚步又收拢回来，转过身，又看了几眼马，于是就去褡裢里掏钱。可是手刚伸到一半，忽然停住了，很惋惜地说，"哎呀兄弟，这扯不扯，大哥没带那么多的钱呀！"

"那……"汉子有点不知所措。

王四就笑了，说："你看你这么大个人，我还能拐走咋的。说句痛快话，行不行吧？"

汉子无奈，就说行。便将缰绳从木桩上解下来，牵着马，跟着王四走出了马市。

途中，他们便随意地唠起嗑来。王四问汉子，常来城里吗？汉子说不常来。王四说城里比不得乡间，乱得很，坑、蒙、拐、骗，啥事都有。像你这不常来的，更要注意。汉子露出一脸感激，点点头。

说着话，他们绕出了街，走出了小巷，随后就路过一家一家的门市，在一家卖布的门市旁，王四对汉子说，"你在这里等我一下，我进屋看一眼布。"

"去吧！"汉子答得挺爽快。

进了屋，王四就来到卖布的柜台前，伸手摸摸这种布料，又摸摸那种布料……

店员脸上挂笑走过来，说："大哥相中哪块布料了，我们这儿的布料可都是奉天进的货，纯棉线的。"

王四指着一捆蓝色布料说："这布怎么卖的？"

"大哥，真是好眼力，这布的质量最好了。既然大哥相中了这布，我就给大哥进货的价，5 块钱 1 米。"

"5 块钱？"王四摇了摇脑袋，"竟扯，这布哪值 5 块钱。"

"哎呀大哥。我都不挣你的钱了。撒谎是犊子。"

"3 块钱 1 米卖不？"王四很坚决，口气中没有一丝商量的余地。

“大哥，那我就赔惨了。”

“你就说，卖不卖吧！”

“再添 5 角！”

“1 分都不添！”

“哎呀！”店员弄出一脸为难的神色，眼睛眨巴几下，试探地说：“打算买多少？”

“这布一共多少米？”

“100 米。”

“那我都要了。”

“都要了。”店员脸上的笑意又回来了，说，“都要还行，要不真就不能卖给大哥了。好，大哥既然都买了，这账也就好算了，1 米 3 块，100 米 300 块。”

王四听了便去兜里掏钱，掏了两下，他脸上露出了慌乱，“兄弟，真是不巧，钱包忘带了。”

“那……”店员有些难色。

“这么的吧！”王四指了指门口的那个汉子和马说，“看见没？那是我的伙计和马，先把他们押到这儿，我把布拿走，回头给你送钱来。”

店员看了看门外的马和汉子，说：“那你可快去快回呀！”

王四双手一拢将布搭在了肩上，说：“放心吧！”

于是就背着那匹布，蹶哒蹶嗒向门外走来。走到门口的时候，冲手扯缰绳的汉子说：“你先在这儿等我一会儿，我把这匹布送到前面那个铺子里，回头我们走。”

汉子点点头，说：“你可麻溜点。”

"放心吧！"王四就大踏步向前走去。

太阳落山了，家家店铺都要关门了。店员来到门外，冲那汉子说："你们那位先生咋还不回来？"

汉子也很急切地说："谁说不是！"

店员说："那你快去找他吧！"

"找他？"汉子有些为难，说，"我上哪找他呀？"

店员很纳闷："你不是他的伙计吗？"

"谁是他的伙计呀！"

"那你是干什么的？"

"我是卖马的，他是……"汉子就把王四买马的经过说了一遍。

这时，店员方知上当了。可是他并没有放走汉子。他把汉子告到了局子。

……

局子听了事情的经过，就认为汉子是那骗子的同伙，整个骗局是他们联手制造的。于是，便没收他的马匹，将他大刑伺候起来。

起初，汉子是死活不招，连着声地喊冤屈。这样，便激怒了局子，认为他是块难啃的骨头。老虎凳、辣椒水、竹签子……这些让人胆战的刑具都一件一件亮了出来。随即，汉子便招了，承认了自己是那个骗子的同伙。

于是，局子就顺藤摸瓜，让他供出同伙的姓名。汉子便描绘了那人的身高、长相、穿着，别的，就说不上来了。局子觉得这个人真是蠢笨，便没了办法，就判了他半年徒刑，而且游街示众。

那天，天冷得出奇，小北风卷着雪片嗷嗷狂叫。汉子被五花大绑在木轱辘车上。木轱辘缓缓滚动，碾着积雪，咯吱咯吱怪叫。车到集市口，便被百姓团团围住了。

本来，王四是出来闲逛的，穿着蓝布做成的棉袍，样子蛮洒脱。他见前面有了热闹，便凑过去观看。开始时在人群后面，看不真切，后来渐渐挤到车旁，才看清了车上的情景。特别是当他认出了卖马的汉子时，冷汗立即从脑门冒了出来。可以说，干这营生，年头不算少了，却从来未遇到这等事情，跟着心绪便杂乱起来，仿佛乱麻堵塞了一般。

他缓缓跟车走了一段，不知为啥，竟悄悄脱了棉袍，折叠一下，递给押车的警察，说这是从家里带来的，天冷，给他披上吧。

警察接过带着体温的棉袍，看了他一眼，很是纳闷儿，也没说什么，便给汉子披上了。

汉子低着头，正冷得无奈，突然一件棉袍披到身上，立时便感到很温暖，悄悄用手摸了摸布纹，心里便一热，暗自想，这世上好人真的不少！

到底，那天王四还是给冻病了，嘿喽嘿喽咳嗽了半宿，令全家人纳闷的是，他那件蓝布棉袍哪去了……

世事笔记

木　桶

战争太残酷了，它不但摧残着生命，也摧残着爱情。

那会儿，我和娟子都在朝鲜战场，她在卫生队，我在炮兵连。我俩想见一面，真比登天还难，有时战斗间歇的时候想她，我就会看着天上的一块云彩或远方的一棵树，久久发呆，猛然醒过神儿来，自己都会脸红，不好意思，常常暗自责备自己，咋这样没出息……责备归责备，空闲的时候还看云彩还发呆。有一天躺在战壕里休息，眼睁睁看她走来了，羞羞的样子，像水仙花一样鲜嫩，我喊了一声娟子，便猛扑过去，实实抱住了她，当时我感到很吃惊，娟子身体咋这样凉这样硬啊！我又使劲一搂，竟把自己硌醒了，再一看怀里，哪里是娟子，竟然是一颗炮弹。

其实，也就是梦中想想吧，拿到现实中来，敢吗！要知道在朝鲜战场，谈恋爱是违反纪律的，还敢来别的。再说，这么大的朝鲜战场，几百万的军队，我和娟子就像大海里的两滴水，想遇到一起太难了。

这天，我们奉上级命令，迅速向老爷岭转移。老爷岭，离我们这里足有几十里，道路受损情况十分严重，差不多颠颠簸簸走了一个整夜。第二天拂晓的时候刚刚到了山脚下，山脚下也有几名战士在待命，见我们到了，便纷纷挥手表示欢迎。我们稍稍休整了一下，早餐便开始了。

那会儿的早餐简单极了，好像就是一碗大米饭和几块土豆，米饭里还净是沙子，一嚼，嘎吱嘎吱直硌牙。

尽管这样，可是我吃得还蛮香啊，差不多一袋烟工夫，我就将碗中的饭吃净了 □ 于是，我就拿着碗向木桶走去。

木桶，就是炊事班专为战地刷碗用的，底部细，上面粗，一尺多高的样子，装满了水，上部就形成一个圆溜溜水面儿，能把天上的云彩和太阳都照在里面。

我一边朝木桶走，一边看着天边的云彩，心里又想起了娟子，这会儿，她在哪儿呢？

正当我想得如醉如痴，两眼发呆的时候，当唧，传来一声碗筷相撞的声音，我抬头看去，立时愣住了，娟子，她就站在离我只有一米之遥的木桶旁。

这是梦吗？不是梦，她真是我的娟子。几乎同时，她也看到了我，我发现她眸子也是突的一亮，一种惊喜、愉悦的光芒立时便放射出来，不易察觉地呀了一声，于是，便说，你怎么在这儿？

我们是转移到这儿的，你们怎么……

我们是从这里经过，去前线。

什么时候走？

一会儿。

一会儿就走？

一会儿就走。

我不知道说什么了，就那么静静地看着她；她也不知道说什么了，也在静静看着我。如果是我们彼此就那么静静地看下去，一直看到分手，那将是件多么令人遗憾的事情。要知道，我们这种分手，在当时来讲，决非一般意义的分手，也许是一次分别，也许是一次永别。可是在众目睽睽的山坡上，想做一丝一毫的亲昵举动，哪怕是手指头相互碰一碰，都是不可能的，都是逃不过别人的眼睛的……那会儿，我沮丧极了，真祈盼地上有一个缝子，我和娟子钻进去，可是哪有……

正当我不知所措之时，她猛然蹲下身子，将碗一丝一丝按进了桶里，她这个动作，仿佛给了我一种暗示，我也来到桶前，也蹲下身子，也把碗按进了水里。

两只碗轻轻磕碰了一下，发出嘎啦一声轻响，弄得水纹荡起一层细密的涟漪。真像发出信号一样，四只刷碗的手，一齐撒开了饭碗，紧紧地攥在了一起。

隔着木桶，我俩对望了一下，眼睛几乎全都湿了。

木桶的水面，多像一面镜子，将我俩的脸都映在里面。

一忽儿，水底的手握得更紧了，将水面弄出一圈圈涟漪，那涟漪就将我俩的面庞弄得生动起来，一波一波地动着。

嘀！嘀！嘀！

集合号吹响了，整个山谷都在回荡。娟子使劲抽了一抽鼻子，将那粒滚落到鼻翅上的泪珠一下子就弄没了。

她又使劲攥住了我的手，似乎还用指甲抠了我一下，跟着便哗啦一声，将碗从水中拿了出来，这会儿，眼中已经没有丝毫泪痕了。随后，她便向部队跑去。

我依旧蹲在那里，看着木桶，看着桶中的手，心中不知是甜还是苦。

上海女人

前不久，我在上海住了一些日子，和上海人接触自然就多了起来。于是便知道了一些上海人有趣的故事，这上海女人的故事，就是其中的一个。

那天早晨，我起来散步，刚从宾馆出来，就听见马路对面一片吵吵嚷嚷的声音，循声望去，一棵梧桐树下面围着厚厚一层人，显然那里发生了什么事情，于是，我便穿过马路，来到那堆人近前。

透过人群空隙，我看见一只炸果子的油锅前，站着两个怒目争吵的女人：一个高个，头戴白帽，腰扎围裙，袖口挽到肘关节处，手里拿着一双长长的铁筷子；另一个矮墩墩的，脸上的肉，油汪汪地闪着光泽。她手里也拿着筷子，筷子顶端直直地挑了一根油条。两个人的战争似乎就是由这根油条引起的。

矮个这会儿又举起油条，就像举起了一面旗帜。她说：大伙看看，我这根油条倒是小不小？一根油条的大小我倒不在乎，主要说的是这事儿。

高个显然比她还气愤，凶凶地说：你这人也太计较了，都是一样的面，都是一个锅炸的，怎么就偏偏你这根油条小呢？！

谁说不是呐，问问你自己呀，我还以为我那钱不好使呐，要不，这根果子怎么……

不是果子小，是你心眼儿小……

看着这无休止的争吵，我感到很无聊，便离开人群，向第二军医大学的操场走去。在操场上，我打了一套陈式太极拳，玩了两组双杠，又在操场里跑了两圈，才走出校园。

令我奇怪的是，那两个争吵的女人还在吵着，只是围观的人群都已散去了。不同的是高个女人的嗓门不那么高了，可是脸上的怒气依旧不减。矮个女人手中的油条，依旧举着，只是举得不那么直了。可是争吵的焦点依旧是那根油条。

矮个说：实在不行，我就得找有关部门说道说道，果子大小倒不是主要问题，主要是这个哑巴亏我不能吃。

高个说：你上哪里都行，实在不行，你就去国务院，找总理……

一走一过的，听了这些，也没听出个头绪，我便回了宾馆。回到宾馆，先是吃饭，之后就是联系业务，整整忙了一上午。中午，我从宾馆里出来的时候，梧桐树下的那两个女人，便出现了奇迹：

高个女人坐在矮凳上，矮个女人坐在树根上，两个女人还在争吵着那根油条。

矮个女人说：我就问你一句话，你就说，这根油条小不小？

高个女人说：不小，一丁点儿不小。

矮个说：那就比比吧。

高个说：比就比。

　　于是，矮个女人拿着这根旧油条和高个女人那根新油条比较起来。果然这根崭新的油条比那根干巴油条长了一截。这时，高个女人脸色略微有点发红，说：既是这样，那就给换一根吧。

　　矮个说：早就该这样。

　　于是，她就拿着这根崭新的油条，高高兴兴地走了。

　　看到这里，我觉得挺有趣，觉得上海女人真有意思。

眼　　力

　　他进了家门，外衣还未等脱下来，眼睛就瞄了一下鞋架，神情立马有些变化。他平缓了一下自己，拿出一副若无其事的样子，问妻子，哎，今天谁来啦？

　　她正在做饭，连看他都没看，说没谁来。

　　没谁来？他有些愠怒，心想，鞋架上鞋子的位置变化多大呀：红拖鞋原来在中间，现在已经到了边上，老虎头的拖鞋一直都放在门旁，这会儿进了鞋架，尤其他那双 42 号的拖鞋，竟摆在了地上……这是啥意思呀，来人就来人嘛，为何还遮遮掩掩，便说，真的没人来吗？

　　没有。妻子依然淘米，好像从米中挑出个虫，看了看，扔了。

　　他有些忍不住了，说没人来，那这双鞋咋有人动了？他提起那双 42 号的拖鞋。

　　她慢慢抬起头，一副挺吃惊的样子，转念一想又咯咯地笑了，真是有病，我早晨擦地的时候，把鞋架弄倒了，这回，听明白了吧。

他没说什么，心里还残存一点疑惑。

又过了些日子。有一天他回来得早一点，可她还没回来。

以往她下午5点10分就进家门，可这会儿都已经过8分钟了，怎么连一丁点儿的声息都没有呢？其实，就她的单位到家这段距离，他曾经暗暗测量过，2.25公里，5个直道，3个弯道，快速骑车，10分钟；如果偶遇着两三次红灯，需增加3分；如果赶上顺风天气，或许还会提前一点。他3次实地试行的结果是：l5分钟是无论如何也应该到家的。可是现在……

正这会儿，门开了，她回来了。

他眼睛悄悄觑着她，企图看出点什么变化，可是她没有什么变化，脸颊还是那么红扑扑的，笑起来牙齿还是那么好看……于是 □ 他感到挺失望。

秋天就这么悄悄过去了，冬天在雪花的飘舞中到来了。

就在雪花飘落的第二天，便发生了一件不该发生的事情。

刚吃过早饭，他们心情都挺好——看着窗外白茫茫的一片，她雀跃起来，要去踏雪。他也来了浪漫，要携她同去，于是俩人就开始穿衣、戴帽。

他已经穿戴完毕，就等她了。

她却有点慢吞吞，拿起围脖，看一看，又抖一抖。就在抖动围脖的时候，他忽然发现点什么，忙说，哎，别动，我看那是什么？

之后，他们共同看到，在围脖的边缘上，靠近角落的地方，有一截短头发。

他捏了起来，转动几下，迎着日光照了照。脑门就有点暗了，问谁的头发。

嘻嘻，她笑了，神经病，我的围脖上，你说能有谁的头发。

不，不是你的头发！他面孔严肃地说，你的头发，要比这黑，要比这柔，当然更要比这长。

那就是你的头发。

我的头发要比这粗，要比这硬，要比这有光泽。你不信？他从头上拔下一根来：看看，我这根啥样，那根啥样？一比不就知道了吗？真的，哪来的？他目光严峻。

不知道。也同样的严峻。

你真的不想说吗？他吼了起来。

你让我说什么？

说什么，说头发是哪来的？

鬼知道它是哪来的。

你是不是不想说？！

她凄然一笑，对了，是不想说。

他说，既是这样，就什么也不要说啦。

……

就这样，他们没有去踏雪，他们分手了。

后来，他在街上百无聊赖地走着，猝然看见一个很熟悉的身影从身旁掠过，他扭过头去，看见她正和一个男人并肩走着，步履不快不慢的。

他心里一阵释然，娘的，还跟我打埋伏，露底了不是？

他很佩服自己的眼力，当初如没有这眼力，哼，后果不堪设想。于是，他心情就突然好起来，觉得眼前的一切都灿烂！

讨　药

　　柳八奶奶去了趟坟地，给老头子捎去俩儿钱，就回来了。一进门便打喷嚏，阿嚏阿嚏的，喷嚏刚停，鼻涕就下来了。

　　儿子柳七见状，赶忙让老妈就寝。不料第二天早晨醒来，老太太越发严重了，浑身哆嗦不算，脑门还烫人地热。周围的人全惊慌了，老太太却睁开了眼睛，扫了一下左右说："都别害怕，我知道咋个事儿，准是我昨天烧纸，冲着啥了，快去王半仙那儿讨服药，吃上准好。"

　　柳七听了，毫不迟疑，骑上车子就去找半仙。到那里一打听半仙没在家，去了街里。他就有些惶然，立时觉得心跳加快，舌头发苦，于是又掉头朝家赶。

　　正在他着急忙慌赶路的时候，忽听身后喊了一声爸，听这声，柳七就知道是姑娘。

　　他姑娘丫蛋在县里卫校读书，每周末回来，除了在家可以过个礼拜，休息一下，还能顺便吃两顿好"嚼咕"，拉拉馋。

　　柳七把家里发生的事情讲了一遍。

　　姑娘便咯咯笑了，说爸爸发了癫："家里现成的药，为何还去讨？"

　　柳七说："若治这病，非半仙的药不可。"

　　姑娘说："半仙这样神，那他开药厂得了呗！"

　　柳七说："这事跟你说不明白！"

　　姑娘忽然笑了："爸爸，我有法子啦。"

　　"啥法？"

姑娘只是笑。

回得家来，姑娘轻轻拉抽屉，仔细翻找，一会摸摸这个药瓶，一会儿拆拆那个药包，后来把几片白色的药片极快地攥在手里，悄悄来到屋外，药片放在石磨上，用锤子捣，只几下，药片就成了粉状，于是就用一块发黄的纸包好，蹑着手脚走进屋：

"讨来了，讨来了。"姑娘递过黄纸包。

柳七一愣，有些惊慌，跟着也说："讨来了。"

于是八奶奶便吃了。

第二天，八奶奶醒得极早，她感到脑袋特清亮，喉咙也不堵，试着打几个喷嚏，都没打成。她想，这大仙的药，绝了，真灵。

东屋的灯，亮起来了，柳七和老婆也醒了，在说话，声音虽然不大，老太太却能听得见。

柳七说："哎，丫蛋砸的那是啥药？"

"谁知道啦，八成是速效感冒灵吧。"

"那药能管事吗？咱娘这是冲着啦。"

"许是能管吧，咱姑娘在学校不就学的这营生吗，咋也比咱强。"

"先别那么说，等天亮，看看咱娘咋样吧。"

天亮了，他们都醒来了，拥到了老太太跟前，发现老太太已经昏厥过去。

见婆婆病得这样重，柳七婆娘极为惶恐，一把一把直抹眼泪。柳七更慌了，赶忙去喊丫蛋，问咋办。丫蛋看了八奶奶的神态，也是一惊，暗想，是不是昨天用错了药，便不敢再作主张。试着问爹："你说咋整？"

柳七说："还能咋整，麻溜找那半仙吧。"

丫蛋着实没了主意，就怯怯地说："对，找半仙吧。"

于是，她和爹一同去了小东屯儿。

黄　猫

　　李嫂是冷着脸子进到屋里来的。进屋后，连个招呼都没打，就鼻子不是鼻子脸不是脸地对我说，咋回事儿呀你们，那个败家猫，倒是管不管？

　　咋？……我脸上堆满笑，想必它又给我惹祸了。

　　李嫂随之便把一副血淋淋的鱼骨架拿到面前，说，这鱼，我买回来放到阳台还没一袋烟的工夫，再进去，看看吧，就变成了这副模样。

　　别说了，李嫂，我赔。我赶忙去兜里掏钱。

　　不必了。李嫂依旧是一脸的不高兴，丑话说前头，如果我家的东西再让你家的猫给祸祸了……说到这儿，她眼睛瞪大了一圈儿，意思可是全含在里面了。

　　好好！我脑袋像鸡啄米一样点着，弄出一脸讨好的笑，连说，你放心，放心。

　　放心这话，可不是头一回听了。但我不想再听了。李嫂说罢啪的一声摔门出去了。

她前脚刚走，妻子随后就冲我发开了脾气，都是你都是你，非得养这败家的玩意儿，弄得我们好像欠着别人的，今天你来找，明天他来找，我跟你说明白的，你再不把它弄走，我就……吸溜，眼泪鼻涕一起下来了。

你看你……我嬉笑哄着妻子，咋又来了。

我可不是跟你闹着玩儿。妻子吸溜一下鼻子说，我们真的不能再受这气了，损哒儿女一样，干啥呀！因为别的事儿还好，不就是因为这只猫嘛！

好！别说了。我一咬牙下了决心。

火车过了农安，太阳才出来。红通通的一轮，火球般耀眼，车厢的椅背、茶几和临窗旅客的脸，都给映照得红润起来。

呜——

我给火车的汽笛声震醒了，眨了眨眼睛，将怀中旅行袋的拉锁又悄悄打开一点，弄出条二寸多长的缝隙，偷眼看去，耶！猫咪正仰着头，睁着圆溜溜眼睛看我。目光相遇的刹那，我心里一动，赶忙抬起头来，不再看它，将眸子转向窗外，看着天边那玫瑰色的云朵。

算来，这东西被抱来足有 3 年了。那会儿不知犯了什么邪，我家生生遭了鼠灾，床上、棚上、厕所、厨房、旮旯胡同的地方，都成了老鼠的乐园……为了消灭它们，灭鼠的招数差不多都想遍了，下夹子呀，撒鼠药呀，设陷阱呀……结果，老鼠依旧疯狂。就在我几乎绝望的时候，乡下老家给我送来这只猫。

刚送来那会儿，它身子还没有这般茁壮，眼睛也没有这般明亮，脏兮兮的绒毛里，散发着缕缕腥臭味……别看它样子不爽，捕捉老鼠的能力却异常惊人，有时明明是头尾相依睡在地上，可是老鼠稍微一露踪迹，它便能利箭一样飞射过去，噗的一声，就能将老鼠按在那里。

有次一只发情的雌鼠出来，爪子几乎踩了它的胡须，它也不动，像没了知觉一样，待那只应邀而至的雄鼠和雌鼠勾肩搭背忙碌起来的时候，它才一跃而起，鹰隼一样，两只利爪准准捕住那对情鼠……时间不长，老鼠明显地减少了，活动方式，也由地上大摇大摆，转到了地下偷偷摸摸。后来，因生存危机都移居到左邻右舍家里去了。

家中没了老鼠，我们的生活一下子就豁爽起来了。我脸上有了笑容，妻子也又是秧歌又是戏了。这功绩要归功，就得归功于黄猫。

于是，我们就对它另眼相看了，专门给它买了餐具，为它修了窝儿，还将窗上的玻璃旋出个洞来，作为它出去进来的通道。那段时间，我一有空闲，就喜欢逗弄它玩，有时拿个小棍拨弄它鼻子，有时用笤帚碰它的尾巴，有时，身旁实在没有东西了，我就端端地坐在床上，腿直直地伸着，脚故意放在它眼皮底下，大拇脚趾头一勾一勾地动。开初，它似乎没怎么注意，用爪子一下一下梳理着自己的胡子，渐渐，前爪子不动了，身子慢慢俯卧下去，眸子凝聚成一个黄灿灿的亮点，直视那勾动的脚丫。之后，它便佯作捕到耗子神态，眸子牢牢盯着脚趾，用胡须一下一下触碰它……开始触碰，我还能咬紧牙关硬挺着刺痒，渐渐，痒劲儿便沿着皮肤一丝一丝朝里蔓延；延到深处，就像一根根柔嫩的草刺儿碰着心尖，弄得人坐不稳站不宁。终于，我再也忍不住了，轰然扭动了一下身子，哈哈大笑起来，它也恰到好处停止嬉戏，喵喵地叫了起来。

多么通人性的东西呀，哪个能够不喜欢？

不愉快的事情是在猫啃脚丫子1个月以后发生的。那天，是个星期天，李嫂领着孙子逛街，回来给孙子买了个秫秸篾编成的蝈蝈笼子。孙子有了笼子，像得了宝贝一样，一边隔着缝隙看着里面的大肚蝈蝈，一边听着嘟嘟的鸣叫，乐得涎水都吸溜溜地淌出来。吃过午饭，李嫂要哄孙子睡觉了，就将蝈蝈笼子挂在窗子外边。那会儿外面太阳正毒，晒得蝈蝈叫声越发欢畅，嘟嘟嘟嘟……李嫂一边听着蝈蝈叫，一边哼着催眠曲，风儿轻，月儿高，宝宝睡着了……她双目微闭，声音潺潺，如涓涓小溪静静流淌。正哼得渐渐入境，猛听啪啦一声脆响，立马蝈蝈停止了鸣叫。她抬眼望去，大黄猫已将笼子扑碎在窗台上，秫秸篾子散落得到处都是，猫两只前爪正死死按住那只蝈蝈。它脑袋扁扁的，肚子冒了黄水，翅膀像破碎的纸片，东一块西一块散落着，那只带着毛毛刺的翠绿的大腿还在一蹬一蹬地挣扎。

李嫂当时就找到我们，但态度还算温和。李嫂说，你家的猫真得管着点了，这也太邪乎了，我眼睁睁看着它把蝈蝈笼子扑碎了。扑了别个东西还好，偏偏是蝈蝈笼子，这东西可是我孙子的宝贝啊。她说着便哧溜哧溜抹起眼泪来。李嫂一哭，我心里也怪不得劲儿的。这事儿放在谁那儿也是怪闹心的。当天下午，我跑遍了半个城市，累得汗嘛流水的，总算找到一个卖蝈蝈的农夫，好歹算给人家孙子的宝贝还上了。

有了这一回，我对猫的管教严格起来，门又加了锁，出来进去的猫道，用抹布堵上……

我想，这，总不会出事吧。错了，入秋的时候，还是出事了。

这回，事情不是发生在李家，而是发生在张家。老张退休后，老伴又死了，孤独得要命，吃饭也不香，睡觉也不香，丢了魂一样。北京工作的儿子，就托人给他捎回一只会说话的鹦鹉来。这样，老张的生活就不寂寞了，有事没事的，就常跟鹦鹉唠嗑。老张说，你好。鹦鹉说，你好。老张说，你吃饭了吗？鹦鹉说，你吃饭了吗？老张故意学着蒋介石的语调说，吃什么饭，娘希匹。鹦鹉也跟着说，吃什么饭，娘希匹，语调特像蒋介石。老张就乐得不行，简直把鹦鹉当成了命根子，上街捧着，晚上睡觉都恨不得放进被窝里。

这一日，老张出来晒太阳，手里依旧捧着鹦鹉，来到南墙根儿，恰好那里有一块温暖的阳光，于是他便蹲在那里，把鹦鹉缓缓放在地上。

蹲了一刻钟工夫，老张忽然有些困倦，跟着睡意便悄悄袭来，于是，便看见了他的鹦鹉，样子蔫蔫的，眼睛乌乌的，浑身羽毛没有一丝光亮。他问鹦鹉怎么了，鹦鹉也不说，再问，鹦鹉眼睛闪烁一下，几颗亮亮眼泪便滚落下来。他正不知如何是好，忽然一阵风漫卷过来，带着呜呜的吼声，如野牛狂叫一般，狂风中，他猛然发现一只扇动翅膀的鹰向鹦鹉直扑过去，如利箭一样快捷。他正在犹豫的工夫，只听得身旁嘎嘎一声鸣叫，立马，他从睡梦中醒来，再一看身旁，一只黄猫正死咬着他的鹦鹉的脖颈，血流汩汩朝外喷涌，地上的泥土已洇湿了一片……他起身愤然扑过去，那猫嗖的一声向远处跑去，地上留下那只血肉模糊的鹦鹉……

……

猫，这次惹的祸，让我们无地自容，真觉得太对不起老张了。

妻子说，这种讨厌的东西，还留着它做什么，赶快扔掉吧。

其实，我觉得怎么惩罚它都不为过，只是扔掉它，我有些舍不得。我连忙把口气缓和一下，说，扔掉可不行，把它扔了，我可受不了呀。

你……妻子眼中挂了泪，说，我可是丑话说前头，再有这一次，你就是给我磕头都不行，不把它扔了，我就死！

好好。我连忙拱着手，脸上全是笑意，仿佛惹祸的不是猫，而是我。

让人无法预料的是，就在这次鹦鹉事件的第五天，这个鬼东西又给我惹祸了——吃了李嫂的鲜鱼。

没办法，这回只得扔掉它了。

火车隆隆地向西北行进着，窗外的树木、庄稼、荒原，都拉洋片一样在窗口匆匆闪过。

我无心留意窗外的景色，心思还在猫身上。在哪里扔它呐？一直是萦绕我心中的难题。想想看，离城太近扔了它，它会凭着记忆，顺着原路找回去，那样岂不更糟。妻子会骂我无用，弄不好她还会想出别的制裁它的办法。可是扔得太远，又害怕它生存起来太艰难，吃什么？喝什么？晚上到哪里去睡觉？别的东西伤害它怎么办？又一想，这担心未免太幼稚了。猫，这东西，原本以前就是野生的，如今再把它放回去，有什么了不起的，说不定会活得更好。这就好比把一条鱼拿出水来，再重新放回水中一样，那鱼一定会活得更好的。再说，荒郊野外，能吃、能喝的东西太多了，老鼠呀、飞鸟呀、虫子呀，没准儿，在这里待一段，它身子都会长胖的。想到这里，我心里轻松了不少，可是，究竟在哪里下车，还是拿不准。于是，我从兜里掏出一枚硬币，看了看正反两面，用手掂了掂，朝空中一抛，硬币啪地落在茶几上，我一把捂住，暗想，如果是正面朝上，就在下一站下车，如果是反面，就在下两站下车。悄悄挪开手，一看是正面，就在下一站下车了。

这是一个没有站牌的小站，下了火车，就是杂草丛生的大甸子。这会儿，大甸子上马儿、羊儿在悠闲地吃草，虽然草丛中有鸟儿、虫儿在轻轻地鸣叫，但我却没有一丝心境来欣赏这些。就像一个身心疲惫的旅行者，我提着沉沉的行囊，踽踽地向草原深处走去。走了多久，我记不得了，选择了多少个地方我记不清了，最后，在一块有花有草的地方停了下来。当我轻轻放下提包，一丝一丝拽开拉链的时候，我惊奇地发现，猫的眼角已经被泪水浸湿了，每根长长的睫毛上，都似乎挑着一颗亮晶晶的泪珠。

当时，我心里一下就酸得不行了，眼角处也仿佛有什么东西在爬动。我连忙仰起头来，平静了几秒钟，任小风在脸上轻轻吹拂。之后，才弯下身子将猫儿从提包中拿了出来，放到地上。这还不算，我还把事先准备好的一些食物，如鱼干、肉干之类放到土塄下边，以备应急之用。做完这些，我便坐到了土塄上，我觉得我和猫儿分手之前，我还要和它再做一次游戏。于是，我便脱掉了鞋子，脚，放在了它的眼皮下，脚趾头一弯一弯地勾动，它也像理解我的心境一样，依旧用胡须触我的脚背，用牙齿咬我的脚趾，用爪子挠我的脚心……这一切做得那么殷勤、细致、认真，似乎有讨好我的意思，只是玩耍到后来，我方感到情形不对，它咬我裤脚的嘴，再也不松开了，就那么死死地咬着……这一咬，把我的眼窝又咬酸了。

……

回到家的时候，已经是晚上 9 点多了。妻子看着我空荡荡的提兜说，扔了吗？

我看了妻子一眼，未作回答，脸上的表情非常沉重，懒懒地坐在椅子上。

妻子笑了，连忙给我端过一杯水来，说，至于嘛，不就是只猫嘛！你看你那出，怕是把我扔了，你都不会这样。

我无心思和她贫嘴，兜头躺在床上，便昏昏地睡去了。

一天，

两天。

第三天，我和妻子正吃晚饭，忽然房门传来一阵咔哧咔哧的声响，我愣了一下，问妻子，什么声音？

妻子也抬起头来，静静地听着，问谁？

咔哧咔哧，声音越来越轻。

之后，我和妻子都来到门旁，这时，已经能听得非常清楚了，是什么东西挠动门板的声音。我和妻子悄悄将屋门打开，惊人的一幕出现了，黄猫侧身躺在地上，已奄奄一息了，4 只爪子磨得露出白森森的骨头，蹄瓣的缝隙处，都在滋滋渗血。只有那嘴巴上的胡须一动一动，还能断定它是活着的。

我和妻子连忙把它抱进屋里。当晚，它便死了。

看着它那么空瘪瘪的肚子和血淋淋的爪子，我们心里十分难受，妻子似乎比我还难受。我们都不明白，它这么急着火着回来，究竟要干什么？

孤独的守夜人

早晨员工还没上班呐，德福就坐在收发室的椅子上逗鸡玩。他手拿一截红色塑料绳，平举在空中，朝下一点点地逗弄，每逗一下，那仰着脑袋的公鸡就要朝上蹿跳一下，用嘴去啄塑料绳，公鸡的每一次蹿跳，都能引出德福的一串欢笑。

正逗得有趣，桌上的电话铃响了，他看一眼，并没有去接。他觉得接也是白接。这时辰，除了他这个打更的，谁会来这么早？可是那电话，就仿佛和谁赌了气，越不接响声越坚韧，弄得他好生烦恼，没好气地拿起听筒，说找谁。

德福在吗？一个女子柔柔的声音，仿佛是从听筒里飘出来一样。

德福立马愣了，语气便慌乱，我，我就是，你谁啊？

对方说，我是秋月。

哎呀，秋月呀。德福语气一下子就软了下来，跟着便涌出了一脸喜悦，眸子也羞羞挂着笑意，亲亲看着话筒，说秋月，咋这么得闲。

秋月说，咋老也不过来呀你。

德福脸便忽地红起来，连带着脖颈都有些红意，他嘴角动了动，支吾道，我老往那蹿达，怕影响了你的生意。

秋月便语塞了一下，随之语调就明显多了一些幽怨，说德福，咋竟说这些生分的话。一会儿下了班就过来吧。

这……这……德福犹豫了，但心里明显兴奋。

对方很坚决，下班就过来吧。说着电话便撂了。

德福看着手中酒红色的听筒，心里真像吃了红酒一样，觉得醉醺醺的温暖。

德福是半年前认识秋月的。

没认识秋月的时候，他就在这里打更了。打更是夜间的活，白天便没有事情。没了事情的德福又没个去处，咋整？只能在外面闲逛。

那天，他逛来逛去就逛到了纪念广场。那儿，是这个城市挺有名气的地方，树呀，花呀，草呀，都有，还有一个不算巍峨的纪念碑……德福东看看花，西看看草，看着看着就没了兴趣，花草有个啥好看的，庄稼院多的是……于是就想寻个背阴的地方歇息一下，恰巧不远处有个石凳，他便奔了过去。正在他要坐还没坐的当儿，身后传来个柔柔的像从树叶上飘落下来的声音，大哥，借火使使。

循声望去，石凳后面的一棵大树旁，站着一个三十多岁的女子。她头脸洁净，嘴唇抹着桃红，一截香烟夹在手指间。

眼睛朝他瞄一下，他没怎么多想，就从兜里掏出火柴递过去。

嚓的一声划着了火柴，女人点燃了香烟。烟雾丝丝缕缕从鼻孔中冒出，女人一边还火柴一边说谢谢大哥了。

德福说，这谢啥。

女人挺媚气的一笑，眼角微微弹跳一下，说大哥，想乐呵不？

德福没有听真切，露出一脸的迷茫，你说啥？

女人重新又笑了，声音似乎比方才又高了一点，我说大哥想不想乐呵？

德福还是懵懂，乐呵？咋乐呵？

女人往前凑一凑，嘴角一边吐着烟雾一边说，大哥想咋乐呵就咋乐呵，想让哪乐呵就让哪乐呵。钱，不贵的……女人说着就抬起右脚，把鞋底翻过来，那白惨惨的鞋底上工工整整写着两个字：30元。

德福脑袋"轰"的一响，他做梦也没想到面前的女人是做这种勾当的。以前关于这种女人只是一种挺抽象的概念，没有一丝一毫的具象。常常是他和伙计们开玩笑的调料，比如说有时伙计们逗他，说德福啊，婆娘死了，干吗老憋着，上广场转转，找一个野的，打一炮就完了呗……他也以此逗着别人，说有老婆也不行，老婆是啥滋味，野的是啥滋味，家花、野花咋好一块比呀……玩笑毕竟是玩笑，都是过嘴不过心的事，可是此刻女人实实在在地站在面前，他真有点蒙了，眼睛眨动一下，没说出话来。

女人以为德福对价钱有了疑惑，试探地说，大哥，如果觉得价高，优惠价也有。说着她又抬起左脚，上面却清晰地写着20元……

两副白亮亮的鞋底，像两轮炽热的太阳，把德福晃得一片迷茫，他真的不知如何是好。

女人似乎看出了德福的心思，她知道这是个一时半会儿拿不定主意的人，于是她警惕地看了下左右，说大哥如有意，就到对面文化宫门前的台阶上找我吧。说罢，女人身子一闪便消失在身后绿萋萋的树丛中。

女人虽然消失了，德福却依旧僵直站在那里，任风儿把头发吹得怎样凌乱，他都没有理会。这一切实在来得太突兀了，突兀得使他几乎无法理清头绪，一时间，他真弄不清是真实还是梦幻。

其实对女人的渴望，德福绝非是一天两天的事情了。自葬了婆娘，从乡间抱着公鸡进城后，他就这么一直干巴巴熬着，有时夜间熬得实在凄惶，他就会咯噔一下关了灯，把碗里的黑豆撒在地上，然后再伏下身子一粒一粒摸找，大海捞针一样。啥时候撒出的黑豆一粒不少地捡到手中，他才艰难地从地上爬起来，身腰除了酸塌塌的疼痛外，便不会有别的想头了。可时间一久，黑豆渐渐磨掉了黑皮，露出里面的白碴，像夜幕上一颗颗闪闪烁烁的小星星，找起来就容易了，德福的精力也就无法消耗殆尽了，那欲望便又像发疯的春草一样，一天天滋长起来，煎熬得他正不知如何是好……恰好野女人出现了，就像凭空移过来一块肥硕的沃土，使德福一下子寻到了欲望生长的地方。几乎没怎么思索，他就朝文化宫门前的石阶走去。

那女人似乎离挺远就看见他了，可并没向他走来，而是朝东面的胡同指了指，接着便率先朝那里走去。

胡同拐了一弯又是一弯，弯弯曲曲的胡同就像破了劲儿的绳子，里面全是一些砖头子砌墙、油毡纸封顶的矮房。大约拐到第八个弯儿上，女人不见了，窄窄的胡同里忽然就寂静起来。德福几乎连自己的呼吸都听得清晰，正在懵懂，忽然从一扇敞开的黑洞洞窗户里亮出一白惨惨的鞋底。

看到鞋底，德福一下子就联想起那女人，跟着便从那黑洞的窗口跳了进去。

之后他们就相识了，他知道女人叫秋月，女人也知道他叫德福。随之，他们的关系就像胡同一样，弯弯曲曲地发展起来了……

有一天夜里下大雨，矮屋进了水。女人半夜方便时，一下地，咕咚，双脚就实实落进水里。开灯看去，不但鞋子在水中缓缓漂浮，就连盛尿的瓷盆也方舟一样随波荡漾。

她一下子就惊悚在床上，忙掏出手机找"哥们儿"求援。

她首先想到的是张老板。

张老板是老主顾，做药品生意的，对保健药品研究得最为深入，从金枪不倒，到伟哥一号，无所不精。为了显示其才能，他每次光顾都带一种药品临床试验，有喷洒的，有涂抹的，弄来弄去，把个好端端的东西给弄废了，真操作时，无论怎样也调动不出积极性来，没办法，后来真就离不开神油了，涂抹时害怕女人瞧不起他，因此就一边抹一边海誓山盟，说有什么事尽管找他，就市里这地面上，不管是黑道白道，哪都好使，之后就把片子扔过来，说号码全在上头。

按照片子上的号码拨过去,听到的却是,你拨的电话是空号,请查询后再拨。

随后又是李老板。

李老板是个做爱不喜欢戴套子的人，他说戴了套子就有点喘不过气的感觉，所以为了避开那小东西，他给女人做了这样的承诺，只要"战时"不戴套子，战后让他做什么都好使……女人电话过去了，回话更是玄妙，此号码并不存在。

第三个电话，拨打了白先生。对方接过电话语气就变了调，说什么白先生黑先生的，我家姓赵，三更半夜的，烦不烦！

看着那冰冷的手机，她傻在那里，心就像地上的雨水一样，冷森森地发凉！她忽然觉得有了一种孤立无援的感觉，就像风雨中一棵孤零零的芦苇，没了任何依靠和辅助，那些平日和她有着肌肤之亲的男人们，此刻都鬼影一样地消失了。

……

没办法，她才想到了德福。抱着试一试的心理，她把电话打了过去，轻声试着问，你们这里有个叫德福的吗？

有啊！我就是。回答得非常干脆。

就这一句话，便把女人感动出了眼泪。她唏嘘着说："大哥……"

话筒那头的德福有点愣，怎么？

女人还是啜泣，平日和我往来的那些男人好几十，可到了事情上……只有你才……

德福有些摸不着头脑，说事情，什么事情？

女人便把遇到的困难从头说了起来。

德福听着听着就耐不住了，说还啰嗦什么，我这就过去。

到了女人矮屋的时候，德福的衣服已经呱嗒呱嗒湿了，雨水顺着头发一丝一丝朝下流，把他耳朵、鼻子、颧骨等部位都淋得湿漉漉的，在灯光的映照下，脸上一片闪亮。

秋月见了，心里先一热，跟着眼眶又来了泪水。

德福说，麻溜给我拿个盆来。

秋月哧溜一下鼻子，递过盆去。德福便开始哗啦哗啦淘水。难怪是庄户人出身，干活就是舍得出力。他又开腿，弓起腰，盆子在他手中像生了风，一会儿，脸上就见了汗珠：亮亮闪闪的汗星，顺着汗毛爬出来，渐渐汇成了汗珠，汗珠多了，就滴落下来，砸得地面上的水叮咚叮咚响。响声虽然非常轻微，可是在秋月心中却非同凡响，如一颗颗巨石落在洪涛之中，掀起的波澜都是汹涌的。

特别是当德福淘净屋中最后一盆雨水，转身就要走的时候，秋月一把便抱住了湿漉漉的他，说大哥感谢的话就不说了，从今以后，我秋月对你是免单的！想啥时来就来吧！

话不在多，只这一句，就把德福的心里弄得热热乎乎的，像有暖气从里面掠过一样。但他明白，人家越是这样说，他越是不能那样做的。管咋的人家那也叫生意呀，做生意人谁受得了这个：今天你沾一点，明天他抹一点，即便是开个金店也要亏的，况且人家是以身子作本钱的买卖，占这便宜，还有人味吗？因此他就是有时手头紧巴，一时拿不出钱来，也要设法逛摸点东西顶上，反正他觉得无论如何也不能踏着人家的情分。

今天秋月的电话，倒真把德福难住了。

他清楚，就是把身上所有的钱抖搂出来，划拉划拉加一起，也就是五六十块钱的样子。就是这五六十块钱，也早已在心派上用场：鞋早该买了，要不脚下太寒酸，鞋子破得大窟窿小眼子的，连脚趾头都露了出来，走起路呼噜呼噜直朝里面灌土；再说，脑袋也该剃了，鬓角两边的头发荒草一样遮住了耳丫子，冷眼看，都有点像娘们儿了；还有，治痔疮的药也没了，现在天天拉屎屁眼都滴答血，疼得像刀子剜一样。医生说再不上药，屁眼非得烂掉不可。最要命的是，口袋中的粮食要见底了，大米没了，白面只剩两三把……不用算了，仅上面这几项，就得多少钱？

看来钱是没啥指望了，于是他想到了东西。

眼睛顺着墙根撒目一圈，除了看到几个绿微微的铁柜子、几张紫檀色的木桌子以及几把镀铬的铁椅子外，别的便没什么了。

他晓得，屋里原来是有一些东西的：窗台上有一只暖瓶，桌子上方有几个茶杯，墙角的小凳子上有一个鸳鸯戏水图案的瓷盆，门边好像还有一把马口铁的撮子……可是他更清楚，这些东西现在都到了那里，是他一次又一次拿着顶钱给了秋月。

起初人家秋月是死活不要的，说干啥呀德福，来就来么干吗还带着东西？德福就满脸通红地说，没这东西我就不踏实。秋月便扑哧一下笑了，只得收下东西。有了这一回之后，秋月的门槛就等于被打开了，接着一件跟着一件东西便悄悄涌进来：脸盆，茶杯，电褥子……终于有一天德福再也没有什么东西可拿了，于是他牙根一咬就不再找秋月了……

如今人家把电话打了过来，德福那紧咬的牙根仿佛又松动了。他何尝不想秋月？何尝不想秋月温暖如春的身子？只是他不允许自己再去想了，便把一些火烧火燎的想头牢牢压在心里，一丝一毫也不让它们释放出来，就像用石头压着棉花一样。其实他晓得，越是这般压、挤，由那身子骨头缝中生出来的欲望就越强烈，直到这会儿，是无论如何再也压拢不住了。他像一头发了疯的豹子一样在屋中来回走动着，猝然，他眼睛一亮，目光便在公鸡身上停住了。

公鸡也正亲亲地看着他，眼睛像豆瓣一样黄灿灿地闪亮。

这畜生，是他从乡村带来的唯一活物了，也是他最亲密的伙伴。差不多打更的每个晚上，都是它陪着度过，有时寂寞得无奈，他就跟它有一搭没一搭唠嗑，而它便静静地蹲在椅子边上，一边用爪子唰啦唰啦梳理羽毛，一边歪着脑袋谛听，仿佛能听懂的样子。唠的最多的，恐怕还是和秋月有关的话题：他说秋月命也真够苦的了，这么年轻，丈夫就给埋在好几百米深煤矿里了，生生守了寡。还说，眼下这么年轻，脸面、身子都好，是能挣俩钱的，可是将来面相老了，人不中看了，那可咋整？接着就重重叹息一声。公鸡的眼神也黯然了，仿佛情绪也受到感染，连那红鲜鲜的鸡冠子都蔫巴了。其实，最感动他的，并不是这些，而是替他守夜的事情：只要他夜里困顿过去，它就会乖巧地蹲在他脚旁，脖子直直伸着，眼睛一眨一眨地左右寻觑，哪里有了动静，都逃不脱它的眼睛，哪怕就是一个虫子爬过，它也要飞扑过去，每每快到天亮的时候，觉得他睡得差不多了，连嘴角的涎水洇湿了衣服大襟……它才小心翼翼伸过嘴去，瞄准主人鞋子露肉的地方，嘣嘣，轻轻一啄，他才会醒来，伸个懒腰，觑一眼墙上的电子表。他晓得，经理就要来查岗了。麻溜揉揉眼睛，拿着湿毛巾在脸上蹭巴两下，做出一副一点没有睡觉的样子……这时,他心里好生温暖,哑巴牲口,多通人性呀!

就是这个通人性的家伙,现在成了他唯一的家产了。也只有这个家产,才能拿得出手给秋月。可是他怎么能够舍得将它送人呐?休说送,就是离开一会儿,他都是受不了的。这就像从身上往下割肉一样,虽然割的是肉,可是疼痛却在心上。

他眼睛不敢看公鸡了,似乎做了对不住它的事情,目光在屋中飘忽起来,一忽儿落在窗子上,一忽儿落在椅子上……当目光落在话筒上时,他那颗飘忽不定的心,一下子就给坚定住了。是啊,不能再犹豫了,鸡好,不假,可是再好的鸡,再通人性的鸡,说到底,还不就是个哑巴牲口嘛!而秋月,那可是活鲜鲜有着情感的人呀。鸡和人比起来,那还用比吗?于是,他一咬嘴唇,把鸡抱进怀里,想也没想,便向秋月住处走去。

……

从秋月那里回来时,天色已近傍晚。走进空落落的收发室,他越发觉得空落。早晨,逗弄公鸡时坐的那把椅子,还端端放在那里,可是椅子旁的公鸡已经不在了。细细看去,还有几丝嫩嫩的黄色绒毛残留在地上,被门缝吹进来的风儿吹得一点一点颤动。他哈腰将绒毛拾起,慢慢地移向眼前,想看个仔细,忽然觉得眼眶温热起来,于是看得愈发模糊了。

由公鸡他想到了秋月。那么,她这会儿在干什么哪?也逗弄公鸡玩呐?也像他早晨一样,拿着红色塑料绳在逗弄?可是念头刚一出现,他就把自己否定了,他记得他从她那要走的时候,那位做药材生意的王老板就已等在那里了,他不愿再往深想了……将兜里的酒掏出来,大口喝起来。他要用这辣辣的酒,淹没心中的想头。

本来，和秋月繁忙了一天，身子就酸乏，再加上热酒的效力，很快他就睡在了长椅上。

天快放亮的时辰，当他的鞋子被一下一下敲打的时候，他梦幻中突然出现了大公鸡的影像，它的羽毛是那么黄，冠子是那么红，尾翎是那么黑……可是当他懒懒地睁开眼睛，他看清了，站在面前的竟是那查岗的老板。

……

后来，德福就被解雇了。在离开这座城市的时候，他又去了一趟八道弯胡同，他想再看看秋月，再看看公鸡。可是当他来到矮屋门前时，他惊呆在那里，矮屋斑斑驳驳的门窗上，已沾满了盖有公安局红戳的封条……不知为啥，他还是很疑惑地趴在了窗户上向屋里看去，他总觉得似乎还能看到秋月和那只公鸡。

小北门儿

头场雪一过，天就撒冷了。先前还柔柔弱弱的北风，几天工夫，就坚硬起来，像裹挟着一把把锋刃的小刀片，吹刮到脸上，是一种麻酥酥发辣的感觉。地面不再暄软了，牛羊等牲畜暖时踩在泥里的蹄印，花瓣一样冻着，早晨敷上清霜，那花瓣就像着粉一样。背阴的地方，雪被旋得高高矮矮地起伏，表层如波浪一样，偶尔有猪狗以及孩子将热尿撒在上面，就出现一条黄黄的锯齿般的曲线……

每到这个时候，小北门儿的铁匠铺便开火了，红亮亮的火苗子被嗯嗒嗯嗒的风箱扯拽着欢腾跳跃。腰系皮围裙的老铁匠，汗津津地从火里夹出一块红通通的方铁，急促促地奔出门外，腕子一抖，方铁上就毕剥崩出几颗火星，打着蓝烟画出圆圆的弧线，落到地上，滋啦一响，雪上留下一个极小的黑点。

"干啥呢，麻溜点！"

听见老铁匠急忒忒喊声，小铁匠赶忙操作起来。先是把马头牢牢捆在柱子上，随后便咯吱咯吱转动上面的铁杠，随着铁杠转动，兜在马肚上的皮绦就一扣扣煞紧，渐渐马的身子就悬了起来。之后便绑马腿，翻马蹄，起马掌。待一切做得停当，老铁匠才挥起手中的钢钳，将那红铁准确落在蹄掌上，跟随着就滋啦啦一响，升起一缕黄埃埃烟雾，烧焦的马蹄气息立刻随风飘逝（我当时特别爱闻这种气息，老觉得那是香味）之后，小铁匠就把那破旧的马掌钉向外扔来……

到了这个时候，我们这些七八岁的男孩子再没有心思看挂马掌了，几乎都疯了一般，向地上的马掌钉扑去。抢马掌钉，我绝不是外行，除了敏捷机智外，主要是勇敢。我差不多和大家一起跑到马掌钉跟前，在他们刚要弯腰伸手的时候，我几乎是将自己的身子平扔起来，实实在在砸在那片马掌钉上，接着就感到脊背、屁股上有拳脚在捶打。可是我挺着，那会儿我一下子就想起了黄继光，觉得自己很英雄，黄继光用胸脯堵枪眼，我用胸脯护马掌钉。娘的，挨几下打也值！

"起不起来？不起来，我可要呲尿啦！"

我一听是大洪亮的声音，就有点胆怯，大洪亮在小北门儿这片打仗是极有名气的，一样大的孩子都惧他。正在我犹豫起不起来的时候，就听到脑袋前面的地面上发出噗噗的声音，一些细碎的热乎的水点溅到了我的脸上。我舔了下嘴唇后，一股腥臊的气息直钻我的鼻孔。

"大洪亮，欺负人呐！"

我一听是榔头的声音，心里立时高兴了。榔头是我最好的哥们儿，打仗手最黑，他平日不喜欢动手的，可是真的动起手来，摸起啥用啥。有一次二气卵子把他惹恼了，他一砖头子过去，那小子脑袋就缝了四针。

"就欺负，能咋的！"大洪亮不再尿尿了，转向了榔头："妈的，你皮子欠熟啊！"

"你手指长齐了吗！"

接着大洪亮就过去了。

待我从地上爬起来的时候，大洪亮和榔头已经支开了黄瓜架。支黄瓜架是那时孩子们打仗的一个基本姿势，样子有点像老牛顶架。两人头顶着头，脊背略弯，双手抓着对方的肩，两脚不停地挪动。

到底是大洪亮，打仗真油，他先缓出一只脚，试着去钩榔头的腿，一丝一丝地钩，榔头似乎已意识到他的诡计，双腿不再挪动，而是朝下用力，整个身子的重量似乎都放在两个脚跟上。其实大洪亮寻求的就是这个时机，当他看清榔头所有的注意力都放在他勾人的脚上时，他突兀地就是一跳，另一脚闪电般的向榔头脚跟猛力一蹾，地面是踩实的积雪，极滑，榔头一下便咕咚摔在地上，接着，大洪亮就老虎一样扑去。榔头挨了一摔，心里就愈发愤怒，待大洪亮扑过来的身子快接近自己时，他膝盖猛然收起，照准大洪亮后腔奋力一顶，大洪亮借着惯力整个身子就从他面部飞跃过去，实实抢在了地上。

大洪亮从地上爬起时，鼻子已经开始流血了，滴滴答答的血点子淌满了下巴和棉袄大襟。他用袄袖"哧啦"抹了一下，红鲜鲜的血就染红了他半个脸蛋子，之后他又从袄袖的破损处搋出几缕棉花，揉巴揉巴，塞住了鼻子。接着哧啦一下咧开怀，在裤腰那里摸索了几下，便拿出一把刀，发疯一样，向榔头冲去。

我吓傻了，有心帮着榔头，可是腿哆嗦个不停。

榔头一点也没害怕，站在一辆柴车前，眼睛眯缝着，仿佛要笑的样子。他极灵巧地躲过了大洪亮刺过的前三刀。当大洪亮的第四刀刺来时，他斜着身子朝外一闪，却不料，大洪亮的刀子斜划下来，于是便扑哧一声，他的棉袄大襟被划出一条半尺长的口子，白花花的棉絮便翻卷出来，一块黑漆漆的布片耷拉下来，像一面迎风飘扬的黑旗。

其实这一刀并没伤着他的皮肉，可是棉袄上的口子似乎比伤着皮肉更使他恼火。要知道，这件棉袄，是榔头长这么大妈妈为他做的第一件新棉袄啊。看到这白花花的口子，他就像皮肉被挑开一样，一股剧痛直刺心里，眼睛不住地四处寻觑，有点像饿红了眼睛的狗一样。我知道他在寻找作战武器。由于天寒地冻，在地上寻觑一圈，也未有任何收获。就在他气急败坏，又将返回柴车跟前的时候，他的眸子突然一亮，跟着就向柴车上攀去。

这时，我们都发现柴车放着一把四齿扬杈，齿尖白惨惨闪着寒光。

榔头很快攀上柴车，很快把扬杈抓到手中。他站在高高的柴车上，向下瞟一眼，仿佛每根睫毛都充满杀气。我想这下大洪亮完了。

所有的孩子都静静地看着榔头，看着榔头手中的扬杈。

连老铁匠都夹着红铁愣在那里，小嘎子不要命啊！

最使我们吃惊的是，就在这个时候，突然从榔头脚下的柴草中拱出一个小女孩来，一把抓住了榔头手中的扬杈。这个女孩个子不高，头戴一顶狗皮帽子，帽带紧系，帽耳朵上的狗毛挂着一层白茸茸的霜花，靠近下巴的狗毛，霜花不见了，结出了几根亮晶晶的冰溜子，她身着一件花棉袄，手戴一双大手闷子。

椰头当时也给弄傻了，只能愣愣地看着她。过一会儿，似乎刚缓过劲来，愣愣地问，你要干什么你？小姑娘也不回答，就是死死地抓着扬权。椰头有点恼，他攥着扬权奋力向里一拽，小女孩整个身子就向里涌来，他又向外一推，她又朝外倒去，接着他便剧烈地推拉起来，她的身子也随之晃动着。争夺一阵，依旧不见分晓，椰头眼睛急红了，说放不放开，之后他缓出一只脚来，那样子似乎要踢小姑娘。

小姑娘双手依旧抓着杨权，眼泪汪汪看着椰头，说不能拿我家的权子去扎人。

"谁去扎人啦？"

"你，你，你，就是你，"小姑娘说着便哭嚎起来。

椰头哪见过这阵势，只得蔫蔫地放开扬权，从柴车溜下来。再寻大洪亮，大洪亮已经不见了。

因为棉袄的口子，椰头肯定被妈妈骂了，或许也挨了爸爸的鞋底子，否则这几天他不会不出来的。

见不着椰头，我非常着急。有几次想去他家找他，又害怕由此他再被上锁链子（椰头他爸禁止椰头玩的办法就是用锁链把他锁到炕沿上），没办法，我只得去找高旗商量。高旗是我好朋友，和椰头也好。他正在家里炕上和妹妹跳忠字舞玩呢，他小妹一扭一扭地跳着，他就唱：

不是不喝酒呀，

不是不抽烟呐，

就是那个没有钱，

要是有钱，

买上一盒好抽的牡丹烟，

嗦呀那个呀啦嗦，

买上一盒好抽的牡丹烟。

我知道这是榔头改编的，可是我没有心思听，我就说高旗，还唱啥呀。

高旗说，不唱行吗，这是爸爸给留的任务。他小妹说，我们不跳忠字舞，爸爸回来要罚跪的。

我说，拉蛋倒吧，知道榔头的事儿吗？

高旗说，榔头咋的啦？

我就把前几天打仗那事说了一遍。高旗听了一脸苦相，眼睛直直看着烧红的炉盖，不时朝炉盖上吐唾沫，炉盖就哧啦一响，冒出股热气，响到最后，他才说那咋整啊。

我知道高旗是最没有办法的人。其实跟他说什么话，都等于没说。我有点后悔正要出去，这时门开了，我和高旗扭头看去，禁不住一齐叫了起来，榔头。

榔头站在门槛那儿，怔怔地看着我们俩。他脸冻得红红的，一截清鼻涕挂在鼻子下面，他还穿着那件黑棉袄，只是袖子上缝了一块很大的补丁。

"榔头，是不是挨锁了？"我问。

"挨揍没有？"高旗也问，又朝炉盖上吐口唾沫。

榔头说，唉，别提了。他一屁股坐在炕沿上，两手直端端伸到炉盖上，静静地烤着，烤出一些暖意，便说，妈妈不让我整天玩了，从明天起得去小北门儿搂柴火了，你们去不？

高旗看了我一眼，我也看了高旗一眼，其实，我们是不愿意搂柴火的，可是为了榔头，我们都说去。

第二天，我们腰扎麻绳，肩扛耙子来到小北门儿后面的新荒大道。这条大道是许多村落通往小镇的唯一的大道，缕缕行行的柴车就是从这条道上把柴草送到镇上来的。这条道因常年跑车，轧出一些深深浅浅辙印。天一冷，辙印就冻死在地上，再加上一疙瘩一块的马粪、牛粪也冻在上面，因此高高摇摇的柴车在上面走，就不住地晃动，稍不牢靠的柴草就能被晃动下来。尤其是装毛毛哄、哑巴苇子、羊草的车，最不经晃，少则几缕，多则一抱，有时，晃得大了，还会掉下更多，我们几个就是来搂这些柴草的。

我们每个人先用雪坷垃做个记号，当做堆底儿，接着便开始搂草，榔头靠左，我在中间，右边是高旗。我们像举旗一样握着耙子，一字排开朝北走。耙齿和地面发出哗哗的响声，一些细碎的柴草跟着耙齿向前滚动，马粪、牛粪拍被搂得崩散着冰碴，闪着亮光朝四外飞溅。我们走了两个来回，也没搂得多少。高旗就有点泄气了，一边吸溜着鼻涕一边说，柴火不厚啊，这得啥年月能搂一背呀。榔头便不好意思，说是为了我，你们俩才跟着挨冻。他看了一眼路间行走的柴车说，再不咱们拽柴车吧！拽，我可有些胆怯，我深知车老板的大鞭子是相当厉害和吓人，前院二埋汰的眼睛，就是拽柴火时被老板子抽瞎的。榔头似乎看出了我的心思，说，你们俩在车前引诱，我在车后拽。

说罢就将棉帽耳朵朝下拽了拽。高旗怯怯地看着我,一截清冷的鼻涕已经冻在嘴唇上面,那样子好可怜。我说,高旗,你在路边"把眼儿"吧,车老板一发现,你就学狗叫,没发现,就学猫叫。高旗很为难,说我不会学狗叫,只会学猫叫。榔头说,真笨,汪汪汪就这么叫,还不会。高旗试了一遍,说行。之后,我和榔头便向柴车靠拢。头两辆柴车,很不得手,我们还没等靠近呢,高旗就学开了狗叫,汪汪汪汪,弄得我们俩心里惶惶的。第三辆柴车过来,榔头就不管那么多了,任高旗怎么叫,他还是悄悄靠近了车尾。这是辆老牛拉的车,装了满满的一车小叶草,像座小山一样,车上坐着个老头,抱着鞭子睡着一般,车后面,连个跟车的都没有。榔头绝对不会放过这种机会,他身子一纵,双手就抓住了一捆柴草要子,整个身躯便贴敷过去,随之两腿就迅捷弯曲起来,立马柴捆上像吊坠着个石磙子一样。随着车子晃动,渐渐柴捆从缆绳中松懈下来,最后终于咕咚一声。柴捆和榔头都落到了地上。翻身站起来,榔头像捡到钞票一般,拽着柴捆喜滋滋向路边跑去。

正当我举着笆子为榔头的初战告捷而暗暗庆幸时,却不料,从柴车上传来一声大喝,站住。跟着一个女孩从车上跳了下来,身后还跟了一条黄黄的大狗。嗾!嗾!嗾!她边追着榔头边指示着黄狗。黄狗得到指令,疯了一般向前奔去,眨眼间,那捆柴草和榔头就被扑倒在地。待女孩跑到近前时,榔头正仰在雪地上,一脸惊恐,怯怯地看着龇着白牙呜呜低吼的黄狗。

奔喽,奔喽,女孩叫住了狗,正要弯腰去抱柴捆,看了榔头一眼,却不由愣住了,怎么,是你?

　　榔头这时才缓过眼来，觑了小姑娘一眼，他立时就记起了，这是前几天和他抢扬权的小姑娘，脸就不自然变得发红，怯怯地说，不知是你家的车。

　　真的，高旗也赶紧附和，样子相当可怜。

　　小姑娘抱柴捆的手缓缓放下了，冲大黄狗说，奔喽，奔喽，走吧。

　　哎，那草。榔头赶忙说。

　　留给你们啦！

　　这……

　　奔喽！小姑娘喊了一声，扭头向柴车跑去。大黄狗颠颠地跟在她身后，露出一副全然不解的样子。

　　当时，我们全傻了，榔头看着我，我看着高旗，高旗抱着箍子呆呆地看树梢。一忽儿，我们都忽然反过劲来，一齐朝大路看去，那牛车已经走出老远，只是车上的小姑娘那红红花棉袄却是分外爽眼。

　　以后，我们就和她相识了，知道她叫英子，家住新荒泡东沿，天天都和爷爷往镇上送草。知道他们每每到小北门儿都要歇息一下，让老牛缓缓身子，她也和爷爷顺便到铁匠铺烤烤火。到了那个时候，我们就放下箍子，来找英子一起玩。玩的时候，英子就从兜里掏出爆米花给我们吃。英子带来的爆米花可好了，脆生生的，全是用沙土炒的哑巴花。不像现在城里崩的爆米花，白涩涩的，稀暄，一点咬头没有，吃进嘴里，就如同嚼着一团棉花。英子的爆米花，黄灿灿的，每个鼓溜溜的苞米粒上，裂出一两道白生生的小纹儿，纹路稍大的，或许能掀起一层嫩皮儿，蝉翼一样清纯透明……看着我们吃得这样香甜，她高兴极了，说以后天天给我们带。这一下，我们就不好意思了。是啊，我们几个堂堂男子汉，凭啥总吃人家东西，吃一回半回倒没啥，时间长了，心里就发虚。于是，我们就躲进高旗家的炕头上想办法。

榔头说："哎，我们不能老这么白吃人家的爆米花，应该送给她点什么。"

"是呀！"我附和着。高旗也说："要不咱们也不太讲究啦。"

榔头说："那送她什么呐？"我咔哧咔哧挠着脑袋，努力想着。高旗眼睛忽然一亮："咱们送她枚毛主席纪念章行不行？我们家有这么大个的。"

榔头当时嘴就一撇，说："你咋像你爸一样呐，老整这套革命的事儿，现在谁还缺纪念章。"我也说："送纪念章不行。送纪念章还不如送冰猴呢。冰猴儿我那儿有个枣木的，通红通红的。"高旗立刻反对："哪有送冰猴的，人家英子是个小姑娘。"

小姑娘三字也许给了我启示，我灵机一动，说："哎，我们送给她一截扎头的绫子咋样？"

这建议立时得到了榔头、高旗赞同。可是去哪里弄绫子呐，又成了我们的难题。

遇到难题，我们都不说话了，都看着烧红的炉盖出神。高旗就率先朝炉盖上吐口唾沫，滋啦一响，跟着，我和榔头也都朝炉盖上吐，炉盖上就吱吱啦啦地响，不断地向上冒着热气。

吐了一阵唾沫，高旗说："我妹妹头上扎的绫子，我明天悄悄偷出来，行不？"

我说："不行，我们送就得送新的，你妹妹的绫子黑拉巴叽的，准有头泥味儿了，能行吗？"

榔头说："办法只有一个，我们明天去刘哆嗦杂货车上抢去。"

高旗一听就有点怯了，怔怔地看着我，说："能行吗？"

我也有点胆突突的，看了一眼榔头。

榔头说："你们俩的胆儿，赶上耗子了，明天，不用你们，我自己去。"

一看榔头不高兴了，我有点不好意思，送礼物给英子是大家的事儿，就是有个什么风险，怎么能让一个人去承担呐。于是我挺了挺胸脯，说："我跟你去。"

高旗连忙说："我也去。"

抢绫子的事儿就这样定下来了。

第二天，飘着清雪，小北风尖利得像甩动的鞭鞘，刮得电线、树梢嗖嗖直叫。

榔头、高旗和我抱着肩膀颠颠地向前走着，整个街面上没有几个人，只有街头的广播喇叭里正播放着歌曲《草原上的红卫兵见到毛主席》：

我们是毛主席的红卫兵，

从草原来到天安门。

无边的旗帜红似火，

战斗的歌声响如云。

是伟大领袖毛主席，

指引我们向前进。

……

在小镇的街口处，我们终于看见了那辆小小的杂货车和车旁的刘哆嗦。刘哆嗦是镇上的"名人"，提起他镇子里没有不知道的。他哆嗦的毛病是年轻时做下的，据说他被土匪绑票弄到山上，土匪没事儿寻他开心，将他裤子扒下来，把一个铃铛挂在他卵子上，然后让他将双腿叉开，站在地中间，土匪老大表演枪法。土匪老大是个枪法极准的人，一枪打出去，那铃铛便一响，三枪过后，土匪老大有些纳闷起来，铃铛怎么会嘀嗒起水来？仔细看去，他吓得已经尿在那里，浑身哆嗦成一团。自此，他留下了这毛病，一哆嗦就是几十年。

这会儿，刘哆嗦抱膀站在车旁，冻得嘶嘶哈哈直跺脚，见我们到了近前，就异常热情起来，说小同学的，要买点什么？

听了这话，我心嘭嘭地跳着，像到了嗓子眼。

高旗脸色也有点发白，眼睛不知看着哪里好。

只有榔头神情镇定，说随便看看。

刘哆嗦哆哆嗦嗦地说，看吧看吧，咱这儿要啥有啥。

榔头就装作选东西的样子，一会儿摸摸这个，一会摸摸那个，最后手拿绫子，上上下下地看。

刘哆嗦说："要买就麻溜买吧。这绫子，是上好的货，你看这色，多正，你看这纹，多密实，扎在辫子上，要多好看就多好看。你是给谁买呀？是姐姐还是妹妹？"

榔头摇摇头，说都不是。

刘哆嗦嘿嘿笑了："哦嗬，那是给谁买呀？"

榔头瞪了他一眼，并未回答，还那么一丝不苟地挑选。

我的手心已经出汗了。

高旗的嘴唇开始哆嗦。

就在刘哆嗦不再说话眼睛走神儿的刹那，榔头一把将绫子攥在手里，回身就向东面跑去。刘哆嗦愣了一下，跟着就醒过腔来，大骂着，"这不是胡子吗，明抢了？老田——"他朝不远处掌破鞋的一个老头叫着："给我照看点东西！"说罢，就飞奔地追榔头。

榔头跑得快极了，简直像一只兔子。

刘哆嗦跑得也不慢，边跑边大声地吆喊，捉贼哟！

照这样下去，刘哆嗦是攥不上榔头的，可是倒霉的是榔头摔倒在一块冰面上，于是就给刘哆嗦抓住了。

你别看刘哆嗦平日里哆哆嗦嗦，出手打人却异常凶狠，几巴掌下去，榔头的脸就红肿起来了，几个手印子清晰地印在上面。

他一边拽着榔头朝车子走来，一边嚷嚷，"不得了，这么大个小崽子，就不学好，敢明抢，今天抢个绫子，明天抢啥？抢银行？"掌破鞋的老田也停了手中的活计，一边用嘴哈着气暖手一边说，"扯那么远干啥，麻溜送镇革委会去，小嘎子到那不老实才怪。"

于是，榔头就被送进了镇革委会。

这一下，我和高旗全傻了。

蹲在镇革委会的红砖墙下，像两只可怜巴巴的小猫，噗噗簌簌地掉着眼泪，泪水一会儿就把袖口打湿了，袖口一会儿就亮晶晶地结了冰。

"咋整啊！"高旗可怜地看我。

我也没有办法，只会生气地骂刘哆嗦。

高旗听见我骂，他似乎一下子也找到宣泄的渠道，也跟着骂起来。

我们俩比着赛骂了半天，把刘哆嗦祖宗三代都诟骂了一遍。到了最后，高旗还是那句可怜巴巴的话，榔头进去了，咋整啊。

是够闹心的了，榔头为了我们的事掉进去了，我们怎么能无动于衷呢，我们必须想办法救他呀！可是救，又怎么救呐，实在是个棘手的问题，它又不像《地雷战》《地道战》那个年代，敌人抓住革命者都好放在草棚、牛圈里，只要将土墙抠个窟窿，凿个洞，就能营救出来。现在他们圈榔头的屋子是砖墙啊，而且窗户上还有那么多钢筋，抠窟窿、凿洞根本不行。我努力想着张嘎子、潘冬子对付敌人的办法，可是移至眼前那办法又不灵了。

就在高旗冻得尿第三泡尿的时候，我忽然有了办法。但这是一个非常恶毒的办法，这是一个绝对机密的办法，为了救榔头，我只能这么做。

我先把高旗支回家，然后我独自躲进我家的小偏厦里，用刀悄悄裁了一条报纸，拿着哥哥的毛笔，蘸着墨水，在报纸上工工整整地写了一条反标，打倒×××。于是就做贼一样把它揣进兜里，悄悄来到街上，趁中午没人的当儿，我把它贴到了刘哆嗦卖货时常倚的那根电线杆子上……神奇的是，下午刘哆嗦就给抓走了，送到镇革委会。傍晚，榔头被放了出来。

榔头见了我们就哭了。我们以为榔头受了什么委屈。

榔头说："没有，我只想起刘哆嗦挨打的情景心里就难受。"

我说，"榔头，你真是河里冒泡——多余（鱼），刘哆嗦挨打也活该，你忘了他打你了。"

高旗也说："活该！"

榔头说："千万别那么说，开始看刘哆嗦挨打的时候，我也很高兴，跟你们想的一样，觉得有人替我报仇了，可是他挨打得太惨了，肋巴骨八成都给打折了，扔进小黑屋的时候，连一口水都没人给，我实在不忍看下去，就给他舀了一碗水，他竟然叫了我一声'爹'，这一下，把我对他的恨全叫没了。尤其当他看清是我的时候，竟哆哆嗦嗦地用手指了指衣兜，我以为他有什么东西让我帮着拿，就去掏他的衣兜，竟然掏出他从我手中抢去的那截红绫子——"榔头说着从兜里掏出绫子，眼睛泪汪汪的。

看着绫子，我和高旗都不吱声了。我们一直朝家的方向走去。

我的心不知为啥，老觉得挺沉。

英子得到绫子，高兴极了，但是并没有扎到头上，我们都挺纳闷，就问英子："绫子咋不扎上呐？"

英子只管咯嘣咯嘣地吃爆米花，脸上一片喜悦，不作回答。

实在问得太紧了，英子才羞羞说："过年扎。"

"那……"榔头结巴了一下，说："能不能先扎一次给我们看看。"

高旗央求说："哪怕就看一眼也行。"

英子腼腆地笑了，说："行，明天扎。"

第二天，我们仨很早就来到小北门儿那。

那天，是入冬以来最冷的一天，送草的车老板没有几个在车上能坐得住了，一律双手插在光板的皮套里，捧着鞭子颠颠跟车跑，脚后跟的大屁股钉在冰雪路面发着咯吱咯吱响声。拉套的马身上没有不挂霜的，从头到尾白花花一片，鼻孔里呼哧呼哧地喘息，像蒸笼不严透出的热气，使得嘴角、下巴处结得一排矮趴趴的冰溜子，连冒着热气儿刚落地的马粪蛋儿，都立刻硬朗起来，变成白茸茸的霜球。

我们拽着笆子来回搂了两趟，手脚都冻得受不了啦，便跑到铁匠炉旁暖和。

老铁匠看我们冷得嘶嘶哈哈的样子，就戏谑说："真冷，真冷，冻坏了可咋整。"

我们三个都给逗笑了，就缠着老铁匠讲故事。

老铁匠抡锤也已经累了，这时正好点燃一袋烟，说："好，讲一个，就一个。"他说罢抹了一下额上的汗："从前，一个瓦匠教徒弟抹墙，他指手画脚地对徒弟说，当徒弟的干活时，就要看准师傅的手，你看我的手指到哪，你就把泥抹到哪。于是徒弟看着师傅的手抹，师傅的手指东，徒弟就把泥抹到东，师傅的手指到西徒弟就把泥抹到西。突然，一只蚊子叮在师傅的光头上，师傅举手就朝自己头按去，只听得'啪'的一声脆响，徒弟的一大团稀泥直直糊到师傅头上。师傅立刻就恼怒了，'混蛋，你怎么朝我头上糊泥呐？'徒弟怯怯地答，'师傅不是说，你手指到哪我不就抹到哪吗！'"我和榔头被逗得哈哈大笑。

高旗笑起来有点像刚长冠子的小公鸡，咯咯的："再讲一个，再讲一个。"

老铁匠摁灭了烟袋，说："那可不行，我得干活啦！"

于是，我们也走出了铁匠铺。

这时，英子家的牛车已经离小北门儿不远了。我们便一窝蜂地拥了过去，到了近前，才看见柴车上的英子。嗬，她今天漂亮极了，头发上比以往都梳得光洁、俊俏，小瀑布一样的刘海飘逸在眼眉之上，那根直挺挺朝天翘立的独角辫的顶端，像开放着一朵艳丽的鲜花，其实那鲜花不是别的，就是粉红娇艳的绫子。

一下子，我们惊呆了，我们不由得欢呼起来：

英子……

英子……

英子……

喊了几声之后，我立刻感到情况不对，英子怎么不说话呀。

榔头也问：英子怎么啦？这时，我们才发现英子冻得腮部直抖，牙齿间发出嗒嗒响声，耳朵边上也结出了亮晶晶的水泡。

榔头不顾一切跳上车去，把英子背了下来，我和高旗前呼后拥，将英子弄进了铁匠铺。

老铁匠见状吃了一惊，急忙放下手中活计，怎么啦怎么啦？

还未等我们回答，英子爷爷提着鞭子喘吁吁进来了，气呼呼地说："冻死她也不多！"

"咋啦？"我们都有点糊涂。

"她今天也不知犯了什么邪，帽子也不戴，围巾也不扎，让她钻进柴火里暖和暖和也不干，死巴巴地干挺着，说害怕弄坏了绫子。也不知哪弄的这么个东西，赶上宝贝啦，看看冻的。"说到后来，他的眼泪都下来了。

"麻溜缓缓。"老铁匠说着就凑了过来。

榔头背着英子就朝炉子跟前跑，让老铁匠一把拽住了："使不得，使不得。去，麻溜弄两碗凉水来。"一忽儿，小铁匠就端过来两碗凉水。

之后，老铁匠就把英子放到一条长凳上，将水碗端过来，一丝一丝移到英子的脸颊旁，缓缓将英子的耳朵泡进凉水里。

所有的人都静静看着老铁匠。

几分钟过去，英子耳朵上就有冰碴缓出，渐渐的那冰碴越发扩大，结成了冰片，到了最后，一个和耳朵相同形状的冰壳徐徐地映现出来。

这时，老铁匠才将水碗放下，从水中捏起那晶莹的冰壳，冲着我们说："一进屋那会儿你们就到炉子旁烤火，英子的耳朵不掉了才怪。"

"真的？"

"那还假了。"

我们很感激老铁匠，同时也觉得对不住英子，我们如果不硬要求看她扎绫子，她能会挨这样的冻吗？

英子这会儿缓过来了，晃动了一下脑袋对我们说："我扎绫子好看吗？"

榔头说："好看。"

我也说好看，只是鼻子有点酸。

刘哆嗦疯了。

这消息是高旗告诉我和榔头的。当时我们俩听了脸全阴了。

高旗说："我是昨天看到的，刘哆嗦满脸污垢光着脚在雪地上奔跑，跑到小十街那就停住了，跳起了忠字舞，大洪亮用树棍夹起个马粪蛋逗他，让他当豆包吃，他真就吃下了。"

"遭天杀的大洪亮！"我恶狠狠地骂。

榔头也说："这小子就短收拾。"

我说："你们俩听着，我一定面了他。"

榔头和高旗有点摸不着头绪，都愣了，怔怔地看着我。

就是从那一刻开始，我便开始做准备了。我拿出自制的火药枪，准备好火药，又将铁钉剁得一截一截的当作枪砂，当我将要实施我的复仇计划的时候，我忽然发现我还没有发射火药枪最为重要的东西——点燃火药的"炮子"。这一下我有点发傻，可是一想，我眼睛就亮了。于是，我就盼望毛主席发表最新指示，只要他的最新指示一发表，各单位就要鸣炮庆祝。那时我就有办法弄到做"炮子"的火药啦。因此，我特别留心着广播，只要一有新内容，我就认真地听。有一回广播播送卫生知识，我听不大懂，就问爸爸，这是不是毛主席最新指示。把爸爸弄得哭笑不得。

盼望的日子终于到了。有一天睡到半夜里，忽听一阵锣鼓响，爸爸起来了，妈妈也起来了，广播里正播放着最新指示："节约粮食，要从每一个人做起，忙时吃干，闲时吃稀，还可以吃一些蔬菜，瓜豆之类……"

于是，爸爸、妈妈他们都去单位庆祝去了。

我也悄悄来到街上。

街上，十分热闹，锣鼓声响成一片。

在一挂高悬的尚未点燃的鞭炮下面我停下来。鞭炮下面聚集的孩子足有一二十个，人人都艳羡地向上仰望，他们是准备抢落地未响的鞭炮的。这事虽然透着危险，可是参与起来是相当刺激的，我的火药枪的"炮子"看来是有点着落了。大洪亮的末日就不远了。巧的是，大洪亮也来了，他目光凶凶的，不友好地看了我一眼。我赶紧将目光躲开了，我不能和他正面冲突，待我有"炮子"之后，我再让他尝尝我火药枪的厉害。

这时，鞭炮点燃了，随着缕缕蓝烟的升起，一团团火光在空中炸响。我们这些孩子像一群老虎一样，朝地上未响的鞭炮扑去……

我抢鞭炮的本事绝不亚于抢马掌钉。动作迅速、机智、勇敢。爆竹在头顶炸雷一样地响，飘落下的火星子都落进脖颈里，烫得皮肤针扎一样的疼，可我眼睛连眨一下都不眨。有时落地的爆竹，捻子吱吱闪着火花，随时都有炸响的可能，可我也掐灭炮捻，拾起那枚发热的爆竹。舍不着孩子套不住狼，抢爆竹尤其这样，假设若你听见点响动要捂耳朵，见了火星子就要朝后躲，那最好别去抢爆竹。头上的爆竹依旧响着，啪啪啪……轰，凭响动我就知道这是一挂地道的"十响一咕咚"。这种爆竹是我们最眼馋的。"十响"倒没啥特殊的，就是十支筷子那么粗的爆竹，里面卷着黑药，爆炸的时候声音也不太脆生，发蔫。喜人的是那"一咕咚"，就是我们都叫做麻雷子的爆竹，有蜡烛那么粗，里面是银粉一样药面，爆炸时候闪着白亮的光，声音脆得像霹雷。若能抢得一枚这样的爆竹，是我的福气，那样，我对付大洪亮就有办法了。

令人怪异的是，在一团一团爆炸的火光中，不知怎的我眼前突兀就出现了刘哆嗦疯癫的样子，出现了他赤着双脚站在雪地上跳忠字舞，大口大口吃着马粪的情形。于是我心里就乱起来，好像有谁在撕扯一样。拼抢的速度明显不如先前了，有一个灭了捻的麻雷子都掉到我的脚下，可我都没有抢到手里，而是被另外一个泥鳅般的孩子抢走了。更糟糕的是，眼睁睁看见一个爆竹掉到地上，我伸手去捡的时候，却被别人踩住了手，指甲都踩得"焐"了血，有一种断裂般的疼痛。于是我抓了把雪，朝脸上擦擦，重新振作下精神，又拼抢起来。

就在我进入最佳状态，大获丰收，将要从人堆里撤出来的时候，一枚炮捻已经点燃、吱吱啦啦正爆着火花的麻雷子，直直地掉进了我的脖颈里面，立马我疼得就像挨了鞭子的驴，一下子从地上蹦了起来。

这时，蓝蓝的烟雾已从我的脖颈处升起，一股烧焦的肉味在空气中散发。

我挣命地朝脖颈处掏了两下，一无所获。

"危险……"

"危险……"

抢爆竹的孩子全惊呆在那里。

就在我近于绝望，张着大嘴"哇啦"一声哭起来的时候，忽然我觉得脑袋被谁按了一下，一只冰凉凉的手伸进了我的脖颈，抓住了那枚爆竹，很快那手又从我的脖颈处撤了出来。可是就在这双手撤出我脖颈的刹那，麻雷子爆炸了。

我扭过头去，一下子惊呆在那里，大洪亮一只手已是血肉模糊，鲜血正滴滴答答朝下流，待仔细看去，他的二拇指、无名指已经没有了……

当时，我真不知道怎么办好了，有点像傻子一样站在那里。不知是谁喊了声，快上医院呐！

我这才一下子背起了大洪亮，发疯一样朝医院跑去。

第二天，来到小北门的时候，我情绪非常低沉，就像霜打的草叶一样，蔫得不能再蔫。榔头问我咋了？我眼圈就红了。高旗摸了摸我的脑袋，说是不是病了，我鼻子酸酸地摇着头。英子问，莫非有谁委屈了你。我的眼泪就再也止不住了，一下子流到了脸上。

这时，他们把我团团围了起来，问到底发生了什么事情。

"倒是咋的啦？你倒是说呀！"榔头眼睛都圆了，"就是天塌下来，我们也帮你擎着。"

英子说："有个啥事，也别搁在心里闷着，我听爷爷说，心里闷着事，是要做毛病的。"

于是，我就把昨天大洪亮崩掉手指头的事说了一遍。

他们三个全呆了，眼睛都直直地看着我。

是的，谁又能有什么办法呐？

过了好一会儿，榔头只说一句说："大洪亮，真仗义！"

我的眼泪又回来了。

高旗眨了眨眼睛说：我听说手指头掉了，不是可以进行移植吗？

英子问：啥叫移植？

高旗说：就是把别人的手指头弄下来，给他接上。

"真的？！高旗。"我一把拽住高旗："要真是那样，把我的手指头弄下给他。"

"那怎么行？"高旗怯怯地说。

"怎么不行！"我眼睛几乎瞪圆了。

榔头一把拽开了我的胳膊，说："你家就你这么一个孩子，宝贝疙瘩似的。我们家哥们儿多，我大哥，二哥，三哥，四哥，五哥,还有我姐,这么多孩子,少个指头没关系,要弄就弄我的。"他看着自己的手，似乎在做着选择。

英子一下子摘掉了手闷子，红润润的手心升起一缕缕热气。她朝前伸了伸手，像对着我，又像对着榔头说："求求你们，别争了，你们都是镇上的人，将来长大了，都要干大事情，干大事情，没有个囫囵手哪行。我们屯里人，都是干粗活的，虽然用手的地方也不少，可是少了一个半个,也不碍啥事,用手指头,就可我的来。"

我说："那怎么行，大洪亮是为我丢的手指头，要还，得我还。你们……"

我的话是伴着抽噎说出的。

榔头有些激怒,说："咋的,看不起哥们儿咋的,你的手是手,我们的手是狗爪子呀，咋，不能用？"

英子说："莫非是看不起俺的手？"

"不！"我是带着哭腔说出这句话的。我明白他们此刻的心理，我看到了他们炽热的真诚，可是，我还是说了"不"。

榔头一看拗不过我了，就说："咱们谁也别争了，抓阄吧，高旗也算一个。"

"我——"高旗有些胆怯。

榔头脸颊变冷了，像上面结了层冰，"你咋？"

高旗马上软了下来，蔫蔫地说："行！"

于是榔头就做起阄来，他是将一根树枝折成几个寸把长的短棍，然后让我们转过身去，他用一块块冻牛粪将一截一截树枝压住，说，"动手吧！谁摸到短根儿，就该着谁。"

英子说："阄，是你做的，你得后摸。"

榔头点点头。

于是，我们三个就开始动手了。我和英子动作都很迅速，几乎是同时掀开牛粪的。高旗向前走的时候，明显地犹豫了，眼神惶惶的，不知朝哪里看好，鼻子尖已是星星点点冒着几滴汗，尤其是那只伸出的手，摸到牛粪的时候，指头有点抖了。

怪异的是，榔头揭开牛粪的时候，手里竟拿着的是一条最短最短的棍儿，比高旗那根短棍儿还要短一倍。我真不明白这是为什么，可是榔头已不容你想那么多了，他急切地说："既然这是老天的意思，我什么也不说啦。麻溜收拾收拾，我们去医院……"

"可是……"我还要说什么。

"拉蛋倒吧，麻溜着点！"榔头又来了火气。

之后，我们就向医院奔去。

可气的是，当我们来到医院向大胡子院长讲了想法之后，他非但没有采纳不说，还摸榔头的脑袋逗笑说："你以为接手指头像接绳子那么容易呀。亏你们想得出。"

我们拯救大洪亮手指头的计划就这样落空了。

英子家的牛车好几天没来送草了。

我们几个都想英子。每到八九点钟的时候，我们便停止了搂草，眼巴巴地朝大路尽头张望，一辆辆数着柴车。柴车都是从很远处的一个个小黑点儿渐渐变大的。每个黑点出现的时候，我们心里就涌进了一片希望，希望那是英子家的牛车，车上有英子，可是随着柴车的临近，希望就一个一个破灭了。到了后来，老铁匠都有点看不下去了，叹了口气说："傻孩子们，进屋暖暖身子吧，别这么傻等了。"

榔头给英子留的冻梨，埋在了路旁的雪堆里，不知是哪个路过的猪给拱走了，雪堆旁只留下一泡冻硬的猪粪。

我给英子留的糖块，就放在我的衣兜里，现在已经磨破了糖纸，被我反复拿捏，边角的地方开始融化，将兜里的土面儿、碎纸都粘在上面。

高旗给英子留的那串冰糖葫芦，插在铁匠铺的后房檐上，每天我们都要看一眼，有时看的时候，就馋得不行，便撸下一个山楂来，我们三个分着吃。现在上面的山楂已经不多了，只有两三个了。

今天，我们相信，英子一定会来的，因为今天是榔头的生日。这是我们前多少天就说好的事情。榔头生日的时候，我们要庆祝一下。今天榔头穿了件挺新的衣裳，脖子、脸都比以往洗得干净，连手背的黑皴都退掉了。他是要很开心地和大伙玩一玩的。玩的游戏，他也是很喜欢的——皇上娶媳妇，皇上只能是他当，媳妇自然是英子。我和高旗只有跟在后面敲锣打鼓，嘴里还要呜哇呜哇学着喇叭声,多不公平呀!可是没办法,谁让今天是榔头的生日呀!

和以往不同的是,我们来到小北门儿那,没有马上搂草,而做着游戏前的准备:搭皇宫,做彩轿,扎皇冠,就连我和高旗用的锣鼓都准备了。锣就用铁匠铺破洗脸盆子充当;鼓用那个破水筲;喇叭,是用向日葵秸子做的,截下尺把长的一段,抠去内瓢,就是一个管状的空筒,放在嘴上一吹,就嘟嘟嘟有点立体声效果。我和高旗的劲头都不那么高,尤其搬雪块建皇宫的时候,心里最不是滋味,一看到这么豪华的宫殿将要成为榔头和英子的单独住处,而我和高旗只能在外面守城,心里就苦涩。不差别的,英子是我们三个人共同的朋友,要住宫殿也应该大伙一起住,为何单独他俩住?这像话吗?我们也知道这是游戏,一切都是假装的。可是不知为啥,心里就是别扭呀!高旗总低声嘟嘟囔囔跟我说,他过生日也得当皇上。我还趁榔头没注意,恶狠狠地在皇宫里撒了一泡尿。

榔头的情绪相当的高昂,大块大块搬着雪坷垃,精心地垒砌着宫墙,还在墙边上搭了两个座位,一个是皇上的,一个是娘娘的。皇上座位,他修得相当粗糙,两个雪坷垃堆巴堆巴,也就是那么个意思了;娘娘的座位,他可是用上了心思,马的套包当底座,上面铺了一层毛茸茸的柴火,最后连老铁匠的羊皮袄都借来了,毛朝外地铺在了上面……他一边干活,嘴里还一边哼哼:

新苫的房,

雪白的墙,

墙上挂着毛主席的像。

贫下中农热爱你，

心中升起红太阳。

待一切准备停当，就开始陆陆续续过柴火车了。

我们一边搂着柴火，一边等着英子。

很明显，榔头的心思已不在搂草上了，他一边拽着笆子一边朝远处张望，有时走出多远，笆子上连个草刺儿都没有。我和高旗对榔头和英子住皇宫有点想法，可是还是很盼望英子。英子这几天没来，我们玩得是多么没趣呀，踢毽、抓人儿、钉钉子、扒尿炕……玩这些游戏的时候，伙儿都没法分了，我和榔头一伙，高旗不愿意，高旗和我一伙，榔头撅嘴……就是勉强玩起来，也不滋润，老仿佛少了点什么。其实，我心里明白，这都是英子没来的原因，可是谁也不好意思说明。就榔头、高旗他俩，一撅屁股，我就知道能拉出几颗粪蛋儿。

一辆辆车过去了，依然不见英子家的牛车，我们开始失望了，都直直看着对方，竟说不出一句话来。

就在这时，英子的大黄狗出现在我们的视野里，像一波黄色海浪，一起一伏朝着我们涌动。

"看，大黄！"高旗喊起来。

我也高叫："大黄，大黄。"

榔头几乎呆在那里。

渐渐的，大黄跑近时，这时，我们发现它的四爪已经鲜血淋淋，满头已经挂着白霜，长长隆起的嘴巴上竟然叼着一个毛巾缝制的小口袋。

更让我们惊奇的是,大黄狗跑到我们近前,直直朝榔头奔去,先用脑袋蹭了两下他的腿,然后抬起头来,嘴巴直直递过去。

榔头慢慢接过口袋,悄悄打开了,里面竟然是三个圆滚滚的红皮鸡蛋,其中一个鸡蛋上面歪歪扭扭写着几行字:"祝榔头生日快乐!我病了,没法和你们一起玩了。"

这一下,榔头亮亮的眼泪流下了。

我和高旗一人攥着一个鸡蛋,心里也是酸酸的。

英子,你到底得了什么病啊?我们心里追问着。

英子病了,我们心里都沉甸甸的,真不知怎么办好啦,最后还是榔头想出了主意,榔头说,我们抓紧从家里弄出一点药来,设法给英子捎去。

"对!"我和高旗表示赞同。

于是,我们每个人就开始从家往外拿药。这事儿我和榔头进展得还顺利,高旗可是惹了大祸。

那天,高旗回到家里,趁着没人便翻箱倒柜找起药来,只见抽屉里有几瓶药膏,里面黑乎乎的有点像沥青的样子,这是治什么的药呐?他不大明白,可是他想这一定是不错的药,要不爸爸能经常揣着吗?于是他就拿出来了两瓶,后一想有些不妥,他爸爸回来若是一数瓶子数量少了,不就露馅了吗?

为了让爸爸看不出破绽,他就弄了两个空瓶,装上沥青,制造得和别的药瓶没啥两样,他才放心大胆地离开。

其实,他爸爸得的是暴花秃的毛病,脑袋上东一块西一块掉头发。若是别的年月,掉几缕头发,也算不上啥事,不耽误吃不耽误喝,顶多为了遮丑,弄顶帽子就完了。可是赶上这年月，他就为难了，天天都要早请示，晚汇报，都要在伟大领袖面前脱帽，每当做这些事情，他就羞愧，感到有些对不起毛主席。于是他便下决心治治这秃病。巧的是，自从用这药膏之后，效果真的不错，那一块一块光秃秃的地方，隐隐地长出一些嫩嫩的黄毛，没长毛的地方，皮肤也开始泛青。这样一来，他心里非常高兴，决心越来越大。差不多，每天孩子睡下，他就上药，早晨起来，再把药洗掉。

　　这天，他晚上开罢批斗会回来，心情出奇的好，因为他们又挖出两个埋在党内的定时炸弹。胜利的喜悦，更增强了他治病的信心，他一边朝头上涂抹着药膏，一边看着摆在面前的毛主席石膏像。毛主席这会儿正看他，眼睛一眨不眨的，鼻子、嘴都挂着笑意，那颗他最崇拜的痣子也好像有了笑意。毛主席的笑意是什么意思？他立刻领会到了，那是对他治病的满意，对他秃脑壳上长头发的满意。之后，他涂得更加仔细、认真……

　　奇怪的是，第二天早晨起来的时候，他脑袋痒得出奇，像有万千个虱子在上面爬动，起初，他以为药有了奇效，满头的黑发或许即刻就能蓬蓬勃勃生长起来。可是洗去药物之后，他发现，哪里长出什么黑发，头上长满白亮亮的水泡，连那嫩嫩的黄毛都不见了。他立刻惊呆在那里，好半天才说出一句话说："这到底是咋个事儿？"

　　"是啊，看看你……脑袋怎么成了这个样。"高旗他妈也惊讶地叫起来，"莫非这药有问题？"

　　一句话提醒高旗他爸，他拿起瓶端详了一下，忽然觉得药膏颜色有点不大对劲儿，本来这药膏应该是乌黑的，可现在却是油汪汪地黑，而且黑色里面还像掺了水银一样，亮亮地闪着光泽；味道，就更不对了，以前药膏酸唧唧的，像拌了老醋一样，这会儿药像发霉的耗子粪，生涩涩的……到底这药是谁做的手脚呐？他忽然警觉起来，感到事情的复杂……

他的药膏，是那天勤杂员小王去药店给他捎来的。小王捎来后没有碰见他，而是让炊事员老李给他送去的，送去的时候，他正去厕所小便，老李就把药放在了桌上。这之后，有小张、小赵、小韩、小孟、小沈、小胡、老贾等来过……这么多人忽然涌入脑子里，他感到有点茫然，可是挨着个地过了遍筛子，他又不茫然了，他把目光一下子集中到老李身上。他觉得老李的可能性最大，一来他摸过老李媳妇的手，老李一直怀恨在心；二来老李的成分是地主；三来药在老李手中的时间最长……不是他是谁……于是他吼了起来，"就老李干的！"

听说是老李，高旗他妈也愤怒起来："他一个地主，还反了呐，到镇革委会告他去！"

高旗他爸一把抓过那药瓶："娘的，这是罪证，我告他去。"

"对，让他尝尝专政的滋味。"

其实，高旗早就醒了，尤其看见爸爸满脑袋鼓水泡的时候，他的心已经跳得不行，他真害怕爸爸揭开被窝，让他说个究竟。那样，他不堆了才怪。可是爸爸压根儿就没有怀疑是他，这让他高兴了半天，在被窝里一连做了几个鬼脸儿。但是，随着爸爸怀疑对象的明确，他心里又发虚了，特别是当他听到爸爸要将老李伯伯送到镇上时，他心里害怕起来，他害怕老李伯伯给送镇革委会的小黑屋里去，害怕老李伯伯也变成疯疯癫癫的刘哆嗦……他眼睛一出现刘哆嗦，心里跟着哆嗦起来。

就在他爸爸拿起药瓶将要推开房门的时候，高旗再也挺不住了，他一下子从被窝里坐了起来，眼泪汪汪地说："爸爸你别去了，那药是我放进去的。"

"什么！"他爸爸听罢，立马气得僵在那里，脑袋上的水泡越发鼓溜了。

那天，高旗实实挨了他爸爸一顿鞋底子，见到我们的时候，他脸上还留着一圈圈鞋底子印。

我们的药还没有捎去，英子家的牛车就出现了。

可这会儿的英子明显不如从前精神了，脸上没有了红润不说，人整个瘦下去一圈儿，就连那双鲜鲜活活的眼睛，都少了许多亮色，变得发乌。我们问她得了什么病，她说伤寒病。我们问啥叫伤寒病，她就说一会儿冷，一会儿热的，浑身没劲儿。我们问咋得这病，她眼圈就红了，鼻翘儿呼呼扇动几下。

"怎么啦？"榔头问。

我说："英子，谁委屈你啦？"

英子含泪看看左右，说："不要问了。我现在只有一件要紧的事求你们。"说到这儿，又疑惑一下，"但这事儿跟谁也不能说。"

"放心吧！"榔头十分急切，"快说什么事？"

"什么事？快说吧。"

"不！"英子把我们每个人又重新打量一下，瑟瑟地伸出手来，二拇指头弯出个弧形，"来，拉个钩。"

英子既然这样郑重，我们还能说个啥。于是我们的手指头便勾在一起，像一串柔软的锁链，之后大家就一边摇着手，一边喊着号：

拉钩，

上吊，

一百年不许变。

谁要变，

谁混蛋。

喊声刚一落，榔头就急得不行了，说这回说吧。

英子又神情紧张地前后看看，认为确实安全了，才小心翼翼从怀里拿出一张发黄的马莲纸递给榔头，说这件东西你们给藏一藏吧。这样一来，我们的眼睛便都朝黄纸上看去，黄纸上的字迹还算清楚：

"地契

孙旺兴家拥有土地80垧，坐落于新荒泡东岸，南起小五家子，北至老牛圈，整个地形呈牛鞭子状，其中沙包地36垧，狗肉地10垧，阳坡地34垧。地边缘埋有石碑为界，石碑均刻有孙字。

特颁此契

安广县政府

民国三十六年"

"这是啥东西？"我愣愣地问。

英子用手一把挡住了我的嘴，嗓音压得低低地说："这可是我爷爷的宝贝，他都藏几十年了。现在，抄我家两次了，所以……"

榔头就挺庄严地说："英子，别说了，这事就交给我们吧！"

"交给我们吧！"我也把胸脯挺了起来。

英子一定被我们的行为所感动，眼泪扑簌簌地流下来了，她只说一声拜托，就很吃力地向牛车跑去。

……

这样一来，藏地契的重任就自然落到了我们三个人的肩上。按说，这么一页黄纸，折叠起来只有巴掌大小，藏匿起来，不该是什么难事儿，但是这东西让英子说得太重啦，一下子就把我们弄得紧张起来，仿佛觉得藏哪里都不够保险，藏哪里都可能泄密。

榔头说："放我裤衩的兜里，最保险，我只要一尿尿就能看见它。"

我说："不行，晚上你妈给你抓虱子，一下不就露馅了吗！"

榔头脸红一下："那你说放在哪？"

高旗说："埋在铁匠铺后面的雪堆里。"

榔头立时就否定了："那可不行，哪个猪到上面尿泡尿，不就全泡汤了吗！"

……

我们琢磨来琢磨去，也没有办法。

就在这时，一只老鸹"嘎嘎"怪叫着从我们头顶飞过，像一块破布一样徐徐朝那棵歪脖榆树上的老鸹窝飘去。老鸹窝，一下子点燃了我的激情，我眼睛一亮说："藏到老鸹窝里。"

这主意，立刻得到了榔头、高旗赞同："对，就藏老鸹窝里。"

这之后，藏匿的工作进展得非常顺利，我找来的塑料袋，榔头进行外包装，爬树，自然是高旗的事儿。他是我们中间的爬树高手，无论树多么光滑，树杈多么少，他爬起来，都像猴一般。爬眼前这种歪脖树，他更是轻盈快捷，差不多一袋烟的工夫，他就从树上下来了。美中不足的是，他下来的时候，衣服被树杈斜斜划了一道口子，有半尺多长，把高旗心疼得眼泪都下来了。但是我和榔头并没怎么在意，我们想，那衣服上划破了的口子，和地契比较又算得了什么呐……

现在，老鸹窝高悬在榆树的上面，像一轮黑色的太阳，在那轮太阳的里面，藏着我们一个秘密。

自从老鸹窝里藏着一个秘密，我们就越发关注那棵歪脖树了，闲着没事的时候，总聚集在树下，假装玩游戏，可关注的却是老鸹窝，关注的是老鸹窝里的塑料小口袋。连铁匠铺的老铁匠都说，这几个孩子犯了啥邪了，怎么和那棵榆树黏糊上了。

听了这话之后，我们就不敢在那棵树下玩了，害怕玩长了，引起别人的注意。老铁匠注意，倒是无关紧要，要是别人注意上呢！我们知道小北门儿这带人员杂得很，不要说来来往往的车老板，就是做小买卖的，掌破鞋的，也常在这走动，真若被谁看出破绽，岂不坏了大事。因此，我们和那树离得远远的，远到老鸹窝只有一个黑点儿的样子。别看距离远了，可是我们的目光还在那棵树上。

为了做到万无一失，我们还进行了简单分工，榔头上午看树，我下午看树，傍黑，高旗看。

"我不干！"高旗说，"傍黑，我害怕。"

榔头说："一周倒一次班。"

于是，高旗就同意了。

腊月初八那天，我们一边在路边搂柴火，榔头一边给我们破闷儿。

榔头说：不大不大，浑身净把，是啥？

我说：老苍子。

榔头说：不点不点，浑身净眼儿，是啥？

高旗说：顶针。

榔头说：勺勺，掉地找不着，是啥？

我说：屁。

榔头说：屁屁，两头不沾地，是啥？

高旗说：船。

榔头说：船船，两头圆，是啥？

我说：磙子。

我说"磙"字刚一落地，榔头的眼睛一下子瞪圆了，说声不好，跟着就向那棵榆树跑去。

我和高旗也紧随其后。

到了近前，我们才发现那棵树已经被锯倒了，枝枝杈杈摔得遍地都是，老鸹窝已变成一片细碎的树枝和干草，草上还残留着星星点点的鸟粪。

有几个拿着枪、戴着袖标的人，从树林里大摇大摆走出来，有一个人手里正拿着包着地契的塑料口袋。

这一下，我们全傻了，眼睛里都充满了绝望。

那两只失去巢穴的老鸹，飞回来了，像两片孤独的树叶，一起一伏，在空中飘荡，呱啦呱啦的凄凉叫声，震得树梢簌簌作响。我们这么静默了几分钟，榔头忽然从地上拾起根树棍，两眼血红地望着我和高旗，声音闷闷地说："谁泄的密？"

我仿佛受了耻辱，脖颈一下拧了起来："啥意思……"

高旗眼圈就红了："我……我……"

"到底是咋个事儿？"榔头一步蹿到高旗的面前，"今个不说清楚，我就毁了你。"

高旗眼泪流出来了，他说上回，他衣裳划的那口子虽然他已缝上了，但昨晚还是给爸爸发现了。爸爸问他的口子咋弄的，他就越不敢答，心就越虚，心越虚，说得越不周全，最后爸爸就动了鞋底子，没办法，他就说了。

榔头说："你都说了什么？"

高旗说："我说衣服是上树划的。"

榔头说："还说了什么？"

高旗说："我说上树是为了藏地契。"

榔头说："还有呐？"

高旗说："我说英子爷爷是害怕抄走才转移的。"

听到最后，榔头只说了一句话："姓高的，你给我滚，我们再也不是朋友啦！"

高旗擦抹了几下眼泪，可怜巴巴地向铁匠铺方向走去。

那阵儿，我心里酸酸的，眼泪就在眼眶里转悠。

高旗呀高旗！

可怕的事情终于发生了。第二天，英子家的牛车刚到小北门儿那儿，英子爷爷还像往常一样喝住牛，从车上出溜下来，跺跺冻僵的脚，正在朝铁匠铺方向走去。就这个时候，那伙人齐呼啦像从地里忽然冒出来一样，一下子把他捕住了，抓胳膊的，拧手的，扯衣领的，薅头发的……眨眼工夫，英子爷爷就像被杀的年猪一样，结结实实地被捆上了。

英子爷爷在绳子里挣扎着："我犯了哪个王法，这么捆我。"他还想再说，有一戴袖标的人从地上拾起个马粪蛋子，直直塞进他的嘴里，说："让你嘴硬，带走！"

接着就有三四个背枪的人，上前推搡着英子爷爷。

英子已被刚才捕人的场面惊呆了，这会儿看见要带走爷爷，才猛醒过来，疯了一般扑上去，抓住爷爷身上的绳子拼命撕扯，边扯边哭喊："为什么抓爷爷？为什么抓爷爷？"

我和榔头也似乎转来神来，撂下箭子，也不顾一切冲上去。

榔头刚贴近英子的时候，就挨了一拳头，正打在他的嘴角地方，眼见得一颗滴着血水的牙齿，从嘴里掉了下来。

我刚刚摸到绳子，还没等抓稳，就觉得屁股上挨了一脚，接着整个身子也飘飞起来，有点像一个被扔起的口袋，实实摔落到一个雪堆上。

这时，我还能听见英子的喊声："为什么抓爷爷，为什么抓爷爷。"

或许他们觉得这个小姑娘太难缠了，就有一个人从兜里掏出了塑料口袋包裹的地契，在英子面前晃一晃："看见了吧，抓你爷爷，就因为这个儿。"

英子看到地契，就像当头挨了一棒，一下就僵住了，她做梦也没有想到，这个东西能到他们手里，可是她即刻想到的是我们背叛了她。这事儿，放在任何人身上都要这样想的，若是没有人背叛，没有人泄密，这么巴掌大块的东西，怎么会这么快就落到他们的手里。她一定是被这种想法驱使，见到我和榔头的时候，眼睛里向外喷了火，脸上像挂了冰一样冷峻。

"英子！"榔头血糊糊的嘴也在喊。

她像不认识一样，踽踽从我们面前走过，只是走过几步之后，重重朝地上啐了一口，跟着就哇地哭起来。

"英子，"榔头一边吐着嘴里的血，一边说："你听我说。"

英子一下子站住了，满脸泪水地怒望着我们，望了我们足有半分钟，回身指了下大黄狗，冲我们说声"嘛！"那大黄狗就猎豹一样向我们扑来。没办法，我们只得向后退去。待大黄狗停止了追咬，我们再看去，英子赶着牛车已经走得好远了。

从那以后，我们到小北门儿搂草就见不到英子了。见不到英子，我俩就痛恨高旗，骂他是王连举，骂他是甫志高，骂到最后我俩就想去揍他。正这时，高旗来了。他胆突突地来到我们面前，眼睛怯怯地看着榔头。

榔头这会儿的想法，已是再明白不过的了，就是高旗怎么赔礼、道歉，怎样说好话，哪怕就是给他下跪，给他磕头，他也要动手的了。

榔头拳头一丝丝攥起来，脚板一步步靠近高旗，在和高旗只有一步之遥的地方停住了。

也就是这个时候，高旗颤抖着从兜里掏出一件东西，我们定眼看去，正是英子家那包裹着塑料袋的地契。

高旗说："榔头，这东西，是我从爸爸的办公室偷出来的，还给英子吧！"

榔头攥紧的拳头一点点地松开了。他小心地接过塑料袋，眼圈就有点红了，最后只说了句话："高旗，明天还来搂草吧！"

　　第二天，高旗就来搂草了。我们还像先前一样，一边搂草，一边盼着英子。我们想，再见到英子多多少少能有一点交代。

　　我们可以把地契还给她啦！

　　然而，我们没有见到英子。

　　腊月廿三这天，小北风比以往任何一天都要坚硬，裹挟着雪花漫天飞卷，柴车明显地见少了。我们在路上跑几个来回，也没搂上多少柴火，并且手脚冻得猫咬般的疼。

　　这个时候，我们都想起拽柴车的事情。

　　依旧像当初分工一样，高旗望风，我掩护，榔头出手。

　　前两挂车因看管得太严，无法靠近，榔头离车还有三尺远呐，就挨了两鞭子。

　　第三辆出现的时候，榔头改变了战术，便佯做搂草，暗中却一丝一丝向柴车靠近。

　　怪异的是，这辆装载整齐的车，在车尾绞锥的地方，竟有一捆柴火兀突地脱落下来，柴草的梢头和枝叶，已经刮拂到地面，发着唰啦唰啦响声，而车上的三人，似乎毫不觉察。

　　这绝对是天意，榔头想，以往就是打死你也找不到这机会。因此，他故意把脚步放慢了，颠颠地跟着车跑，眸子却斜斜地盯着那柴火。

　　喵！喵！喵！就在高旗发出了平安信号的时候，榔头像豹子一样扑向那柴捆。

　　站住！站住！车上的人一阵狂喊，却并未下来追赶。

　　尽管这样，榔头拽着柴捆还是疯了一样的向前跑着，我和高旗也紧随其后。

跑到树林的时候，我们的脸都累白了，榔头嘴角都流出了白沫。

"太沉了！"榔头把柴捆扔到地上，这时，我们才惊奇地发现，这捆柴火竟特殊地捆了三道要子，而且中间那道要子是用麻绳捆的。

这捆柴火立时引起了我们的好奇,榔头边喘边说,打开看看。

高旗上来便拆柴捆，一道、二道，第三道拆开的时候，柴草哗啦一声就向两面堆去，一个死孩子身体露了出来。

"妈呀！"一声，高旗吓得跳了起来，又立时瘫在地上。

这时，我们才感到那车上的恶毒。

榔头骂了一句，拿着根棍子走近了柴草，他用棍拨弄一下，想看个究竟。可是当那张面孔全露出来的时候，榔头立时大叫起来："英子！"

"什么？英子？"

我和高旗也都大叫起来，急忙凑上前去。

是英子，是那个曾经给过我们爆米花的英子!

现在，她脸色白白的，眼睛闭成一条窄缝，嘴里塞了一枚挂着红绳的铜钱。她的头发，虽然挂着草屑，但还是那般规整，那截独辫顶端仍旧扎着那根红绫子。

"这是真的吗！"榔头双手攥着拳头，不停地捶打着地面。

我和高旗也都哭了，我们无论如何也不相信这个事实。

临近中午的时候,我们就在树林中把英子掩埋了,因是冬天,没有土，我们是用雪埋的。一捧捧的雪，从我们的手中撒到她的脸上、身上，直到那里隆起个高大的雪堆。我们知道这雪堆中，有我们一个最好的朋友，她叫英子。

　　雪堆刚隆起的时候，不知怎么得到的信息，大黄狗来了，它蔫蔫地看我们，随后就趴在雪堆旁边，眸子里的泪光一直在闪动。

肩膀头一样高

一

周老师有个不太愿意向别人透露的毛病，那就是遇着好事的时候，喜欢和老婆搞搞事情。他觉得那会儿和老婆搞事情，就好比锦上添花，十分美妙。比如说平日里搞事情是吃糖，那会儿搞事情就是吃蜜，吃糖怎么比得了吃蜜呀！他老婆也是个通情达理的人，只要周老师想搞事情，她是不好意思拒绝的。一来，她觉得丈夫也真个不易，一天到晚地忙，也就是这么一点业余爱好，不满足还行！再说，他只要一搞事情多半有好事相伴随。

今晚周老师一靠近她，她就知道又来了什么好事。因此她一边配合着他亲热，一边问有什么好事？

周老师以往也挺爽快，有什么好事就说什么好事，今天却故意卖开了关子，说，猜猜看？

她说，是不是要涨工资？

他笑了，摇摇脑袋。

她说，是不是职称批下来了？

他依旧摇脑袋，说不是。

她说，那单位分什么好东西了？

他说，更不贴边了。

她皱着眉头说，那是什么哪？

他说，就不会往我们学校想想吗？

她"啊"了一声，说我猜着了，是不是你们学校又要办培训班了？

他嘿嘿一声笑了，亲吻了女人一下，说你可真的聪明。

女人也笑了，说发财的机会总算来了。

男人说，你说这不是好事吗？

女人说，谁说不是了。瞅你那傻样。

男人嬉笑着说，傻样你还这样爱呐，要是换个样，你还不得……

于是他们又拥抱在一起，继续着他们的好心情。

二

报到的头一天，大伙就认识了。五张床的小屋子一下就热闹起来。相互招呼都免了官衔，一律直来直去地叫，谁也不太在意。

处级学习班，肩膀头一样高的，三个月的时间，处好了是朋友，处不好谁还认识谁？因此彼此间就分外坦然，省了很多

241

客套，郑书记，就叫老郑，麻县长，叫老麻，冯局长，个大，叫大冯，赖处长，谁也不好意思叫老赖，太不雅，老赖老赖赖啥呀，便都叫志国，胡馆长，名字叫胡侃，让大伙尴尬一下，于是叫法就有些不同，有人叫他老胡，有人唤他老侃，两种叫法，他都答得响亮。

天一擦黑，老麻就觉得腮帮子发淡，嘁哈几下牙花子，顺兜拽出一瓶五粮液，朝桌上一放，嚷着来呀，喝点喝点。

大冯一听说喝酒，眼睛就有点发亮，眸子从电视屏幕上移开，说，我这兜里正好还有半只烧鸡。

正在梳头的志国，一边用小镜子照着脑门，一边眼睛瞄着那瓶五粮液，说，这是真的还是假的？这年头冒牌货太多。

老胡抓过酒瓶，上下晃动几下，瞅瞅翻腾激烈的酒花，说是真的。

老麻笑了，你们这伙人，也太小瞧咱哥们儿啦，就以为我们那小地方啥也没有啊，就以为我们那只能产苞米啊。实话跟你们说，人民大会堂国宴有啥咱有啥，什么龙虾呀、什么鲍鱼呀、什么闸蟹呀……就是珍珠有人敢吃咱都敢上。

老胡就笑着说，有甲鱼吗？

老麻说，甲鱼有的是，头些年没有人吃，害怕沾王八边儿，近些年都说有营养，壮阳，才有人吃，河里多的是。你们谁的玩意儿不好使，老婆伺候不上去了，就上我县里住一个月。不是吹，我一天供一个，丁点儿问题没有。从我那儿走的时候，保险让你枪不倒。信不？

几位都笑了。

　　来呀来呀。老麻说着就用牙启瓶盖。大冯也不看电视了，拖着鞋去提包里面取烧鸡。老胡说等一等，开门跑出去，一会回来了，怀里抱着两盒罐头、三袋花生米、五袋榨菜。

　　立时桌面上丰富起来。饭盒盖、茶缸盖一律成了餐具。

　　老麻一脸的笑容，刚要端杯，发现老郑还在床上看书，就嚷着快过来老郑，别看书了，用功的日子在后头哩。

　　老郑这才从书里抬起头，连忙摆摆手说你们来，我不喝酒。

　　不喝酒？老麻很惊奇，笑着说，社会上不都说一等人当领导，吃喝嫖赌全都搞嘛！你这不喝酒，也缺项呀。过来，整点。

　　志国说，这酒绵软不上头。

　　老郑还是说，喝酒我真的不行，你们快来。

　　老胡说，你这政法书记咋当的，酒都不会喝，还能干好工作？

　　老郑笑了一下说，你们快来快来，我真的不行。两手合掌作个揖。

　　几位看老郑太尴尬了，就不再推让，开始喝酒。

　　酒过三巡，话就渐渐多起来。

　　老麻说，学习班三个月时间，也太长了，酒少喝不说，"扯事"也误了。

　　大冯很有同感，说，我们也不像你们本市的，愿意天天读就天天读，不愿意读就来个每周一歌，我们只能干憋着。

　　志国笑了，说哪还有那本事，你小子浪心还不小。

　　大冯说，三十浪，不算浪，四十正在浪尖上。就你那身板还不得浪飞喽啊！装啥啊！

　　志国说，这事儿可不能论身板，有的人膀大腰圆，实际更不行。有的人，别看身小力薄，内功却不小。俗语讲，平地长蒿子，矬子长"敲子"。

照你这么说，老郑最能长"敲子"了，最有战斗力啦。

大冯就问，老郑怎么样？

老郑懵懂地从书里抬起头，说：什么怎么样？

大冯说，活怎么样？

啥活？老郑依旧没听明白。

床上活，跟老婆扯事儿。

老郑的脸立时就红了，指了他们一下，你们怎么拿我开心。

大伙轰地笑了。

正扯得兴奋，咚咚，有人敲门，大伙哑言。

谁呀？老胡问一声。

门吱呀一响，就进来个女人，她冲大伙一笑说，打扰了，你们是参加这一期学习班的吧。我这里有你们需要的书，6折优惠。说着就从怀中的帆布包里往外掏。

老胡说，别拿了别拿了，我们不买。

大冯也说不买不买，你看看今天一天校方已经卖给我们多少书。照这样下去，三个月学习班结束，我们都可以回家开书店啦。

女人看了一眼每个人床头那厚厚一摞书说，我这书，你们是没有的，好书。

行了，什么书我们也不买。

老麻说，快走快走！我们不买。

女人这才出去。大伙接着喝酒。话题，自然就转到了这女人身上。

大冯说，这女人真会做买卖，赶上苍蝇了，有缝就钻。

老麻说，还不是为钱。这市场经济就是好，把人们骨头缝里的劲儿都剜弄出来了，要不的，你想想这么个娘们儿，黑灯瞎火挨屋串着卖书，还得递着小话。没个钱支着，你打死她她也不干呐。

老胡说，女人为了钱可是啥事都能干，我刚搬的那个楼中门儿，住着个姑娘，长得水葱一样鲜亮，打扮得也很有风采，冷眼看去就跟模特一样……可有一天傍晚我眼睁睁看见她挽着个糟老头子走进楼门的，一口一个老公叫着，那老东西更不知羞耻，进了楼道就有点忍不住了，手脚便不再老实，摸摸索索的，你说那小姑娘图个啥……

咚咚，又敲门。

老麻说，咋又来了，不开门！

大冯也说，不开门！

正说着，门开了，进来个男人，大伙扭头看去，不约而同叫了一声周老师。

于是全都站了起来，开始让座、递烟。大冯把鸡大腿扯下来送过去。老麻给周老师倒了杯酒。老胡嚷着周老师吃菜……周老师一副谦和的样子，很客气地摆摆手说，你们快坐快坐，随之自己也坐下了，问，这屋都来齐了吧？

大伙说，来齐了。

周老师依旧谦逊地说，咱这里比不得你们各自的单位，条件不好。

大伙说，挺好挺好。

周老师说，按年龄算咱们基本都是同龄人，到这儿学习就是朋友了，今后有个什么事，就不要客气。

大伙说那是那是。

老麻一边给周老师满酒一边说，周老师话说得爽快，你今后个人有什么事，跟我们也别客气。用现在时髦的话说，只要周老师喊一嗓子，肯定好使。

大伙也都附和，肯定好使！

周老师脸越发红了，一边不自然地嚼着鸡肉，一边支吾道，我今晚上来就有点个人的事。

大伙一愣，又都麻溜问，啥事啥事？

周老师随后就将身后的帆布兜子移到胸前。

看到帆布兜子，大家一下想到方才那女人，全都尴尬一下，立刻明白了。

周老师说，咱们系编的《当代哲学大辞典》，我是副主编，出版 5000 册，全得自己卖。我把三亲六故都动员起来了，可还是卖不动，家里书堆到了房顶，把孩子挤到姥姥家去了。我卖给谁呀，就全得靠咱们这些学员啦，每期学习班都能卖点。书是贵了点，80 元，可我这有出版社的发票，报销是没问题的。

老麻说，别说了，我买一本。说着就去掏钱。

老麻一买，别人便不好意思了。想想看，都是一样的处级，肩膀头一样高的，面上的时候，谁也不愿矮着谁。再说了，人家大小那也叫班主任，这阶段就是负责管理他们的，包括他们将来结业鉴定什么的，都得人家来写。县官不如现管啊！就因为这，《当代哲学大辞典》谁能不买？便都放下酒杯，开始拿钱。周老师一副谦恭的样子，一边收钱一边付书还要一边开着发票，不时还要问一声用不用多开一点？

大伙谁好意思多开，便说，周老师，该多少就多少。

忙了一阵，帆布兜就渐渐空了，人们发现只有老郑没买，便说，老郑，这么好的书不买一本吗？

老郑从床上走下来，拿起那书，哗啦哗啦翻两遍，瞄准一页，看了一会儿，说，不买，这类书，我有。

周老师说，不要勉强不要勉强。各位，我就不打扰了，你们接着喝酒。说着便退了出去，大伙又来到桌前。

老麻说，老师走了，咱们接着喝吧。

大冯说，不能这么喝了，杯子都满上，一个人一个，来，要不，有人干比画，不下货呀。

志国说，我可是到量了，再喝非躺下不可。不信你们摸摸，我这心脏跳的声都不对了。人家医生可是不让我喝酒啊，看看小炮弹都带来了。说着就掏出个葫芦状的小瓶。

老胡说，我也不行了。头几杯整得太猛了，现在瞅哪都晃荡。真没量啊！

谁有量啊！老麻眼睛一下子瞪圆了，说，喝酒就是个心情，对上心情了，多少酒都能喝。志国说，哪能呐！

老麻说，你看，你还不信。前几天省农行有个处长去我那儿考察农业开发项目，我们招待人家，那小子贼能喝，人也讲究，我们俩就喝上了，小半夜时候，差不多全醉了，那小子就指着一瓶"小地雷"冲我说，大哥，你把它整了，你们县的项目贷款，我给你翻个番。我说真的假的。他说那还有假。我当时就乐了，心想有了这笔款，我那儿一亩三分地脱贫就有望了……正因为有了这心情，不是吹，"小地雷"我奔儿都没打，就把它撇了。结果咋样？啥事儿没有。说来喝酒就是个心情。得了，不说过五关斩六将了，还是按大冯说的来吧，杯子都满上，来来！老麻抄起瓶子挨个满酒。

志国无奈地咧着嘴。

老胡直劲摇脑袋。

就在几个杯子都倒满酒的当儿，大冯的手机响了。他很潇洒地拿出手机，懒洋洋地说谁呀？对方说，还能有谁，我是你老婆。大冯跟着就是一愣，说，莫非有什么事？对方说，咱家被盗了。大冯脸刷地就白了，说啥？被盗了？

大家也都做出一副挺关注的样子，说，咋，家被盗了？

大冯这才慢慢地抬起头，吸溜喝了一口酒，说，是，家被盗了。

三

大冯告了假，就向家里赶奔。

说来，也着实令人沮丧，来学习班屁股还没坐稳，家里就出了事情。出了别的事情还好，偏偏是被盗，就像常年打雁的人被雁啄了眼睛一样难受。他不清楚他家为啥被盗，更不清楚丢失了啥东西。他在电话里追问妻子都丢失了什么。妻子答得非常含混。开始说丢了夹克衫，后来又说丢了双皮鞋，一件夹克衫一双皮鞋犯得上惊动他！再一问，娘们儿便哭。这一哭，使他不安起来。自己的娘们儿自己是晓得的，她从来不哭，就是那年她娘死，别的姐妹都哭得死去活来，她也只是落个泪，声是没有的。可昨天的电话里，实实在在是哭，每一声啜泣都震得这边话筒微微轻颤。大冯的心怎能不乱！

好在路程不长，中午时分便回到家。

岳父、几个小舅子都在这里，妻子坐在床上被几个大姨子围在中间，眼睛已经哭成了红桃。

人们见到大冯，就像见到救星，齐刷刷站起来，个个脸上都是忧伤。妻的泪水立时又流了出来。

大冯问，到底是怎么回事？

妻指了指地下，说看看吧，老白、老黑都丢了。

他这才发现楠木柜子上的锁头已经被撬开，不锈钢的铁皮龇牙咧嘴裸露着，螺丝松松垮垮悬在那里，相册，证书，户口之类的东西扔了一地，他的一张全副武装的照片被撕成两半，身子泡在水盆里，脸在鞋壳中微笑，墙边的地板也被撬开，木条横七竖八到处都是。

出现场，大冯并不稀奇，干公安二十多年了，啥场面没见过，杀人，放火，撬门，别锁……多了，有时人给大卸八块，脑袋像球一样在他脚下滚他都不惊，今天，听了老白、老黑丢失，他心里着实一惊。

老白、老黑是他家两个存折的代号。还有两个，便是老蓝、老黄。用四种颜色作代号，大冯是有所斟酌的。一、便于记忆，黑白蓝黄，黄蓝黑白，如何颠倒，也不易弄串。二、这四种颜色，还有点别的蕴涵，比如老黄，就特有象征味道，上面的款项，多半是近年党政机关干部嫖娼犯事之后，害怕张扬出去，而背着人偷偷送给他的。说实话，他真的不想收，阎王爷知道小鬼瘦，机关工作的人，忒穷。一个月的工资，还不够他玩一个晚上麻将的。背着媳妇好不容易攒点小份子，想找个小姐撩撩膘，赶倒霉掉了进去，小份子只得给了他，他不忍心呐。可他知道不收不行，他不收，人家就不安稳，就害怕那寻花问柳的材料转到单位去，于是便磕头、作揖、抹鼻涕，一个个鸡啄米的样子，就一句话，让他收下。咋整？他就可怜他们，让他们保证今后管好裤裆里那嘟噜东西，于是就将款子收下答应不转材料，于是就有了存折上的老黄。老白的经历虽不像老黄那般曲折，可也有着一番缠绕，上面的款项是"农转非"户口引来的。说来也奇，那灰灰突突的农民，只要他用笔一点化，立马就变成城里人。这不能不让人感动，一感动，人家就要来谢他。这一点，他卡得特死，无论是谁，都一律拒绝。他知道农民手中那俩钱儿都是汗珠子落地换来的。哪怕给他磕头作揖也不收。可是人家鬼得很，明攻不行，就来暗的，"地道战""游击战"全用，有时把钱塞到你床铺下，有时放到你的烟盒里，有时你在自家茅房里一蹲下，就能发现脚下摆着鼓鼓的信封，弄得他哭笑不得，一边擦屁股，一边佩服中国农民的智慧。老黑、老蓝也是同样诞生的。开始，还只是名分，他并未太在意，渐渐，随着那款项的扩大，他才感到有点严重，想就此打住。可前后左右看看，比他官大的也有，比他官小的也有，都明里暗里往手中划拉。天塌大家死，过河有矬子，清高个屁，于是便放开。这一放，那进展就异常迅速，很快老黑、老白就各长到20万元，他方感到紧张。就把老黑、老白埋到地板下，老蓝、老黄藏至天棚里。

奇怪的是，藏得这么隐秘的东西，竟突兀地失踪了，他能不惊？

顺手拿起话筒，就要挂刑侦科，可是刚按两个键位，又停下来。

细一想，案是不能报的。报案，就得立案，立案，就得侦查破案。尤其是他大冯家的案子，报上去，人家不花上老命侦破就怪了，可一旦弄个水落石出，两个存折怎么交代，虽然上面都是两个假名，老黑、老白，可稍一深究就要露出马脚。真若是三两万元，也还好说，说两人靠工资攒的，从结婚开始二十年啦省吃省喝，就攒，也说得过去，如今有个两三万的人家遍地都是，可是像存折上这个数字——40万元，就没法说了，还能说攒的，还能说不吃不喝？就是将全家人的脖子都扎上，工资全都攒起来，离40万还有着老大距离。巨款既然说不清，人们就要朝邪路上去想。

于是他把电话放下，看了众人一下，平平静静地说，都不要难过，算了，今天这事谁也不要声张出去，就当没这事。

众人皆一惊。

妻忙说，那，那就不报案了？

大冯说，不了。

妻说，那老白、老黑？

大冯说，都到了这个时候，还讲什么黑白呀，丢财免灾吧。

妻说，凭啥呀，我们凭啥咽这窝囊气呀。

　　大冯便急躁，凭啥，你说凭啥！老娘们儿家家的，懂个六呀！目光就眼眉前儿这点。说到这儿语调又缓了过来，温和地说，你们都回去吧，别个个脸都沉着，喜兴点。其实也算不了个啥事。明天，你们过来几个，把地板帮着钉上，再雇个油匠，刷刷。

　　众人一齐答，哎，都退了出去。

　　屋里一静，娘们儿又吸溜吸溜哭起来。

　　大冯便笑了，说，哭有啥用，有用咱都哭。

　　说话的同时，就给老虎拨电话。

　　老虎是这个城市黑道总头，也是大冯的暗道朋友。明里开着个大发酒店，暗里是靠"吃黑"活着。

　　拨通电话，大冯就将家里的事情讲了一下，说帮我查查，是哪个小子干的。老虎就说，大哥等消息就是了，谁干的，我灭了他。

　　一会儿，老虎就打来电话，说各个路线都查了，绝不是本地主干的，可能是飞贼顺手牵羊。

　　得知飞贼所为，大冯心里宽敞了不少，凭他多年破案的经验，他明白这路蟊贼最喜欢的是现金。对其他东西不感兴趣，如票据、证件之类，毁的毁，扔的扔，很少留在身上。无论毁掉还是扔掉，都是他的福分。但话说回来，在存折没有准确下落之前，是丝毫侥幸不得的。有些事情坏就坏在麻痹上，大意失荆州，就是个麻痹。事情既然出来，只有想法应付。

　　他便对妻说，学习班那头刚刚开学，耽误课程也不好，况且大家都知道我是家被盗回来的，时间长声势就大了。我还是趁早回去。你勤打探点风声，有了信息就给我打个电话。

之后又作点别个安排，妻子便一一应允。大冯又拥抱了妻子一回，刚要作别，妻忽然像想起了什么，忙从裤子兜里掏出一沓钱来，说是三舅母的儿子送来的，他说他的弟弟在歌舞餐厅里喝多酒砍了人，被公安局抓进去了，想活动活动整出来，就扔下了这钱，我寻思……

大冯便来了气，说这是啥节骨眼儿，还敢扯这事儿！这不是给自己上眼药是干什么？那钱麻溜退回去。

四

老麻中午是很少到外面喝酒的，今天却是个例外。

办公室主任来省里送礼，完事便来这里看老麻。

见老麻小学生一般坐在教室里听课，就感到好笑。待下课铃一响，拥至门前，叫了一声麻县长。

老麻好长时间没人叫县长了。这一声县长，一下子就唤回了往日的尊严。说小于子，啥时来的？

主任就如此这般汇报了一番。老麻便问礼份中有没有省农行处长的份。主任连忙答有的有的。于是老麻又问贷款到了没有。主任就鸡啄米一样答，到了到了。老麻听着脸上就有了笑意，使劲拍了一下主任的肩膀说，走，喝酒去。主任就屁颠屁颠跟着老麻走进学校附近的饭馆。

主任知道老麻的口味，先点猪蹄、牛肝，接着就点小凤凰（麻县长称小鸡为小凤凰）。小凤凰一上来，老麻喝酒便来了情绪。开始喝小糊涂仙，后来喝榆树钱，最后主任指着吧台上一个大瓶子说，县长来点那酒咋样？

老麻说，啥？

主任说，鹿鞭酒。

老麻说抛家舍业的，真上劲咋整？

主任说，这东西就是个名，不信你尝尝。

老麻未置可否，于是办公室主任就要了两大杯放到老麻跟前。老麻也有一种试试的心理，就怀着一腔春意畅饮起来。快到两点钟的时候，老麻看了下表，说下午还有课，杯中酒。主任也就不再让酒。

下午课程是中国近代史，由一个面皮白净的男子讲授。他口齿伶俐，吐字清楚，对历史年代、人物、时间、地点倒背如流。

他说，自18世纪70~90年代起，英国东印度公司无耻地采用走私等手段，将鸦片大量输入，使中国的白银大量外流，银价不断上涨，严重影响了百姓生活和清政府的收入。许多贵族呀、军官呀便开始吸食鸦片，一些士兵看当官的如此腐败，便对政府失去了希望，也跟着抽起了鸦片，这样一来，军队的战斗力大大减弱了。由于"银荒"与"兵弱"威胁到清朝的统治，道光帝便派力主禁烟的林则徐为钦差大臣，到广州查禁鸦片。1839年3月，林则徐到达广州，会同两广总督邓廷桢和广东水师提督关天培缉拿烟贩，整顿海防。6月3日，林则徐下令将收缴英美等国商人的一百一十多万斤鸦片在一片海滩上当众销毁，这个海滩叫虎门，所以这次销烟，历史上叫做什么哪？

"虎门销烟！"许多同学在下面回答着。

"对！这就是著名的'虎门销烟'。"老师立时来了情绪。

　　起初，老麻也听得仔细，当听到林则徐虎门销烟那一段时，就突兀地觉得一股热流从心头泛起，直端端朝下蔓延，虽是潺潺湲湲，倒也异常灼热，热浪冲击得整个身子都似乎在荡漾，霎时，热度渐渐凝聚，向下汇拢，转眼就是一股力量，由他不得，那硬硬的一截就由裤裆处竖立起来，支撑得裤子都没了形状。课便没法听了，虎门销烟的结果怎样？也无法再关心。这会儿才晓得那酒的厉害，心里便暗暗骂着办公室主任。他正热得焦灼，老师便叫他，说门外有人找。

　　他脸忽地红了，羞羞地站起来，暗自骂找他的人，娘的，找人也不看个时候。就艰难地朝外走。出了门，正要泼发一腔的愤怒，猛一抬头，脸上立时就变成了一副惊喜，是你，黄蕙。

　　被唤做黄蕙的女人，眸子黑亮，眉毛娇媚，眉眼配合起来，就分外生动，三十几岁的少妇，肤色如少女般鲜嫩。她向老麻露齿一笑，说你可让我好找呀，换了三次车，问了多少人，打你手机也不开。临到你们这门卫，还不让进来，说上课时间不让找人，我就磨……

　　老麻悄声道，别说了，去校门口等我，我去去就来。

　　说毕老麻就急忙回到寝室，换套衣服，用湿毛巾擦擦脸，站在窗户玻璃前照照，顺便整理一下衣服下襟，动动领带，感觉尚可，就愉悦地向校门奔去。

　　黄蕙已等在那里，见老麻过来，就露出一片笑意，扭动腰肢，款款过来。

　　老麻脸上也是一片喜色。这时才想起问黄蕙来干什么。

　　黄蕙便说，我也是来学习，省妇联组织的。按说不该我来，该管宣传的来。可我一想这是个机会，又能见到你了，就没命地争取，找了主任几次，人家开始是死活地不答应，后来架不住我死磨硬泡，还送了她一盒飘柔洗发露，她才答应。

老麻一笑说，老娘们儿就是图小。

黄蕙说，看你说的。

老麻问，能学习多长时间？

黄蕙说俩月。

老麻说太好了，看来是天意。要不我也是一天到晚的寂寞。看了看黄蕙，说还没吃饭吧？

黄蕙说吃就吃啦，就是来看看你。

老麻说，这里说话不方便，眼睛太杂，我们还是找个地方。

黄蕙嫣然一笑。

老麻便截了车，来到吉祥宾馆，要了个高间。

高间，也确实高雅，草绿色的纯毛地毯上摆着一张紫檀色的喷漆写字台，写字台上放着笔筒、台灯和一部乳白色的自动电话，不远处，放有一对真皮沙发，中间有茶几作间隔。对面，是一张席梦思单人床，床上用品异常整齐，被叠得方，毛毯码得齐，枕巾垫得更是别致，连上面的鸳鸯戏水图案都运用精巧，一只鸳鸯露在外面，前面是一片涟漪，另一只鸳鸯不见了被折进被子里，露出的这只仿佛永远在追赶，寻觅着那一只。

黄蕙看着鸳鸯，脸便羞红了，她不知自己是前面那只，还是后面那只，虽是静静地坐在沙发上，心却是怦怦地跳。

老麻早已心头是火，只是服务小姐送茶送水地出入，太碍眼目，便故作平静地和黄蕙闲聊，先问县里目前的经济怎样？

黄蕙说那还用问吗！我们都三个月没开支了。县委门前老有为工资的事上告的，有一回好几百老师一同上告，把县委的大门都挤破了……老麻又问企业咋样？黄蕙吸溜喝了一口茶，说，你说能咋样？该黄的都黄了，没黄的就那么几家，也是待死不活的样子，工人整天上班也不开工资，厂长一天到晚喝得五迷三道的，不是打麻将，就是泡小姐，厂里那俩钱全糟践了，还有个好……随后，老麻又问计划生育抓得怎样？黄蕙说，还计划呐，再计划咱县就变成少数民族县了。老麻说为啥？黄蕙说人们都改户口呐！文件上不是说只要是少数民族就能生俩孩子……老麻还想问教育文化怎样？

可是看服务小姐已经收拾完毕走出房间，于是老麻就不再关心教育文化了，一步蹿到女人面前，顺手将她拉了起来。女人便给个媚笑，眉眼里现出万般柔情，跟着身子就水蛇状向他怀里扑去。老麻就别过头来，用嘴在她的面颊上亲昵，痴痴问了一句可曾想我。

黄蕙眼眶便湿了，亮晶晶的泪水沿着睫毛流淌出来，啜泣着说，还用问吗，自你一走，我心里就空落落的。

老麻听了，眼睛里也有些湿润，唤一下女人的名字，将女人拥至床上，身子便伏了上去。黄蕙惊恐起来，说不行的，我"来事儿"了，这两天正多呐！看看纸都快溻透了。

老麻就沮丧了，忽然坐了起来，说，这扯不扯。

黄蕙脸便红了，眸子里涌出了一片歉意，赶忙用脸颊温存一下老麻，柔柔地说，挺一挺吧，我也是挺想的，可是我听说，那脏东西染了男人，是要晦气的。人家不想让你晦气嘛。

老麻神情便不那么黯然了，脸上掠过一丝淡淡的笑意，说，是他妈有那么一说。

黄蕙见状笑了，安慰老麻说，再说，这人生地不熟的，我们还是注意点好。你没看见在服务台登记的时候，那几个服务员是咋看咱们呐。

咋看？老麻的眼睛立马瞪了起来，说，狗咬耗子，多管闲事。

黄蕙说，你那脾气又上来了。我已经想好了，过几天我去我姐姐家，看看她能不能帮着租个托底的房子。

老麻说，那太好了，多少租金我都拿。

黄蕙说，回去能报销吗？

老麻这时已从愤懑的气氛中摆脱出来，笑着说，你真是隔着门缝看我，休说租间房子，就是租幢大楼又怎样！

黄蕙说，那也能报？

老麻说，咱们县很多公司的项目都是我帮着跑的，那些公司接到我的条子，比接到圣旨都兴奋，还能不报？他们巴不得呐！

黄蕙说，难怪咱们县这么穷，都是你们糟践的。

老麻不屑的一笑，说，咱算个啥呀！跟有的人比，连手指甲的泥都不如。人家指头缝落下的，都够咱消费二年了。远的不说，就沈阳那些富人们，人家扔在泔水缸里的东西，咱怕是见都没见过，你说说咱这还叫糟践……行了，不跟你说了。随即，看了下表，说不早了，今晚上学习班还有会。

黄蕙说，我也得抓紧回去，刚报完到，人就没了，人家还不着急。

　　老麻说，再见面，你中午给我打手机就行，用不着亲自去，那样太显眼。

　　黄蕙说，行。

　　于是他们就整理一番，头脸都恢复了原样，便取了卡片来楼下结账。

　　服务员说，先生，收据名头怎么开？老麻一边付钱一边说，宏盛粮油开发公司于星光。

　　走出门来，黄蕙说，于星光是谁呀？

　　老麻说，一个小经理。

五

　　白天紧紧张张上了一天的课，晚上自然就得轻松一下。老麻拿出一副姚记牌扑克，扔到了桌上，说，来呀，玩两把，换换脑子。要不这么一天到晚地学，非把脑子整废了不可。

　　志国、老胡也有同感，便都坐到桌前，要换换脑子。

　　老郑刚好整理完笔记，听说玩扑克，便笑了，说，真是对不起，我不会玩儿，你们来。

　　老麻便有点不悦，半开玩笑地说，咋啥都不会呐！这官让你当的。

　　老胡说，老郑不玩，大冯又不在，这也不够手啊。

　　老麻便说，没关系，我找周老师。说罢便掏出手机给周老师打了过去。

　　一会儿的工夫，周老师便来了。大伙连忙站起来和他打招呼，周老师就慢慢坐到那个空位上。

老麻一边洗牌一边问大伙，玩多大的？

志国说，还动真的？拉倒吧！轻松轻松就得了。

老麻说，白磨手指头有个啥意思，没个钱支着，整两把就得困。

志国说，那你说玩多大的？

老麻说，损到家也得 2 元打底啊。要不，忒没劲啦！我们在家的时候，全是 10 元打底，那才叫玩呐。

老胡说，别整太大了，影响不好，我们就是玩玩嘛。

周老师略微有点慌乱，上上下下拍着衣兜说，我来得太急，这钱……

老麻说，周老师，你就安心玩吧，你那份，我开付。他扭脸看了一下志国，便开着玩笑说，咱这有个银行的，周老师，你怕个啥呀！来，抓牌！

就在几个人轰轰烈烈玩牌的时候，哐当一声，房门被推开了，跟着便进来一个满脸灰尘的老汉。

立时，老麻停止了出牌，瞪圆了眼睛问，你要干什么？

老汉颤颤地说，郑书记住在这吗？

找我？老郑赶忙放下手中的书，急忙忙地站起来，霎时，他眼睛便一亮，喊道，这不是老筐吗？你怎么来了？

那唤做老筐的汉子便扑通一声跪了下去，说，郑书记，你可要为我们做主啊！

老郑一把搀住老筐的胳膊，说，快快起来，有话慢慢说。

老筐一边往起站眼泪就一边下来了，说：我还是为欠我们工钱的事来的。

老郑很不解，说，工钱还没给你们吗？

老筐说，本来，你上次领着我们去要工钱，那工头都已经答应得好好的了，又立字据又画押的……可你这回一走，他立马就变了卦，我们再去找他，门都不让进了，俩保镖像老虎一样在那守着。没办法，我们就去县里找，结果是这家推那家，那家推这家……把大伙心都推散了，实在没辙，大伙就又想到了你——郑书记，所以才凑巴俩钱派我来的。

行了，别说了！老麻一下打断了老汉的话，很不耐烦地说，我告诉你，你们郑书记现在在这里是脱产学习，懂不？学习期间他的一切工作都已交给了别人，有事就不要找他了。

志国也说，他现在的主要工作是学习，武装头脑。你们这么干扰怎么行呐？

周老师便问，是谁把你放进来的？你有进门证吗？

老胡也说，门卫也太不负责了！

老汉便惶恐了，嘴里支吾半天，没说出一句话来，两眼怯怯地看着四周。

老郑心里很不是滋味，有一种苦楚、酸涩的感觉，他说不清这种感觉是怎样产生的，可是他觉得这种感觉的产生似乎和老筐、老麻他们都有关系。于是他温情地看了老筐一眼，指了下自己的床铺说，坐吧坐吧，好好歇歇脚。随后又冲周老师笑了一下，说，周老师，我得请个假，回去一趟，处理一下这个事儿。

老麻心里说，真有病。

周老师也是一副为难的样子，说，明天可是有很重要的课啊，"三个代表"辅导，你看……

老郑很抱歉地说，那我只能回来再补了。

周老师就很无奈地扔了一张黑桃5，看也没看老郑，说，那就快去快回吧。

当晚，老郑就和老筐向县里赶奔。

六

学习班开课快两周的时候，老胡忽然改变了对志国的称呼，不叫志国，开始叫处长。这一叫，把志国叫愣了。

他那会儿刚刚小解完毕，站在便池旁，一边系裤子一边说，老胡，你干啥呀，砢碜我哪，你要叫我处长，我就喊你馆长。

老胡尿流忽然停住，说，处长，你可别叫，你若是叫我馆长，就等于骂我。我们那馆，三五十头人，怎敢和你银行信贷处相比，在我们那当头儿，一点戏都没有。

志国说，来这学习，肩膀头都是一样高的，要叫就叫同学。叫别的太俗了。

老胡边尿边说，同学是同学，可分量是不一样的。你看老麻，虽说县长，可哪有个县长样，一天吊儿郎当的，满嘴脏话。大冯，公安局的，更是一身霸气，仿佛谁都是罪犯似的，动不动就好瞪眼睛。再就是老郑，也太正经了，一天就是捧着书本，傻看，连个玩笑也不会开。你就不同了，有知识，有水平，对问题有见解。再者，你的风度也确实和别人不一样啊，说话举止太洒脱啦。赖处长，我跟你说，我就佩服你这样的人。现在这叫知识经济时代，需要的也就是你这样的领导。

志国好久未受到这种爱戴了。老胡这番话，让他心里着实温暖一下，虽说感到这话突兀一点，感到说话环境略差一点，可是毕竟是番公道话，说公道话的人是不多的，特别是在他们这个群体之中。想想看，都是一个级别，谁服谁呀，就是你屁股上长出朵花来，别人也是看不见的，反倒是哪天倒霉长了颗痔疮，倒能引起别人的注意。这么一比较，便似乎感到老胡的诚实来，于是他就笑了，说：老胡，看不出来，你这人还蛮直率呀。

老胡说，赖处长，咱们处长了你就知道了。走到厕所门口，先将门推开了，身子侧了一下，说，你先走。

志国说，客气啥，你走。

老胡说，处长先走。

志国说，咋这么客气。

老胡说，你先走。

这时，在里面大便的一个老头受不了啦，喊，快关门，我这也不是办展览呐！

于是志国便先走了出来，在楼道拐角的地方，老胡忽然悄声地说，赖处长，我听个小道消息说，学习班一结业，你就要去市里银行任行长了，有这事吗？

志国愣了一下，说，你怎么知道？

老胡有点沾沾自喜，说，有没有这事吧？

哪有的事！志国嘴上这么说，可心里觉得非常奇怪，便想进一步询问，这时，已来到教室门口，便将话咽了回去，只说了句别听人们瞎传，就回到自己座位上，心里依旧存着疑惑。

说来，人事处长向他透露消息时，那是多么神秘呀，眉头紧锁，眸子左右巡觑，先是关了办公室的门，站在门旁又听会儿动静，然后又到窗前看了看，最后才拉了把椅子坐在他身旁，嘴唇几乎贴在他的耳朵上，声音小得就跟蚊子的叫声一样，他使出吃奶的劲儿才算听了个大概。之后人事处长还一再叮嘱他，千万不能说给任何人，就是老婆孩子也不要说，一旦传出去，麻烦就大了，违反组织纪律不说，好事还容易变成坏事，尤其是一旦传到小人的耳朵里，小人就要抓住这个机会，疯了一样地给你写上告信，使劲埋汰你……所以，一定要咬紧舌头。

他真的没说，跟谁也没说，有几次和老婆温存的时候，他险些说走了嘴，话到舌边他还是咬住了。憋得自己难受了半天。老婆问怎么啦？你好像有话要说，他就说没有没有，真的没有啊！封锁得这么严的消息，却给老胡知道了，使他很不解，莫非老胡和行长有什么瓜葛？莫非老胡认识人事处长？认识人事处长倒不大紧，如果和行长有着瓜葛，便不同。这里还有着细微的区别，看他瓜葛的是一把手？还是二把手？还是三把手？虽然他们也都是行长，可是那分量也是不一样的，思索了这么一圈，志国便决定找老胡探探底细。

一下课，志国就把老胡拉到门外，小声说，老胡，走，喝酒去！

老胡立马热情起来，说，行啊处长，我做东。

志国说，能不能不闹。

老胡说，下把你来。

志国说，老胡，怎么这么客气。走吧！说着就拉了老胡一下，老胡也就不再客气，跟着志国出了校门，来到附近的一个酒店。

这家酒店不大，迎门摆着个屏风，里面有十几张桌子。墙拐角的地方有个通向二楼的小门儿，顺着小门儿上了二楼，才能看见这里有四五个小包房，包房的门一律是粉红色门帘相遮挡，门帘上绣着鸳鸯戏水、松鹤常青等图案。

他们选了个清静包房坐了下来。

志国拿过菜单，冲老胡说，来，你点。

老胡说，随便随便，你来。

志国说，客气啥，点呐，喜欢啥来啥。

老胡就点了一个尖椒干豆腐，素炒豆芽。

志国一把拿过菜单，说，咋能净要这样的毛菜。随之点了炸腰果、烧鱿鱼、宫保鸡丁、蜇皮黄瓜四样菜。要了两瓶啤酒，两瓶饮料。

开始两人唠了一会儿闲话。酒过三巡，志国借倒酒的工夫问老胡，哎，老胡，你今天在楼拐角说的那事，是听谁说的？

老胡神秘的一笑，说，有这事吧？

志国也未置可否，依旧说，真的，你是听谁说的？

老胡说，说来也是个巧，那天我小舅子开车来我家，手里提着个兜子，进屋就骂咧咧地说，当官的只顾喝酒官印都不要了。说着就把兜子摔到床上。我问，哪个官呀？他说我们行的官，副行长。我也就没在意。坐在椅子上，跟他有一搭没一搭地闲聊，聊了一会儿，我便向那兜子溜了一眼，忽然发现了你的照片，我便打开兜子，一看才知道是有关你的申报材料。当时我就跟小舅子说，他是我们学习班的，贼有才……我小舅子还端详了半天你的照片，说长得就有官相。

志国听到这儿便有了底，知道老胡和行长及人事处长都没啥瓜葛，于是就笑了，半玩笑半认真地说，八字还没一撇，可不能到处乱说呀！

老胡说，放心吧，处长，我老胡嘴上有把门的。我就想，你真上任的时候，别忘了兄弟，我媳妇单位早开不了支了，整天吵着让我帮她调工作……

志国说，这个好办，到时候再说嘛。

老胡说，处长，那我就先敬你一杯了。一扬脖，满满的一杯酒便喝了进去。拿着空杯子在志国面前一晃，说，请。

志国看了看杯子说，老胡，我这几天心脏不大好，整天兜里揣着小炮弹。酒，就只能喝半开了。

老胡说，也行，你有这个意思就行了。

志国嘴唇挨着酒杯，"吱儿"的一声，只抿了一口，并不是半开。

又这么闲聊了一会儿酒，志国就冲服务员喊，小姐，结账。

还未待小姐应声，老胡便说，处长，我已结了。

志国很惊奇，说，啥时结的？

老胡说，刚才去方便的时候，顺便就结了。

志国笑了，只说句你呀你，也没有再推让，临站起来的时候说，也好，下次我来做东。

七

　　大冯自从家里回来后，心情就一直不爽。

　　虽然白天也和大伙有说有笑的，该扯还扯该闹还闹，到了晚上，独自躺在床上，心头就异常烦乱。

　　加之对面床上的老郑又不消停，天天晚上开夜车，猫在被窝里用手电筒看书，书页弄得哗哗响，把他烦乱得恨不能将老郑扯过来打两巴掌。后一想，老郑就是这么个人，不懂事理，木头板子一块，休说打两巴掌，就是扎两锥子，又能怎的！话说回来，猫在被窝里看书，也不算啥毛病，他以前也愿意这么看，他记得《钢铁是怎样炼成的》《红与黑》《青春之歌》《红旗谱》《白鹿原》等书也都是在被窝里看的。提拔他那会儿，组织还把这事当作一个优点，说他爱学习，肯钻研，只是后来他才变懒了。一想到后来，他就有点闹得慌，觉得自己有点像被人抽着转的陀螺，转来转去，竟转到今天这般田地，那40万元病魔般的存折，使他无法入睡。他也明白，那事并没有多大闪失，这多半是自己吓唬自己的事，可是化解几次，心头的阴影也未涂抹掉。有时想着想着睡了过去，梦里便全是凶凶险险，不是那盗贼被抓获了，供出了他的存折，就是自己进了大狱，上了囚车，醒来浑身汗津津的。如果只是自己这番胡思乱想，也不甚可怕，主要是近日的一连串怪事让他感到不安。

　　昨天早晨像往常一样，在操场上他做着气功，做毕，正在心诚目洁引导大自然之气通过天门的时候，忽然天阴了。他并未必在意，跟着头顶传来一阵呱呱怪叫，震得天门穴微微轻颤。

他立马收了功，仰头向上看去，见天上一群乌鸦败叶般地翻飞，黑黑的翅膀将太阳牢牢遮住，硕大的阴影恰恰笼罩着他。他正觉怪异，凝目地看着，就觉得脸上掠过一丝凉意，仿佛有什么东西落在上面，忙用手去涂抹，竟是一泡稀溜溜的鸟粪。他一阵恶心，心里就阴暗起来，吃过早饭，便找周老师请假，说身子不舒服，要去街里医院看看。

周老师便说，去吧去吧。

他就换了身便装，打车来到街上。早知大庙的树林有卜卦算命的，就径直朝那里走去。

那树林，相当的古老，杨树榆树混杂着，每棵树都有一搂粗细，树皮虽然斑斑驳驳，树冠却依旧将浓荫投给了地面。

林子的空地上，铺摆着各种各样的卦摊，而且占卜的手段也各不相同：看手相的，摸手纹的，测字的，抽签的，摇铜钱的，打八卦的，问姓名的，看风水的……每个人面前多半铺块白布或摆块纸壳，有的画着阴阳鱼，有的写着乾、坎、艮、震……

大冯沿着各个卦摊走了一回，听了听术士谶言，非常失望，感到假冒伪劣的颇多。他正沮丧，就见前面那棵老榆树下，坐着一位白须光头的老者。他面颊红润，嘴角方正，鼻翅上有一颗紫红色的痦子，上面长着三根黄灿灿的绒毛，特别是迎着他睿智的目光看去，就觉得他那黑黑的眸子，像两眼极深极亮的水井。他一边看着树影，一边摆动蒲扇。扇风带动着银须微微轻颤。他没铺白布，也没摆纸壳，只有扇面画着阴阳鱼，写着"看手相"三字。

大冯便走了过去，循着他正面，蹲了下来，将手朝老者眼下一伸，说，老先生，给我看看手相。

老者微微抬起头，朝大冯脸上瞄了一眼，放下手中蒲扇，然后就俯下身来，双手捧起大冯的手掌，移到眼前，仿佛看着一本内容深奥的书。看了半支烟工夫，粲然一笑，说把生辰八字说给我。

大冯就说了生辰八字。

老者依旧看，又看半支烟工夫，才说，看你衣着这般平常，怎么手上有这么多的钱库。

大冯一愣，说是吗？

老者说，钱库虽然多，但是近日开始破财喽。

大冯又是一愣，说是吗？

老者说，破财倒是其次，弄不好……说到这儿，话停了，捋了捋胡须，笑了，说就到这儿吧。

大冯说，先生接着往下说。

老者说，没啥好说的。

大冯说，先生一定要说的。

老者说，听了你不恼吗？

大冯说，你就说吧先生。

老者这才接着说，看不出你这人竟有牢狱之灾，杀身之祸。

大冯听着腿就软了，立马感到额头上冒出一层细密的汗珠，用手涂抹一下，竟凉森森地冰手。他说，老先生，这是真的？

老者飘然一笑，说，鄙人之言，怎敢虚假，只要你不恼就行。

大冯说，不恼的，不恼的。边说边给老者掏钱，钱拿出一半，又停住，眼里仿佛噙了泪，央求般地说，老先生，看在我上有老下有小的面上，能否帮我破破。

老者一笑，摇摇脑袋。说，是福不是祸，是祸躲不过。

大冯眼泪下来了，说，先生，一定要救救我。常言说，救人一命，胜造七级浮屠。

老者立时没了笑容，黑井般的眼睛就牢牢盯着大冯，说，你既然知道浮屠，就应懂得佛道，佛道是讲报应的。善有善报，恶有恶报。恕我直言，你虽掌纹上钱库不少，但多是不义之财。不义之财得了，同样是要报应的，这是天意。你要破祸，就应先退了不义之财，然后再躲星。

大冯说，先生放心，不义之财我一定退。不知星要怎样躲？

老者又摆动起蒲扇，眼睛也变得迷离起来，扫了大冯一眼说，你是属龙的，犯水，水火是不相容的，到了那天，从星星一出来，你就要躲在屋里，窗户挡上帘子，不可看星星。这且不算，凡是和"虎"字沾边的人，都要一律回避，就是手机什么的也不要接，待到第二日太阳出来，方可出门。这样，恶星便避了，否则，定是凶多吉少。

大冯听了这些，伏身千恩万谢。临走，给了老者五十元钱。

回到学习班，心情也就明显好转起来，大伙问病治得怎样？他便说，好啦好啦，没啥事儿。

到了十五这日，天刚一放黑，大冯就关了手机，拉严窗帘，躺在床上。这之前他了解了同屋人的属相，没有一个属虎的，连和虎字沾边的都没有，他非常高兴。

老麻挺奇怪，说，大冯，你今天怎么啦，这么早就躺下了。

大冯连忙扯谎说，身子不太舒服。

志国说，怎么还没好啊！下午看你挺精神的呀，用不用再去看看？

大冯连连摆手，不啦不啦，我闷一觉就好了。

志国说，那我们各位就去教室看书吧，让他好好休息休息。

老胡说，处长说得对。于是大伙一同去了教室。

屋里只剩下大冯，他心情愈发愉悦。多日的悒郁不畅，使他消瘦了许多。摸着自己凸出的肋骨和塌陷的腹部，他感到十分有趣。以前自己老想着减肥，今天用饥饿法，明天用运动法，妻还专门为他寻觅这方面的药剂，什么减肥灵，什么苗条粉……结果怎样，非但没有变瘦，反倒重了 10 斤。若是没有这窝心的事没完没了地缠绕，他相信自己不会瘦下来的。到了这个时候，他倒是有了几分因祸得福的喜悦。

正想得滋润，就传来一阵敲门声，女服务员说，冯先生的电话。

大冯便说他病了，不能接电话。

女服务员走了，一忽儿又回来，隔着门说，对方一定要他接的，说有急事。

大冯便有些急躁，说，你告诉他，就说姓冯的在床上不能动弹了，什么电话也不能接了。

女服务员说了一声好喽，便离开房门。电话，虽然不曾去接，他的心里却生出了一丝焦灼。自从来到学习班，打电话找他的人，实在不多，况且像这般急迫，更是罕见。那么来电话的是谁呢？莫非是妻子，莫非是家里出了事。想到这里，就再也躺不住了，翻身刚要下床，就听得房门哐的一响，跟着便拥进一个大汉，一手提着果篮，一手拿着花篮。

进门便粗声大嗓地嚷了起来，大哥，咋的了，啥病还下不了床呀？

大冯定睛看去，是那老虎。立时，心里猛一翻动，一丝不祥的愁容爬上眉头。问，你怎么来啦？

老虎说，我是到省城办货的，头两天太忙，今天才得闲。方才一打你手机，关机。再一打你们学校的电话，才听说你病了。我便放心不下。大哥病了，我咋也得看一看呀！说罢就将果篮花篮放到床旁。

大冯说，你太客气了，就是一点小毛病，快坐快坐。

老虎就坐到床上。

大冯尽管心里不畅，可是表面依旧挺热情，给老虎倒了杯水，递了支烟，询问着生意情况。最后才说，那事是否有眉目？

老虎说，我今个儿来，也是想顺便告诉你这件事的，有眉目了。

大冯说，那快说说。

老虎说，自大哥家出事，我心里就老惦记着，打听了很多朋友，也没有信。前天正好和一个朋友吃饭，我便向他说了此事。他问都丢了什么，我便说丢了些钱财衣物。他问是否有存折。我说这我说不准。他就说，如有存折就是他手下的喽啰干的，可是那喽啰还没来得及和他清账，就掉了进去，现在人在局子呐。

大冯一听，脑袋就轰的一下，仿佛膨胀起来。

老虎说，大哥，你丢存折了吗？

大冯点点头，脸上一片青白。

老虎说，这就好了，丢失的一切很快就回来了，大哥，你好像不舒服，我不打扰你啦。说罢就告辞了。

大冯便兜头躺在床上，立即就想起光头老者的话，感到他没有躲过灾星。心里一片渺茫。

八

吃了早饭，老麻便接到黄蕙的电话，要他抓紧过去。

老麻说，你们上午不学习吗？

黄蕙说，今天去汽车厂参观，她身子不舒服，就告假不去了。

老麻便明白了八九，说好喽就到。之后就找周老师请假。周老师非常为难，摸了摸镜架上那块胶布说，换个时间不行吗？今天省委领导讲课，讲振兴东北老工业基地的事情，要求大家一律得听，没有极特殊情况，不能请假。

老麻没想到这一层，立刻有点紧迫。虽然两个人都到了这里，可是幽会见面，也不是很方便。一来，两个人都在学习，二来，也没有那合适的地方，好容易盼来个机会，又赶上了振兴东北老工业基地……不过他不想放过机会。

他木讷了一下，于是便扯出一番谎来：说那电话是县书店经理从车站打来的。这之前，他就和县里书店打过招呼，看能不能订点周老师的书，只是目前资金太紧张，过一段他们争取。今天他们让我过去，可能就是商量这个事。本来，他们应当过来，可是他们午后还要转车到沈阳，这样就只能我过去了。但是今天领导还来，那怎么办呐……

　　周老师思忖了一下，说，情况确实很特殊。你就去吧。我这事也实在给你添麻烦啦。不过回来，就不要说去订书。

　　老麻疑惑，说，那大伙问起……

　　周老师说，你就说给县里办事去了，最好说乡镇企业。

　　老麻说，行，就说乡镇企业。

　　随后，老麻便走出校门，招手截了辆出租车，半小时的工夫，就来到黄蕙那里。

　　黄蕙躺在床上盖着被，双目微闭，睫毛在习习微动，微红的嘴唇仿佛被舌尖刚刚舔过映着一层浅浅的湿润。见老麻进屋，也没起来，只是懒懒地说，坐吧坐吧。

　　老麻说，怎么真的病了？

　　黄蕙便扑哧笑了一下，说，昨天晚上洗澡，我准是那会儿凉着了。

　　老麻说，发烧不？

　　黄蕙说，略微有点热。

　　老麻说，是不是想我了。

　　黄蕙说，人家发烧，你还取笑，我生气了。小嘴就突兀地撅起来。

　　不气不气，老麻将手掌放在黄蕙的脑门上轻轻摩挲起来，身子微微弯曲，嘴唇聚成葫芦状，照准黄蕙白皙的脖颈轻轻一啄。黄蕙就忍不住笑了，白玉一样好看的牙齿便崭露出来。

　　老麻趁势把手伸进黄蕙的被窝。

　　你真坏。黄蕙一手推挡老麻的手，一手又勾住老麻的脖子，身子微欠，脑袋扬起，圆润的鼻孔一吸一合地颤动，湿润润的嘴唇便逢迎过去。

　　老麻早已按捺不住，火焰由着嘴唇向全身漫去。转眼间，每个毛孔都扩张到了最大限度，仿佛有热度向外喷射。他猛地一把撩开被子，就去解黄蕙的裤带。

　　黄蕙一把攥住裤带的卡子，用脑袋示意一下门外，说不行的，那看门的婆子贼得很，有事没事的，都朝屋里钻。你来的时候没看见吗？

　　老麻便沮丧起来，手摸着黄蕙的裤带，骂了一句，要是在县里我非把她开除了不可。

　　见他这般恼怒，黄蕙有点内疚，摸着老麻的手柔柔地劝解道，欢畅欢畅不就挺好嘛，非得来真的嘛，让人撞见，我倒不在乎，你不被吓蔫了才怪。再忍一忍吧，我姐说，租的房子有眉目了，到时候……

　　听说租到了房子，老麻的情绪缓和一些，摸了摸黄蕙的脸蛋说，这么鲜嫩的果子，眼看着吃不到嘴里，能不难受吗？我也知道这么胆战心惊太没味道。可我又憋一个礼拜了。

　　黄蕙说，忍一忍吧，我今晚再找姐姐催一下。

　　老麻说，越快越好，没房子，太耽误事。

　　从黄蕙处出来，老麻的心情一直都不好。原本以为到了黄蕙这里，能解决点实实在在的问题，没承想黄蕙的胆子竟是这样出奇的小，又顾这又顾那的，把好端端的一次机会竟这么轻易错过了。

九

　　直到今天喝了这顿酒，老胡才觉得志国这小子胃口太贪。

老胡原以为请志国喝点酒、抽点烟，在学习班上有事没事恭维着点，他老婆调动的事就能有个眉目。其实老胡打错了算盘，人家志国傻呀，你整天就靠嘴支着，一点真格的不动，人家能给你玩真的吗？

说来，老胡也不是心眼儿不活泛，艺术馆当个头头，啥事不明白，只是一想和志国是同学的关系，志国还老亲亲热热地叫他兄弟，用上别个手段，就觉得有点那个，害怕人家朝别的地方想，把自己弄俗了；可是过了这么长时间，老胡小心用话探了几次，志国总是搪塞，有时说好办好办，有时说别忙别忙，三转两转嘻嘻哈哈地绕过去，并不作答复。

老胡很苦恼。家里那面老婆又催得急切，今天嚷着单位要黄了，明天就哭鼻子说不能再这么受罪了，再这样下去她就不活了，不是跳湖就是想割脉，没办法，老胡今天请志国喝酒时亮出了底牌：处长，我毕竟也在社会上混这么多年了，心里又不插着坏垒着砖，什么事情不明白？如今办个啥事，能是一个人说了算的！尤其是这人事上的事情，大多是人托人、脸靠脸的事儿。你为我老婆的工作已经操尽了心、出尽了力，这我心里是老感激了，发虚的话就不说了。咱们之间倒好办了，都是兄弟，只是你求别人，这情分我可不能让你搭。你为我们办事就够意思啦，再搭人情可不行。处长，今个儿，你就照直说，得多少？说个数儿，多少，兄弟我都拿。

志国吸溜喝口汤，说，老胡，你扯啥呀。

老胡说，处长，不是扯，真的。

志国便笑了，拿牙签轻轻剔了几下牙缝，用舌尖将剔出的肉丝里挟起来，转动一下，喷儿，吐到地上。随后，才说兄弟你这是干啥呐，好像和我谈买卖呐。你大哥可不是商人呐。兄弟，不兴再这么说啦！再这么说我可要生气了。

老胡脸便红了，忙解释，处长，我没别的意思。我只是想，你为我们办事搭着人情，我这心里就不安。

都是朋友，有什么不安的？

你倒是没说的，那别人呐，这事情是一个人办的吗？你不还得找别人吗？

别人也一样。

处长，我这心里……

志国笑了，说老胡，你也太有意思了，你的心情我理解，可是实在没那个必要。你若硬要表示一下意思也可，我也不卷你的面子。我看人事处长那儿子特喜欢卷毛狗，问我要几回了，我也没弄到，你的路子宽，就帮他弄一个。

好，老胡一口将杯里的酒喝了进去。

午后，老胡就来到狗市上，开始寻狗。这是本市最大的一个狗市，占地面积足有千坪左右，分为卷毛狗区、东洋狗区、黑贝狗区、本地狗区。每个狗区又有着较细的区分，有大狗区、中狗区、小狗区……老胡在每个狗区里转了一遭，看了看几处狗的标价，最高价30万，最低价50元，他这才发傻，才觉得被志国玩了。

在他的意识里，一条狗能值几个钱，顶多也就是三头二百呗。可是眼下这个狗价是他做梦也没有想到的，就有点像刘姥姥走进大观园一样，着实有些发蒙了。买条好狗，要花去几十万元的。这不是骂人嘛！有那几十万元，娘的，老婆还调什么工作呀！在家干养都行了，吃银行利息都能活，犯得上跟他志国低三下四地打进步嘛！买条孬狗，花个五六十块钱，也是不行的。单就那狗的样子也是拿不出手的，矮墩墩的，皮毛也不整。不要说行家，就是他看着也不顺。靠这种狗去办事，什么事情也是办不成的。

他真的好生苦恼呀！

小风刮了起来，空气里立时便融进了狗粪的臊臭。老胡踽踽地向前走着，脑门上现着一片黯淡。他走过路口，去墙根寻找自行车的时候，忽然衣袖被扯动一下，他侧脸看去，一个怀里抱着白卷毛狗的妇女正对着他。

妇女说，想买狗吗？

他朝她怀中看了一眼，问多少钱？

妇女说，你这位大哥，真想买我就便宜点。

他将狗托起端详起来，柔柔的毛儿，飘飘散散的，纯净的白色，像一捧冬雪一样奇妙，硕大的尾巴，像一把美丽的扫帚，头上的毛更是修长漂亮，将鼻子眼睛都遮挡住了。这么漂亮的狗，他还不曾见过，便问，多少钱？

妇女说，真想买，大哥我也就不和你推来操去地杀价玩了，实实惠惠一口价，800元拿去，不能再低了。

他愣了，不相信地看了妇女一眼，脸上布满了疑惑。方才见到的狗还不及这条呐，都标价五千八千的，这条毛色这么好，为何这般贱。那妇女见他疑惑，便将嘴巴伏了过来，低声地说，不瞒大哥说，是我那败家的儿子闯的祸，从外县偷来的，我害怕派出所去查，就想把它卖了，你若有心思就麻溜抱走，要不，我可要回去了。说着就迈动脚步。

这……老胡有点犹豫。他悄悄地觑了妇女一眼，见她一脸的诚实，不大像说谎的样子。心就略微有点活动。

狗的来历，虽然不太堂皇，有股贼味，可是毕竟价钱充满诱惑。况且这送礼的勾当，谁还研究它的来历。等等，老胡一把将狗抱了过来，顺兜掏出了 800 元钱。

天黑的时候，他就回到学校，在校门旁给志国挂了手机，要他过来。

一会儿，志国就穿着拖鞋，趿拉趿拉过来了。见到老胡，便说，兄弟啥事？这么紧迫。

老胡笑了，将衣襟打开，抱出那茸茸的狗，说，处长，狗弄来了，是个朋友给的。

哎呀！志国立时惊喜起来，嗔怪道，你咋这么急性，我说下午上课怎么没见到你。说着就接过那狗，欣喜地端详起来，一边摩挲着狗的毛，一边说，兄弟，就冲你这实惠劲儿，别的我啥也不说了，你回去跟嫂子说吧，事情包在我身上。

老胡连忙笑笑说，处长，那太感谢你啦！

十

学习班要考试了。大伙的精神立马就紧张起来。

这次考试非常关键，它将决定着他们未来的命运，能否领取结业证书，是检验每个人此次学习的重要标志，也是将来提升重用的一个重要参考。

这下，连平日里不大看书的大冯、老麻，也都捧着本书看。老郑就愈发认真了，坐在床上，一忽儿在书上作着眉批，一忽儿在本上搞着摘抄，一忽儿又嘟嘟囔囔背着定义，尤其遇到咬嘴的句子。

老郑，我求求你，你能不能不这么念经。老麻苦笑着说，你再这么嘟囔，我可要跳楼了。他故意做出一副痛苦的样子。

好好好！老郑一脸的歉意，连说，对不起，对不起。

老麻说，别太认真，及格就行呗。

志国说，就是个走形式的事儿，看把你折腾的。

老郑不好意思地笑了，又把脑袋埋在书本里。

这时，房门一响，老胡进来了，他告诉大家一个最新的消息，这次考试周老师出题。

大伙听罢，立时就欢腾了。

老麻第一个就将书摔到床上，嚷道，我可不看了，越看越迷糊。

大冯满脸愁容，打个哈欠，也把书本放下了。

志国一边揉着太阳穴，一边说咱们又不是小学生呐，干吗弄得这么正经，又拉单桌又闭卷的。学习主要是为了提高认识，这么一来，就是地地道道的形式主义。我看，咱们去个人让周老师给咱们画画复习重点。

老胡说，处长说得对，是应该画画重点，要不咱这么漫无边际地复习，不是大海捞针嘛！

老麻说，对对，太对了，这一大本子，谁受得了啊！人家前几期来学习的，老师都给画重点，咱们这期咋的，是后娘养的，赶紧商量一下，看看谁去找周老师？

大冯脸上依旧是愁容，说，老麻你去就行，我看周老师和你最铁。

那还用说，老麻对周老师也够意思。老胡补充道。

志国说，可不是，周老师那书，老麻当时若不带头买，咱们能买嘛！这就叫榜样的力量是无穷的。

你可别说那话志国。老麻说，你对周老师不铁，他小舅子几次贷款，不都是他找的你吗？买几本破书和你贷款能比吗？你去。

别别，志国示意地举起双手，一转眼看到了老郑，就说，老郑去，老郑是班里学习最认真的一个。

老胡马上附和，对，老郑去。

老郑说，我不去。态度很坚决。

老麻看了老郑一眼，就有点不快，说，那我们画回重点，你看不？

不看。老郑依旧很坚决。

老麻说，好，谁也不愿去，咱抓阄。

对。老胡就积极响应。将笔记本刺啦刺啦拉扯下几页，用笔在其中的一页写着"盗题"二字，其余的纸都留作空白。然后便团成蛋蛋，放在茶盘里，搅动了几下，说抓吧。

室内静静的，没有一丝声响，每个人的眼睛睁得圆圆的看着那圆圆的茶盘。

志国便伸手摸了一个纸团，展开笑了，说老天照应，不是咱。

老胡打开纸团，就势打个响指，颇为自豪，就凭咱的手气，哼！

老麻打开纸团的时候，自己先愣了，跟着便叫了起来，去画重点，怎么叫盗题。我不去。

大伙听罢哄起来，嚷着老麻耍赖喽！

老麻也禁不住笑了，说，兄弟们，既然各位这么抬举我，我也就不客气了，好，你们等着吧。说罢，就走出了门去。

老麻一走，大家就没有心思复习了，便东一句西一句地闲扯起来。

大家扯到夜里十点多钟的时候，老麻刚回来。进屋，先"哗啦"一下插上门，面孔极其严峻，压低着声音冲大伙说，咱们几位先发个誓。

大伙的表情也庄严起来，说，怎么发？

老麻说，冲灯发。

大伙一起看着灯，样子特虔诚。

老麻说谁走漏出去，不够人！

大伙就一起地说不够人。

老麻就将手伸进兜里，忽然像想起了什么一样，说还有一件事，这是周老师那书，咱们每人还得负责两本。

大伙看题心情迫切，便说行行。

老麻这才拿出题放到桌上，大伙的脑袋就呼啦一下围过来，像看着一件宝贝。老麻一扭脸发现了床上读书的老郑，便笑了，说，干啥那么正经老郑，方才跟你开个玩笑，过来。

老郑摇摇头，没有过来。

十一

老麻走了之后，周老师心情就特别好，心情一好就要搞事情。他先是洗洗脸，刷刷牙，很洒脱地捋捋头发，然后便很亲昵地向妻子靠去。他的手刚刚触碰到妻子时，妻子身子一扭就吼了起来，上一边去，别跟我黏糊。

热脸贴上了凉屁股。周老师很是不解，说，咋的了？咋的了？

周妻一脸的愤怒，说，你说咋的了。你凭什么把考题就那么白白地给了他们，你傻呀？

周老师这才想起老麻讨题的时候她曾不停地向他使过眼色。他当时不明白她是啥意思，心里还想呐，有啥话就明着说呗，犯得上用眼珠子飞来飞去的，多闹腾。又一想，好在老麻不是外人，要不人家要咋想啊！现在妻子这么一说他明白了，于是便笑了，说，怎么能说是白给呐，人家老麻不是答应了嘛，他们屋的每个人再买两本书，你想过没有？一本书就是 80 块钱，那两本多少？不就是 160 块嘛！再说了……

周妻说，再说什么，每个人 160 元就把你乐成这熊色，就算每人 200 元又能怎样？那最多也不过千八百块钱的事儿。可你想过没有这一份试题值多少钱？我听说人家对门儿的李老师，一到双考的时候出题，人家一道题就卖一个数。你说你，还说啥呀……

周老师说，不能这么说，和他们这伙人打交道，你不能一把一利索，得有个长期投资的想法。你想，他们都是各地的诸侯，都管着一亩三分地，手里都有着那么一块权力，处好了，以后有个啥事，吱一声能不好使吗？你真就是一锤子买卖，把事情做绝了，以后真有个啥事，还咋求人家呀！

周妻说，拉倒吧，啥以后呀！现在谁办事不是一把一利索。不信你把我的话放这儿，以后他们结业了，你再找他们试试，能认出来你就不错了。你以为你是谁呀？

周老师脸色黯淡了，摇了摇脑袋说，做人不能那么做……

你说咋做？周妻一下子喊了起来，像你这么贱巴喽嗖把题给人家就好了，就算做人啦。既是那样，你倒别卖给人家书啊！卖书你倒别要人家的钱呐！

周老师说，卖书我凭啥不要钱？

周妻说，这不就得了嘛！我以为你喝西北风就能活着哪！闹了归其也离不开钱呐。

周老师说，你能不能不那么庸俗。

周妻说，啥？我庸俗。那你就去找不庸俗的呗，也没人拦着你。说罢，哗啦一下推开门，找去呀！

周老师一脸的愤怒，说你不要太过分了，你再过分我就走。

周妻哈哈狂笑一声，用手指了下门口，走。

周老师再也架不住这等羞辱，猛一摔门走出屋去。

夜色，那会儿真的非常美好，月牙，像一条切下来的倭瓜，弯弯地挂在天上，黄灿灿的颜色，像涂抹了一层薄薄的浅金；星星，越发地活泛了，在高远的天空像一颗颗眨动的眼睛，熠熠闪烁。

此刻，周老师哪有情绪欣赏月色呀，他觉得心头就像堵了团乱麻一样，乱乱糟糟地难受。为了排解胸中的郁闷，他绕过住宅区的围墙，朝着广场方向走去。

路上，行人已经不多了，只有一对一对情侣还在相依慢行。看了这些，他越发觉得孤独了。此刻，他能想象得出，他们那一对一对，无论男的还是女的，老的还是少的，心是何等的甜！情是何等的柔！相比之下自己就凄苦多了。

不知不觉间，他到了五一广场。

广场这时人也不多了，惨白的水银灯下，除了一伙下棋的、一伙唱二人转的、两个卖瓜子的小贩外，就没有别的人啦。他先看了看下棋，结果发现红、黑两方都是出奇的臭。于是又来到那伙唱二人转的近前，看两眼也觉得没有意思。便优哉游哉向林阴路走去。刚走没有许多步，身后忽然传来个柔柔的像从树叶上抖落下来的声音，大哥，借火使使。

循声望去，石凳后面的一棵大树旁，站着一个三十多岁的女子，她头脸洁净，嘴唇抹着桃红，一截香烟夹在手指之间。

眼睛朝他瞄一下，他没怎么多想，就从兜里掏出火柴递过去。

嚓的一声划着了火柴，女人点燃了香烟。随着，烟雾丝丝缕缕从鼻孔中冒出，女人一边还火柴一边说，谢谢大哥了。

周老师说，不客气。

女人挺媚气的一笑，眼角微微弹跳一下，说大哥，想乐呵不？

周老师没有听真切，露出一脸的迷茫，你说啥？

女人重新又笑了，声音似乎比方才又高了一点，我说大哥想不想乐呵？

周老师还是懵懂，乐呵，咋乐呵？

女人往前凑一凑，嘴角一边吐着烟雾一边说，大哥想咋乐呵就咋乐呵，想让哪乐呵就让哪乐呵。钱是不贵的。女人说着就抬起右脚，很灵活地把鞋底翻过来，那白惨惨的鞋底上工工整整写着两个字，50元。

周老师脑袋"轰"的一响，他做梦也没想到面前的女人是做这种勾当的，以前关于这种女人只是一个挺抽象的概念，没有一丝一毫的具象。常常是他和老师们开玩笑的调料：比如说有时老师们逗他，说老周，总守着媳妇有啥意思呀，上广场转转，找个野的，尝尝鲜呗，何必在一棵树上吊死人呐……他也以此逗着别人，说尝鲜得你们先尝，你们尝好了我再尝也不迟，我这人嘴不急……玩笑毕竟是玩笑，都是过嘴不过心的事儿。可是此刻女人实实在在地站在面前，他真有点蒙了，眼睛眨动一下，没说出话来。

女人以为周老师对价钱有了疑虑，试探地说，大哥，如果觉得价钱高，优惠价也有，说着她又抬起左脚，也是很灵活地翻过了鞋底，上面清晰地写着：30元。

两副白惨惨的鞋底，像两轮炽烈的太阳，把周老师晃得一片迷茫，他真的不知如何是好。

女子说，大哥如有意，就到对面的文化宫的台阶上找我，说毕就悄然隐入后面的绿树丛中。

周老师真的矛盾了。他知道，找这种野女人，是很危险的事情，弄不好要惹麻烦的。尤其他害怕她是公安局甩的钩子，或棒子手下的诱饵，那样他不就等于自投罗网吗？可又一想，觉得自己有点多虑了，把简单的事情想得复杂了，如今社会上，女人靠卖身挣钱还是什么新鲜事吗？就像做其他买卖一样，是一件稀松平常的事情了，哪有那么多的险恶呀！只是他不曾经历过罢了，他觉得的确有些亏缺了。其实，这种亏缺不是别人亏他的，而是他自己亏着自己的。话得这么说，如果这番亏缺，能换来妻子对他的好感，也是值得的，可如今换来的竟是妻子对他的无理、蔑视，他真就觉得划不来了。思绪到了这儿，他心中生出一种恶意，觉得没必要一棵树上吊死人了；再说了，女人这种树，每一棵和每一棵还是有区别的，这就像世界上没有两片相同的树叶一样。虽然他也常和老婆搞搞事情，也曾享受着女人身心带来的乐趣，但是自家女人的味道和野女人的味道或许还是不同的。这就像橘子和橙子一样，两种果实多么相像啊，味道确实截然不同，你说哪个更好，真的不好比。

于是周老师向文化宫台阶走去。

十二

自老虎来了以后，大冯就几次去市里通过同行打探消息，得知窃贼为了赎罪立功而把存折坦白出来，他便彻底傻了。多年的经验使他懂得，在证据面前，任何人是无缝可钻的，唯一可钻的就是手铐上闪闪的圆孔。他的心漂浮起来，似乎在水波上荡漾。

大冯脸部明显的瘦了，仿佛让谁削了几刀，凹陷处泛着青色，眸子上布满了一片红亮亮的血丝。到了这个时候，他才感到一切都是天意，那天卜卦时老者说得再清楚不过，老天既然要惩罚他，还能有什么办法，只有等待。

话是这么说，等待谈何容易。他每天依旧苦思冥想着。就在老麻"盗题"的那个晚上，他忽然想出了新的主意。这个主意的诞生，让他兴奋得无法入睡。当夜就给老虎打了电话，要他麻溜来一下。

第二天早晨，老虎就到了。

大冯将老虎领到学校附近的一个小酒店，找个靠墙角的座位，要了花生、干豆腐丝等几个小菜，还要了两壶白酒。

老虎屁股一落座，就急忒忒地问，大哥，这么急找我，有啥事？

大冯给老虎满了一杯酒，说，先喝两杯，暖暖身子再说。

老虎就夹起一粒花生米，放进嘴里，咯嘣咯嘣嚼起来，边嚼边说，我这肚里发空，得先垫巴垫巴。大哥，啥事说吧。

大冯便将杯子放下，眼睛牢牢看着老虎，眸子一动不动地说，老虎，我这几年对你怎么样？

老虎说，那没说的，这个。大拇指向上挑挑。

大冯说，明里暗里是否对你有照应？

老虎说，那还用说。

大冯说，够意思不？

老虎说，够！

来，喝酒，大冯又端起酒杯。

老虎笑了，大哥，你这是玩什么哪？怎么这般不爽快，是缺东西还是缺钱？

大冯身子向前探了一下，说，就是钱这东西给我带来了麻烦。

老虎说，怎么？

大冯四周看一下，我丢的存折有点麻烦。

老虎说，麻烦？啥麻烦？

大冯说，这……

老虎说，大哥，跟我说话还用这么半吞半咽。

大冯说，不不。详情就不说了，如有人调查我的时候，你就说我从你那借了 20 万元。咋样？

老虎说，20 万，我没有啊！

大冯说，你可真笨，开个酒店休说 20 万，就是 200 万也有人信。

老虎立时明白了，眨动一下狡黠的眼睛，说，大哥，放心吧，就是刀按在脖子上，我都说你借了我 20 万元。要是有半点谎话，我不是人的。

行了，别瞎说了。

真的，大哥，我啥也不说了，你就看咱老虎的吧。

好，老虎，够交情。

依照同样的办法，用同一种方式，大冯将存折的 40 万元终于打发干净了。于是心情才好转起来。

寝室里第一次响起了他的歌声：

> 人生可比海上的波浪，
>
> 有时起有时落。
>
> 好运，歹运，
>
> 总嘛要照起工来行。
>
> 三分天注定，
>
> 七分靠打拼，

爱拼才会赢。

十三

黄蕙拿到钥匙的当天，就给老麻打来电话，说房子到手了，让他晚上就过去。

老麻撂下电话，心情就特别的愉悦。和黄蕙相好这么多年，真正住在一起像夫妻一样，还是第一次。虽说他们过去有过无数次接触，细想起来，那多半是躲躲闪闪背人耳目的勾当。

尽管背人耳目神神秘秘地幽会，能带来无限的刺激和喜悦，但同时也蕴含着万分的危机和凶险。

为了逃避凶险，他曾煞费苦心，几乎把自己弄得不人不鬼，有时出门戴上假发，有时晴天穿着雨衣，有时晚间像贼一样，在小巷里溜来溜去。他一直渴望寻找一个安全秘密的环境，都因县城巴掌大的地方熟悉面孔太多而无法实现，现在内心的喜悦便无论如何也掩饰不住。

他喜滋滋回到房间，就开始整理东西。

人们便不解，问这是要干啥？

老麻说，要搬家了。

搬家？大伙感到很奇怪，问往哪搬？

老麻撒谎，说媳妇来了，住在他姐姐家，要我也过去，从今以后就得走读了。反正学习班也快结束了。

大伙得知老麻就要离开这个寝室，心情都有点黯然。虽然彼此没有什么交往，但毕竟相处一回，都放下手中的书本，帮着他收拾东西。有人帮他取牙缸，有人帮他摘毛巾，就连平日不爱动弹的老郑，也走下床来，帮助捆书。

学习班的最大收获，就是校方所推销的书籍。两根绳子用尽了，还没有捆下。老麻看着床头那本厚厚的《当代哲学大辞典》，便说，这本别捆了，支援周老师吧。

忙了一阵，大伙就张罗为老麻饯行。

老麻笑了，连忙摆手说，改日改日，今天就免了。你们想想，我离家几个月了，娘们儿来了，那是啥心情。

志国说，老麻太性急，既是你老婆，别人又抢不去，早一会儿晚一会儿还能咋的。

老麻说，你是饱汉子不知饿汉子饥。

大伙听了，都憋不住笑了。笑老麻实话实说，也就不再挽留。

费了好多周折，老麻才找到那房子，黄蕙正在门口逢迎着他，脸蛋已被冻得发红，见了老麻，就喜盈盈地迎过来，接过他手中的书，将他领进屋里。

屋子昏昏的，白色的墙壁似乎多年没有粉刷，现出一派灰蒙蒙的颜色。墙角的水泥也已经剥落几块，露出了里面青青的方砖。顶棚或许有雨水浸染过，弯弯曲曲的水迹依稀可辨。门窗的结构已经变了形状，棱角处光秃秃地现着木头的本色……尽管房子这般陈旧残破，可是经过黄蕙一番装点摆布，却透出一些生机和新意，尤其是那面悬起的粉色窗帘及那鸳鸯戏水的生动图案，更能透出女人的浪漫情调。

老麻放下东西，在屋中来回走了几趟，上下左右打量下屋子。

黄蕙说，感觉怎样？

老麻说，太好了，太好了，能有这么个地方，我就心满意足了。咱又不是想享受，主要是为了和你在一起。

黄蕙嫣然一笑，媚媚地觑了他一眼。

老麻也直直地看着他。

很显然，黄蕙的淡妆是刚刚化过的，浅红的嘴唇还透着唇膏的湿润，鲜嫩的脸颊浸漫着蔻斯汀薄薄的芬芳，淡淡的眼影笼罩两团轻雾，相衬着眸子，一头秀发飘散着洗发香波的气息。

黄蕙被老麻看得羞了，说好看不？

老麻说，好看。

黄蕙说，哪好看？

老麻说，哪都好看。

黄蕙一撇嘴说，男人都是馋猫。

老麻说，我不是馋猫，我是馋你。说着就一把将她揽入怀里。

黄蕙的双臂立时像两条藤蔓，柔软而坚韧地缠住了老麻的脖子……

一场强劲的风暴平复之后，黄蕙还是那股柔媚，猫儿一样蜷伏着身子，依靠在老麻的怀里，柔柔地说，今晚太好了。老麻说，要是永远这样，就更好了。

黄蕙便叹息一声，说，回到县里我们又得分手了，你又得道貌岸然地当县长了。老麻说，当县长有个啥意思，整天就想着投机钻营的事，像演戏。比起和你在一起，乏味多了。黄蕙说，哎，我忽然想起个事来，咱们县的刘书记和一个女的出事了。老麻一愣说，和谁？黄蕙说，和宾馆的一个女服务员，让人家的丈夫给堵住了。老麻说，怎么不早点告诉我。黄蕙说，早告诉晚告诉还不是一样，这等破事。老麻说，这可是件好事。黄蕙愣了，问怎么是好事。老麻说，得想法把这事搜集全了，我有用。黄蕙说，有啥用？

　　老麻说，这个你别问了。黄蕙嘴一努，不嘛我偏问。老麻摸了摸她的脸蛋说，这可是个机密，不得和任何人说。黄蕙说，我知道。老麻说，把事情搜集全了，写个匿名信，捅到省纪委去，这样老刘的一把手就别想当了。学习班结束后，各县要换班子。黄蕙听得有点发愣，说官道怎么能这样。老麻说，官道自古以来就是这样，只有你们女人家不懂。说罢打了个哈欠，露出一点倦意。黄蕙说，时候不早了，你就睡吧，明天不是还要考试嘛。我下地给炉子添点煤。老麻说，麻溜去，我等你回来一块睡。

　　于是，黄蕙便光着身子下了地，给炉子加了煤，转身又到床上的时候，老麻又一把搂住了她，说，世界上就只有我们两个人多好，我们整天就这么搂着，一直到死。黄蕙笑了，动了下身子，说快睡吧，养足了精神，明天好考试。

十四

　　大冯还是没有逃过厄运，还是被公安局逮捕了。这一点他是无论如何也没有想到的。

　　那天刚刚送走老麻，大家的情绪还沉浸在一种说不清楚的惜别之中。于是志国就提议，喝点酒吧，反正也复习不下去了。

　　老胡就说，处长说得对，我们是不该这么干杵着，应该乐呵乐呵，我去买酒，说着便要走。

大冯拦住了他，回身从提包里拽出两瓶酒，又将老虎送来的罐头拿出几盒，说，这都是现成的，何必还出去。

志国很惊讶，开玩笑说，大冯这提包开饭店都够用了。

大冯笑着说，我这不是提包，我这是酒囊饭袋。之后大伙便开始喝酒，起初是一人一盅地喝，喝着喝着志国又起了高调，他说，这么干喝太没意思，不如搞个游戏。

啥游戏？大冯问。

志国说，对对子喝酒。

老胡说：好好.

志国说，我说个上联，谁能对上喝酒便免了，对不上就得喝一杯。听着，这上联是，"早得退晚得退早晚都得退"，对下联吧？

于是他们几个便瞎对起来。对了一气，也没有一个成型的对子，便要求志国说出谜底。

志国说，你们喝了酒我才能说。

他们说，你说了我们才能喝酒。

志国说，听着，下联是，"早得死晚得死早晚都得死"。

他们说，横批呢？

志国说，"早退晚死"。

他们说，这对联好得很，是该喝酒。于是几个人就吸溜一声将杯中的酒喝进肚里。

老胡说，我这也有一联，说领导干部的，上联是，"白天文明不精神"，下联是什么，你们对对？

志国说，我对出来了，下联是，"晚上精神不文明"。

老胡立马竖起了大拇指，直劲喊好，随后说，我这还有个尖端的，处长再对对，说领导干部，"政绩不突出业绩不突出腰间盘突出"。

志国说，这有何难的，下联是："大会不发言小会不发言前列腺发炎"。

大伙都笑了，齐说，对得好。

恰恰这个时候，门开了，周老师领着警察走了进来。

周老师说，大冯出来一下，有事找你。

大冯惨然一笑，红红的脸颊立时变得青白 □ 将手中的碗向上举了一下，平平静静地说，哥们儿，干杯！

别人还没反应过来，他一下将酒喝了进去。

十五

临要考试了，老麻还没有来。周老师非常着急，问他们同寝室的人，都说他媳妇来了，昨天晚上离开的学校。

周老师又问，他媳妇住在哪？

大伙都说不知道。

这下周老师便越发急迫了。心里暗暗责备老麻，啥狗屁县长，这等时候都分不出轻重缓急来，别说老婆来了，就是亲爹来了，也不该误了考试！学习班最关键的就是这一天，这一天最关键的就是这个上午，这个上午过去，你和媳妇怎样的缠绵谁还去管！就是睡个三天三夜也不算个啥。只是这一刻，是万万误不得的，虽说考试就是个形式，可是官场上形式是多么重要啊，没有这张考卷将来怎么行？责备归责备，周老师内心对老麻还是相当的不错。帮他推销书不说，就是老麻那豪爽劲他也喜欢，若放在别人身上，他是不会这么着急的。他眼睛不时地向门口张望，直到响起了第二遍铃声，他才不得不把卷子发下去。

考生们开始答卷了，教室里这才静下来，只有笔尖划动卷面发着沙沙的响声。

他坐在讲台旁边的椅子上，两眼散漫地向下看着。瞥见老麻桌上那张空白考卷的时候，右眼皮忽然跳动起来，扯动得睫毛都微微轻颤，他立时疑惑起来，莫非老麻出了什么事情。有了这种疑惑，思维便迅速扩展开去，把不测的事情系列地呈现出来。越这么思索，越是恐怖，直到考完试回到教研室，校长告诉了一个他不曾想到的噩讯：老麻及姘妇煤烟中毒死亡，他才相信自己预感的准确。

校长说，公安局方才打来电话，说在朝阳区芙蓉路5号，发现了一男一女两具裸身尸体，是邻居报告的。他们经过调查，是煤烟中毒致死，并从男的衣兜里发现了咱们学校的学员证。公安局让咱们校方抓紧去人。周老师，你就去吧。

周老师来到芙蓉路5号时候，屋外围着很多人，门口有一个警察把守着。周老师说出了身份，警察才将他放进去。屋里冷得怕人，潮湿的地面上，老麻身体一丝不挂趴在那，一个标准的匍匐前进姿势；旁边的双人床上，女人的大半个身子裸露在外边，脑袋和胳膊很自然地垂挂在床旁，尤其是她那一头长长的秀发更是小瀑布一样向下倾泻着。

有几个警察在那里照相记录着。得知他是学校来的，便说尸体由校方处理，来，在这签个字吧。周老师就在那纸上签了字。随后警察便走了，将那两具白亮亮的尸体扔给了他。他不知如何是好，茫然地看着老麻。老麻脸色依旧红润润的，就像多喝了酒一般，脚旁摊着一张红格稿纸，他仔细看去，是他透给老麻的考试题……

"结合实际谈谈反腐倡廉的重要意义。"

他立马吃了一惊，脑门便冒出几颗冷汗。

十六

志国从家回到学校，将手中一个鼓囊的皮包扔到床下，便平身仰到床上，两眼木木地看着顶棚。

老胡以为志国是因为老麻的死而心情不好，心情不好才脸色不好。便搭讪着说，处长，咱们和老麻也就是一般同学的关系，老麻走了，你也犯不上太难过了，再说老麻整的这事也确实……

志国依旧没有吭声，一张脸上全是愤怒。

老胡并没有留意，依旧唠叨着。处长，你说老麻这家伙还真挺花花，表面粗粗拉拉的，蛮豪爽，背后尽干这些不干不净的勾当。

志国眼睛从顶棚上移开，说不干净，也比有的人干净。

老胡一愣，说处长你说什么？

志国说，我说他比有的人干净，听清了吧。眼睛直直逼着老胡。

老胡万没想到志国的一切愤懑全是对着他的，感到非常不解和恐慌。说处长，你怎么了？

志国说，怎么啦，你还不清楚吗？然后就从床下将那兜子拎出来，刺啦打开拉锁，跟着从里面掏出一个白光光的东西扔到床上。

老胡看去，是一只刮了毛的本地种小狗。皮肤，光亮亮的，有点像刚出窝的麻雀。他更是不解，说处长，这是……

志国冷笑一下，说这么健忘，这不是你前几天帮我弄的狗吗！我代你送了人事处长，人家刚洗两回，就成了这模样。你说咋个事！得了，还你那朋友吧！谢谢了。

老胡立时明白了，捧着光溜溜的小狗，心里特别酸。满以为媳妇调动是板上钉钉的事儿，没承想事情说变就变了，简直叫人猝不及防。更糟心的是媳妇已和单位领导打了招呼，说要调走。领导听了就过年一般的高兴，走了个人，少了张嘴，哪有不高兴的理，当下就让会计把工资提前开了，告诉她从明天起，就不用上班了，媳妇便喜滋滋回到家，只等着办手续……这时节突变，一下把老胡弄傻了，懵懂的脑袋里，像碎麻一样纷乱，无法理出头绪。他不知道应该怨恨志国，还是应该怨恨自己，细一想，似乎都不应该怨恨，应该怨恨的是那说谎的女人和手中的这条该死的狗！这么想着，他就要冲它发脾气，却不料那小东西伸出柔软的红舌头，一弯一弯舔着他的指头，两只黑黑的小眼睛，怯怯地看着他。这一下，把他弄软了，弄出几分怜悯来。他就觉得这狗特像自己，是一个被别人玩弄的东西，怨恨它也是没有道理的。它不也是狗嘛，只是没有卷毛罢了，就像自己也是处级而没有实权一样。于是他把对狗的怒气又收回心里，正寻着朝别的事情发泄。这时老郑走进屋来，"咔"的一下打开电视机，于是他就把一腔怒气发到老郑身上：

你把它关喽！

老郑这几天最关心的是美国占领伊拉克的事情，只要一到新闻联播时间，他就放下手中的一切，打开电视。

老胡这一吼，把他弄愣了，他不解地问，干啥？

老胡非常烦躁，说，我不愿意看。

什么！老郑也有些光火。心想，这等大事，都不关心，太不像话。

老胡还说，快把它关上，我烦。

若是其他时间，别的电视节目，老郑也会和他治治气：公用电视，又不是谁家的，谁想看都有权力。可是这会儿老郑没有时间和他理论，他要关心更大的事，伊拉克的事情，他觉得这事儿，100 个老胡也不能比。他就愤愤地关了电视，去别的房间看电视了。

屋里又静了下来，只剩下老胡和志国，两人都挂着气，都仰面看着天花板。

那只没毛小狗在地上慢悠悠地走着，不时用鼻子闻闻这儿闻闻那儿。

十七

老胡怀揣着小狗在狗市上转了两圈，也没有寻见上次卖他狗的女人。他感到十分的可悲，800 元钱怎么这么轻易就打了水漂，轻易得连个水纹儿都没有出现。

其实，对于钱的损失，他并没那么太沮丧，800 元钱，多大个事儿啊！顶了天也就是他 10 天的工资呗，少喝两顿酒就有了！可是令他沮丧的是，就是这 800 元钱竟然堵死了他老婆调转的路。

他不敢想象的是，回到家，该怎样向老婆说起这个事情？是虚虚乎乎撒个谎，还是实打实地说。实打实地说，那婆娘非疯了不可？弄不好又得要跳楼寻死什么的！撒个谎，撒个什么谎呐？就说处长出差了，去了北京，过个十天八天才能回来，调动的事人家都安排得妥妥的了，回来就办。他想这个谎言他老婆是会相信的。可是十天八天过去或者说半个月过去怎么办呐？还能说处长没回来？还能说在北京吗？怕是傻子也不会相信的，除非处长死在了北京那里。谎言既是这么不可靠，还不如实说了好，否则将来残局更不好收拾。一想到这一切恶果都是女人骗局所为，心中的怒气就越发地膨胀了。他想无论如何也要找到那可恶的女人。

徐徐刮来的小风，虽然有些凉意，但依旧裹挟着狗尿的腥臊。

老胡一手捂着鼻子，一手护着怀中的小狗，踽踽向前走着。他从大路插向了小路，又从小路向一堵围墙走去，就在围墙一道豁口处，他忽然发现了那个可恶的女人，于是便悄悄走了过去。

那女人的打扮和几天前有着明显的不同了，眼圈涂了眼影，嘴唇抹了口红，一头干巴巴发焦的头发弯弯曲曲向下披散着。她正在那里大声地叫卖着，卷毛狗，卷毛狗，正宗的卷毛狗，纯德国种的。

他便问狗怎么卖的？

女人便答，要价 5000 元。

他慢慢看了她一眼。

她问，大哥有心思要买吗？

他便说，你是不是还要说，大哥有心思要买价是好商量的，800 元，狗是孩子从外县偷来的。是不是？

女人听到这里，一下子认出了他。脸忽地红了一下，赶忙说，你干什么？这狗我贵贱不卖了。说着拔腿就要走。

站住！他猛喝一声。一把将怀中的狗拿了出来说，这个你还认识吗？

女人说，我根本就不认识你，你给我走开。

老胡上前便拉住了女人的胳膊，说跟我走，我们找个说理的地方，好好说道说道。

女人没了退路，便高喊起来，干什么你，耍流氓吗？

老胡便说，少跟我放泼，走。

女人便连哭带喊地叫起来，耍流氓了！耍流氓了！

这时，从不远的墙拐角处，跑过几个大汉，气咻咻地来到老胡和那女人的身旁，其中一个高喊怎么回事。

还没待老胡答话，那女人就抢先一步鼻涕一把泪一把地哭诉起来，说他要流氓，借摸狗的工夫，摸我。你们看看，他这手还没撒开呐。

老胡开始辩解，说哪是呀，哪是呀！你们听我说呀……

那几位大汉，哪里还容得老胡说话，巴掌撇子便铺天盖地向他涌来。老胡开始还想抵抗，用手东遮西挡的。可是没遮挡几下，就觉得手臂像抽去筋骨一样疼痛。咬着牙，他使出浑身的力气向一个大汉撞去，就在脑袋刚刚接触到大汉胸脯的刹那，他忽然觉得后脑勺上被什么东西重重地一击，跟着便什么也不知道了……

当老胡再度醒来的时候，天上的星星已经开始一眨一眨地闪烁了，一弯黄灿灿的月牙挺不好意思地看着他。

娘的！老胡骂了一句。试图动弹一下身子，可是身子骨竟像卸开了一样疼。

突兀，他觉得脸颊、鼻子有一种被舔舐的感觉。睁眼看去，才发现那秃毛小狗正在用舌头，一下下舔着他脸上的血迹。

须臾，他哭了，他觉得酸酸的泪水里还有点发甜的滋味。

十八

周老师从性病诊所出来，心里沉得像压了一块石头。他觉得自己真是太倒霉了，就风流了那么一把，竟染上了那种难以启齿的病症。

说来，刚开始有那种刺痒的感觉，是在前天的晚上。

那会儿，他们教研室的几个老师喝了一点酒，醉醺醺地来到学校附近的一家洗浴中心洗浴。洗着洗着，一个老师像发现了什么奥秘一样地对大家说，哎，你们看，酒喝多了，真是不一样啊，有红脸的，有红脖子的，有红身上的，咱周老师，那东西倒是先红了。就这一句话，几位老师的目光一下子便都集中到周老师的那东西上，跟着便开始赞美起来，有的说，人家周老师这才叫真正的酒漏子，酒不朝别的地方去，就走一条线；

有的说，喝酒上脸、上脖子多不体面，上这儿，才是正经地方，谁能看得见，休说红了，就是紫了，还能怎的！……周老师哪架得这等赞美，那东西仿佛害了羞一样，红得越发厉害了？也就在此时，他忽然有了刺痒的感觉。

这之前，周老师还常常暗自兴奋呐！他觉得那次风流还是挺值得回味的，尤其那女子的身材、容貌、神情，有时一闭眼，呼啦一下就能来到他眼前，这就像吃了什么特别的美餐一样，虽然口中、腹中早已经不复存在，但只要稍一回味，那美餐的香味还会隐隐回到口中。但自从有了刺痒的感觉，他心里一下子黯淡了，仿佛被毒蛇咬了一口，十分难受。

可以说，就是从这一刻开始，周老师觉得事态严重了，于是，他便将目光转移到了电线杆子上面，开始寻找上面的性病广告。大约花费了两天时间，寻查了几十个电线杆子上的野广告。之后，他便按着广告上面提供的地址，悄悄找到了一家私人诊所。

诊所的坐堂医生是一个六十多岁的老头子，胡子茂盛，额头秃亮，红红的酒糟鼻子上面架着一副老掉牙的眼镜，见周老师进来，便说，咋的啦？

周老师一脸羞红，支支吾吾道，就是这儿……老先生笑了，说，到我们这里还有看别的地方的吗？快把东西拿出来吧！

周老师慢慢解开裤子，露出了东西。

老先生吸溜喝了一口茶，眼镜向上推了推，跟着，便仔细地查看起来。约莫有半支烟的工夫，老先生才挺直了腰板，一脸正色道，跟我说实的，是不是"跑皮"染上的？

周老师满脸窘迫，说，怎么说呐，就是有一天晚上我在五一广场碰见一个女的……

老先生连忙手一摆说，得啦，别说了，五一广场那伙野鸡全是杨梅……

周老师便惶恐起来，说，老先生，那你得设法给我治一治！

老先生说，这东西可是不好治的，很难去根。表面治好了，过一段还犯，弄不好，一家老小都得被烂掉的。

周老师说，老先生，行行好。

老先生说，若想治好病，办法还是有的，我这有一种从国外进口的特效药，特别奏效。不过，就是价钱略贵了点。

周老师问，多少钱？

老先生说，看你也是个本分人，我就给你个成本价吧，2000元一支，一个疗程5支。

周老师听罢当时脸就白了，他怎也没有想到，这种诊所竟是这般宰人。于是他系上裤子，走出了诊所。

十九

学习班结束了，校领导和周老师站在校门口为大伙送行，虽然只是3个月，但大家依旧是一副依依惜别的样子，相互握手的时候，眼睛里似乎有泪花在闪烁。

门前，停着一溜小车，有奥迪、别克、桑塔纳、三菱等。显然是来接各位领导的。

志国一出门，小车司机就迎过来。老远就叫行长，跟着就接他手中的提包。志国没有奔车走去，而是转向周老师，握着周老师的手抖了抖说，这次学习班多亏你帮助了，能评为优秀学员，也全是你的功劳。今后有什么事，就不要客气。

周老师就连声说，哎哎！

老胡脑袋裹着纱布，从校门里慢慢走出来。他是有意和志国拉开距离的，没承想刚一露面，就遇到了志国，他低头想回避过去，不料那小车司机喊了起来：姐夫。

老胡一愣，说，你来干什么。

小车司机：我来接行长的。姐夫，你怎么了？

老胡说，啊，没怎么，脑袋碰了一下。

小车司机：姐夫，你不认识我们行长吗？老胡一脸的通红，忙说，认识认识。

志国就很傲慢地将手伸过来。

老胡看着志国那戴着尼龙手套的手，心里一阵恶心……

老郑背着包裹，是最后一个走出校门的，和周老师握了握手，说，周老师，再见了。

周老师说，没来车吗？

老郑说，没有。

那你怎么走？

溜达着去车站。

那我给你打辆车吧。

不不，走着就蛮好的。

老郑踽踽地向前走去，身影被阳光拉得越来越长。

看着那影子，周老师一下子想起了老郑的考试成绩 60 分，是班里成绩最低的一个，可在周老师的心目中，老郑的成绩是不是应该这样低呐？他觉得阳光这会儿正浓，眼睛迷离得有点发潮。此刻，他最急切的想法只有一个，那就是送走他们，他还得抓紧去性病医院上药、打针……

男来女往

一

　　差不多小半夜的时候，王一川才打车回家。从车里走出来那会儿王一川心境好得很，他很优雅地甩了下脑袋，把一绺不安分地遮挡眼睑的头发甩回了头上，跟着就情不自禁地哼哼着《莫斯科郊外的晚上》，尾音故意来个拖腔，直拖得自己气脉都不大够用了，才停下，弄得面颊紫红紫红的，像喝多了酒一样。不要说王一川，换了谁也是要高兴的。妻子马丽出差说走就走了，而她——巧云，也是出差，说来就来了。两个女人天意般的一来一往，就把他的世界弄得绚烂起来。

　　晚风的确挺惬意，撩拨得他衣服的下摆款款波动，发着"噗噗"的声响。他随意地朝楼上瞟了一眼，发现自家的窗户竟然亮着灯。开始他不太相信自己的眼睛，以为看走了眼，待他仔细确认后，一下子就惊呆在那里。

　　怎么，马丽这么快就回来了？

王一川是今天早晨把马丽送上 348 次列车的，他买了差不多够马丽吃喝一个世纪的东西：苹果、香蕉、橘子、荔枝、矿泉水、杏仁露、八宝粥……头上的行李架几乎成了食品架。差五分钟开车了，他才被马丽撵了下来。隔着车窗王一川还依依不舍地问，能不能早点回来。马丽做了个挺动人的媚眼，说我跟你说第一千零一遍了，三天回来，若想早回来，除非坐"飞毛腿"导弹。王一川就做出一脸的痛苦，像要分别一百年似的，回过身去擦抹了几下镜片，这时，轰隆一声，火车就开走了。于是他将眼镜戴上，目送渐渐远去的列车，顺手掏出了手机。另一个城市的巧云真如同坐了"飞毛腿"导弹一样，下午就赶到了王一川所在的城市。

幽会这种事情，巧云还是相当谨慎的。依王一川的主意，要把巧云直接带到家里来，他说他家只剩他一口了，那个世界就是他的了，在那里不要说吃住方便，做什么事情都方便，安全、保险，没有一丝一毫心理障碍。他还说马丽是他亲自送上火车的，以每小时六十公里的速度计算，这会儿或许已经过沈阳了。

巧云说，不要说过沈阳，就是她到了新疆，我也是不能去你家的，进了你家，我精神非崩溃不可。

王一川就依了巧云，在云峰宾馆开了房间。房间是西洋风格的，壁柜、地桌、茶几，一律是暗淡的酒红色，连穿衣镜的边框颜色都十分相配，只有床罩浅金的色泽略显发跳，可是壁灯拧亮一点点，粉粉的光儿映衬过去，浅金就变得柔和了，和茶几、地桌都有了天衣无缝的吻合。

就是在这柔情似水的床上，王一川和巧云开始了柔情似水……

本来他们已经说好了，王一川是要住在这里的，连消夜的食品、水果都备得很充足了。可是夜里，宾馆的走廊上忽然嘈杂起来，有声音隐隐地从楼下传了上来。巧云装作询问车次去了趟总服务台，回来神色就有点不对，说有几个警察在前厅里晃来晃去，不知要干什么。

王一川也紧张了，忽悠一下从被窝里坐起，一边穿衣服一边说，现在严打整治正在风头上，我看他们是不是要查房啊。

巧云说，查呗，我们就说两口子。

王一川说，说得轻巧，人家要证件咋办，有结婚证吗。

巧云说，谁出差还得老带那玩意。

王一川一边用毛巾擦着脸上的口红，一边说，这你就不懂了，住宾馆包房间，不管夫妻是真是假，都以证为准。

巧云说，若知这样，弄两张空白的就完了呗。我有个姐妹儿在街道就是负责办证的，她还时不时地拿这东西和我开玩笑呐，说相中谁了，跟咱吱个声，给你行个方便。我就骂她缺德，可没想到……

王一川耳朵贴着房门听了听，说那都是远水救不了近火的事儿，我们现在怎么办？巧云也确实没了主意，按心愿，她是不同意王一川离开的。她大老远赶到这里来，还不就是为了王一川。可是大厅的情形又让她心神不定了。真若是公安局查起房来，她想，她多半要露馅的，眼神慌乱不说，脸上的颜色没法控制得好，想让脸不发红是不可能的。

她真恨死自己这个毛病了。一旦出了事，就麻烦了，她和王一川都要受到影响。再说，该做的事情也都做了，何必还这么贪呐！于是她便说，一川你还是回去吧，何必冒险呐。

王一川心里也是这么想的，只是做出不愿意走的样子，说都是你都是你，这要是到家里哪有这种事儿。

巧云说，快走吧快走吧，不是还有明天嘛。

咋，撵我？王一川说着就佯怒着凑过来，又馋猫似的和巧云亲昵一回，然后才愉快地离开宾馆。但他做梦也没有想到的是，马丽怎么这么快就回来了。

他把目光从窗口处收回来，心情就有些纷乱。王一川怀疑马丽发现了他的蛛丝马迹，否则今天早晨说的死死的事情，怎么突然就变卦了，这在马丽和他结婚三年的历程中，是从未有过的。这种变卦，很有点突然袭击的味道。前前后后串起来一想，他觉得马丽的所谓出差，本身或许就是个圈套，想先给他来个麻痹大意，接着就是瓮中捉鳖。看来多亏巧云了，如果按着他的主意，将巧云领到家来，后果将不堪设想。想到这里，他吃惊得脑门上挂了层冷汗。

二

楼道里传来嗒啦嗒啦的脚步声，声音由小变大。马丽一听就知道是王一川。王一川上楼像老也抬不起脚似的，鞋底和楼梯总是弄得嗒啦嗒啦响。以往听到这声音，她多少有点不快，心想又不是七老八十的人，干吗这么走路，闹不闹得慌……今天，她的心绪可就不太一样了，这声音让她心神不宁，不知道如何面对王一川。

　　早晨，她和王一川分手后，根本就没去什么兴城，在没出城的第一站孟家屯就下了车。按约定，华路扬正开着捷达车候在那里。马丽看见华路扬，差点被他的打扮给逗笑了。他头戴一顶闪檐的巴拿马帽子，帽檐低得压住眉骨，帽子下面一副宽边墨镜，镜片几乎遮住半个脸。亏他那个鹰钩鼻子了，要不马丽无论如何也是认不出的。他的神情也让人感到惴惴不安，老像身后有个盯梢似的。他把车开到离家三百米的地方就停下了，他让马丽保持五十米的距离跟着他，他说这是单位宿舍区，熟悉的面孔太多，他们并肩走，太显眼……马丽觉得他们不太像情人幽会，倒很像搞地下工作。没办法，她只得在后面踽踽跟着他，大包小裹的，做出了走亲戚串门的样子。直到进了他家的门，华路扬才一把抱住了她。马丽委屈得差点哭了。

　　华路扬也觉得对不住马丽了，甜哥哥蜜姐姐地哄了半天，又拿饮料，又扒荔枝的，好一会儿马丽的心情才好转过来。她情不自禁瞄了一眼华路扬，华路扬这会儿也正觑着她，火焰般的目光撞到一起，燃起的就只能是火焰了。华路扬一下子把马丽抱到床上，马丽便在床上融化了……

　　该做的事情都做过之后，就到了晌午吃饭的时间。华路扬问马丽想吃点啥。马丽说除四条腿板凳，吃啥都行。于是华路扬就下了厨房，操练起来，一阵乒乒乓乓的砍剁之后，忽然告急：酱油没有了！

　　正在床上慵懒的马丽，心情像阳光一样灿烂，操起瓶子就去了楼下的食杂店。

　　巧事就在这会儿发生了。就在马丽买好酱油转身欲走的时候，正巧遇见了王一川的朋友小胡。小胡惊喜地叫了起来：嫂子，你怎么跑这来了，我大哥呐？

马丽没个准备，脸忽地红到脖子根，连忙说单位有位老大姐就住这个楼，今天约大家过来玩玩。

小胡说：这个楼，几门的？

马丽就有点支吾：那是……1门2门啦，好像是3门。

3门？！小胡眼睛立时亮起来：我家就在3门呀。

马丽赶忙说：那不对了，是2门吧。

小胡并不关心这一细节，便说嫂子，我家就在3门的4楼，看见没？就是窗台上放君子兰那家。你们玩完了，去我家坐坐。

马丽连声说好好。

于是小胡就买烟去了。

之后，马丽的脸就由红转白了，一层细密的汗珠悄然挂上了鼻尖。她不知自己是怎么走上楼来的，只觉得脚飘得很，每一步迈出去，都像踩着棉花一样，轻虚虚，飘忽忽，没了根基。就是从这一刻起，马丽的心悬了起来。

一直到华路扬把七碟八碗的菜都端到桌上，她的心情还沉重着。华路扬问她怎么啦，马丽并未说遇到小胡的事情，只说身体不大舒服，一会儿得回家去。

回家？华路扬很惊讶：你不早就安排好了吗，三天后回去，怎么……

马丽摇摇脑袋，说不怎么。

华路扬检查了一下自己的言行，并没发现有得罪马丽的地方，感到异常奇怪，便问一定得回去吗？

马丽说：必须回去。

于是，华路扬不再说什么，就接二连三地喝酒，喝到最后，便醉倒在床上。

就是在这忧伤的气氛中，马丽离开华路扬，回到自己家的。

可以说，马丽从打踏进家门的那刻起，心中就愈发没底了。她不知怎样向王一川说明提前回来的缘由，怎么说明才更有可信度。在回家的路上，她曾经虚构了一下，她想说，火车快到铁岭的时候，随着车轮咣当咣当的运动，她有点困了，脑袋晕晕乎乎的，眼皮也就黏到了一块，好像睡着了，只觉得火车咣当咣当的一响，她才醒了过来，再一看身旁的小皮包，包盖已经被打开了，仔细看看，发现里面的现金和一切办事手续全部丢失了，她当时就急哭了，不知如何办为好。没办法，只得在沈阳下了车，又搭乘一列开往长春的车，回来了……后一想，这个故事不妥，漏洞太多，比如说，她坐火车睡不着觉这个毛病，王一川是知道的，不要说白天的车，就是夜间的车，她也是那么干巴巴挺着，想打个盹儿，比登天都难。再说了，兜子放身旁这一细节也不真实。她的小坤包是从来不离身的，尤其是乘火车的时候，她双手总那么搂着，王一川为此还和她开过玩笑，说你把它放在身旁，它还能飞了咋的，她当时也说，不飞也不行，不捧着心里不踏实……

有着这样多的漏洞，是不能说给王一川的，不如再换一个。就说车从铁岭开出的时候，她看见一个人提着生日蛋糕在找座儿，看见蛋糕，她呼啦一下就想到明天是王一川的生日，当时都有点傻了！这事怎么忘得这样死啊，脑袋真是让驴踢了，她恨不得从火车上跳下来。就在她急得猴抓心的时候，凑巧不凑巧，公司头头打来电话，觉得这个合同风险太大，市场预测不足，还是缓缓为好，让她先别去兴城了，愿意玩在外玩两天，然后就回来。玩，她哪还有心思玩呀，车在沈阳一停，她第一个跳下车，又乘着沈阳返长春的车就回来了……虽说这个虚构还不尽完美，显然比前一个要缜密多了，尤其是将王一川的生日糅进去，是挺出彩的一笔。马丽有点为自己这个构思得意，但是她把握不准的是，王一川将怎样看待这个故事，是否会发现别的纰漏，如果一经发现，她又将怎么办？还能再虚构一个！不能的！就是刀架在脖子上，也就得这么说啦。兵来将挡，水来土掩，她只能见机行事。

马丽看了一眼电子表，猫头鹰两眼一眨一眨地闪出 5：20。马丽清楚，再过一个小时王一川就要回来了，她虚构的故事，就要受到检验了，像小学生将要进入考场一样，她有了点紧张，好像心老是在撒欢地跳，弄得她坐不稳站不宁的。她喝了两口醋，又在床上平卧了一会儿，跳劲儿也没减，好像一点一点朝嗓子眼儿移。她觉得必须做一件事情把情绪缓一缓，否则非露馅不可。可做什么事情呢？她一下子就想到了厨房。是啊，她已经好多年不下厨房了，把烹饪的手艺忘得差不多了，今天她应该露露手艺，为王一川做点好吃的。一来干活能转移人的情绪，二来王一川看到她做的饭菜，说不定就是个惊喜。人只要一惊喜，疑心自然就会减弱，那会儿什么谎言都能成为真理。

于是她将冰箱里的猪肉和蔬菜拿出了一些，乒乒乓乓地操作起来，先做个烧茄合，接着做锅包肉，在做地瓜挂浆的时候，由于糖炒得不到火候，没有化得太开，就放了地瓜，于是"翻砂了"，糖是糖，地瓜是地瓜，两者根本没有结合到一块。为了弥补这一不足，她又做起了酸辣汤，倒霉的是切葱花的时候，刀刃走偏了，把红指甲切掉半个，疼得她险些落了泪，用白纱布缠了好几层，才算止了血。最后总算用缠着药布的手做完了这桌菜。

可是六点二十分，王一川并没有回来。马丽就有了疑惑，心想他会不会去小胡那里，去那里，就坏了。于是就给小胡打了电话，小胡接过电话就是埋怨，说嫂子到了家门口，都不进来坐坐，太外道了。马丽就说，大家是一块出来的，死拉硬拽要一块走，恰好有方便车。小胡便问嫂子有什么事吗？马丽已断定王一川没在小胡那儿，就说没啥事。我就是害怕兄弟挑理才打的这电话，小胡就嘻嘻笑了，说嫂子想得太多了，什么时候和大哥过来吧。马丽也嘻嘻笑了一下，说行，就放了电话，心里轻松不少。

于是马丽就开始等王一川。她先是坐在桌旁等，后来坐到床上等，最后只有躺在被窝里等了。

直等到小半夜的时分，楼道里才传来一阵脚步声，她一听就知道是王一川回来了。

三

来到门前，王一川伸手去掏钥匙，却不料，指头触碰到那条白金项链，他惊惧得舌头都咋了起来。那是他专为巧云买的，原设想和巧云水乳交融的时候，来个锦上添花，哪承想半夜里宾馆给警察一搅和，把什么事都给弄乱了，项链就忘到了脑后。如今他把它带到家里来了，这如何是好？藏起来呐，倒是挺简单，他家房子百十平方米，大柜小柜又那么多，不要说项链，就是颗炸弹都藏得下。可赶上倒霉呐被马丽发现，就麻烦了，马丽非得追踪老根儿不可，一定得问这项链是给谁买的？在哪买的，花了多少钱，钱又是从哪来的？那么，就是浑身是嘴也无法说得清。不藏起来，就这么放在兜里，也不好办，一旦脱衣服或穿衣服时，从兜里甩出来，不就全砸吗？干脆，不如来个移花接木，就说是给马丽买的。那样马丽还会怀疑吗？她不乐颠了才怪。于是王一川嘴角掠过一丝笑意，咔啦一声打开门，很轻柔地走进屋里来，令他没想到的是，马丽正面带笑意地迎在那里。

马丽！

两个人绝对像分手两个世纪一样，紧紧地拥抱在一起。王一川只有借长吻间歇不经意地问了一句，怎么，提前回来啦？

马丽嗔笑着，不欢迎吗？

不不不，王一川说"不"的时候脸都白了，马丽，实话告诉你，今天晚上如果看不见咱家的灯光，没准真就跳南湖了。

马丽咯咯笑了，说我早回来，还不是为了你。没有你那生日，我八成到秦皇岛啦！接着就把那虚拟故事讲述了一遍。

王一川听得眼圈真的有点发红，尤其是看到马丽为他准备了一桌子丰盛的饭菜时，那红就变得十分鲜艳，似乎洇浸出星星点点的泪花来。他仿佛抽噎了一下，才说我的生日其实我是记得的，为此，我还特意给你买了个小礼物呐。说着就拿出了那条白金项链。

　　呀！马丽的眼睛一下子就放出了光芒，心跟着就扑通扑通跳起来。她真觉得有点对不住人家啦。多么诚实的一个人，让她当猴子般地戏耍了一回，还一点觉察都没有。其实，她方才讲述那编造的故事的时候，有几处都出现漏洞了，惶悚得她脑门都有点冒汗，说话变得结结巴巴。稍稍警觉的人都会发现破绽。可是王一川没有发现破绽。为什么会这样呐？她自己刚这么一画问号，心就虚了。她清楚王一川不是愚钝的人，她的神态他不会看不到的，可看到了又为何装作没看到呐？她心里哆嗦了一下，可立马就觉得自己这是做贼心虚了，或许人家根本就没朝别处想，两口子哪能总疑神疑鬼的。要不他会献上那条白光光的项链吗？她心里一下子就变得温暖了，觉得一川比往日都可爱，几乎小猫一般扑进了一川的怀里。

　　王一川一边给马丽戴项链，一边心里发紧，好危险的事情哟。他怎么也想不到女人的智商会是这样，全世界的人都能看出破绽的事情，她却深信不疑。项链，稍一细想，还是存在问题。这么贵的东西，哪来的钱买的？他工资全部交给家里了？怎么私下还有余钱呐？莫非余下的钱，都买项链用了？还是余钱买了项链之后，还有余钱……这么一连串的问题他把自己问傻了。假如马丽也朝这个方面来问他的话，非露馅不可。可是马丽什么也没问。

　　他心里温暖极了，一下把马丽抱了起来。

　　吃过晚饭，马丽冲了澡，便裹着浴巾钻进了被窝，看了一眼沙发上的王一川，声音柔柔的挺暧昧地说，还不睡觉呀？

王一川一听，心里就发虚了，似乎比手碰到项链那会儿还没底，他弄不清马丽所说的睡觉，是怎么一种意义上的睡觉，如果单单指睡眠，倒还好办，怕就怕还有着别的意思。

于是他顺手从桌上拿起个笔记本，放到了膝盖上，说系里要开研讨会，我得拉个发言提纲，你先睡吧。

这么晚了，还贪黑。

唉，身不由己呀！你先睡吧，这一天，舟车劳顿的，也把你折腾坏了，快点歇着吧。

马丽心里甜滋滋的，身子又朝被窝里钻了一下，说那我就在梦里等你啦！

四

十点钟都过了，王一川还没来。

巧云心中就有些躁了，她坐在床上，手不停地按着遥控器，电视画面就不断变幻：一会儿是赵本山卖拐；一会儿是舒肤佳广告；一会儿是小布什挤眉弄眼讲话；一会儿是金丝猴上蹿下跳发情……她正不知如何锁定，忽然传来"叮咚、叮咚"的门铃声。

巧云乐得一下子就蹦了起来，以为一定是一川，像见到救星一样的喜悦，喊道，你可算来了，都把人家想死啦！说罢就打开了房门。门口，服务员静静地站在那儿。

巧云的脸忽地红了起来，说话都有些支吾，这、这……

服务员说：小姐，需要打扫房间吗？

巧云连忙摆手，说，先不用，谢谢啦！

　　之后，巧云便羞怯地关了房门，又回到床上。这会儿，她真有点生王一川的气啦，大老远地把她邀来，咋能这样不珍惜时间呀。

　　想到这儿，便拿起电话，拨通了王一川家，她想哪怕他就是睡觉，她也要把他搅和醒了，她不忍让这美好的时光从身旁悄悄溜走。

　　最最让巧云没有想到的是，接电话的竟然是个女人，而且说话的声调那般慵懒，仿佛刚刚睡醒的样子。

　　巧云一下子就呆傻了，两眼直直看着话筒。话筒里，不断传来女人"喂喂"的声音，她没有一丝一毫说话的欲望，直到对方说了句"真有病！"她才把电话撂下。

　　真是有病啊！巧云自言自语说了一句。

　　她觉得整个被王一川耍了。想不到对自己甜哥哥蜜姐姐的王一川，背着自己竟来了这一手——金屋藏娇。怪不得昨天晚上他争着抢着回家住呐，原来家里还有戏。她明白像他们之间这种关系，是没有必要干涉对方这种事情的。她一不是人家妻子，二不是人家亲人，只是感情上有了这么一点瓜葛。可就是这点瓜葛，她也是不能容忍别的女人插入的。尤其一想到刚刚离开自己怀抱的男人，转瞬又进入别个女人的怀抱，她心里就要爆炸。假如这会儿王一川在她身旁，她非打他耳光不可。

　　气愤至极，她又一次抄起电话，她要告诉方才那个女人，别再上王一川的当。她觉得那女人的命运和她是一样的，可悲又可怜。

　　假如说王一川脚踩两只船，那她算一只，那女人也得算一只。

她一口气按了三位通话键，在按第四位的时候，手忽然停住了，她觉得这样做，是不是太绝了。说起来，她毕竟和王一川好过一回呀，情人也好，露水夫妻也好，反正她把心灵中最珍贵的东西给了人家，她也相信王一川那会儿也把心灵中最美好的东西给了她。

既然这样，她何必这样刻薄，何必揭对方身上的疮疤呐。现代人离婚不还搞个仪式吗，好过好散，况且他们之间就是这么一种关系，干吗这么动气呐。一走了之，不就完了吗！想到这儿，她看了一眼手表，遗憾的是，今天的火车已经全过去了。没办法，她只得背起了坤包，走出了宾馆，她要到街上轻轻松松转一转。

五

第二天早晨，华路扬脑袋还昏昏沉沉的，一想起昨天的事情，心里就闹得慌。说句心里话，为了促成这次幽会，不知费了多少心思，先是借丈母娘住院的由头，把媳妇送回娘家；然后又和马丽联系，商量接头时间、地点、方式，然后又进行食品储备：买来烧鸡、香肠、蔬菜、饮料等；最后又做安全检查，看看门窗严不严，墙壁隔不隔音，附近有没有人监视……可就是弄得这么仔细，马丽还是有了意见，竟然中途就变了卦。

他不知马丽为啥走，更不知马丽对他有啥意见。

女人，真是个猜不透的谜。

华路扬自嘲地笑了一下，便打开了电视。电视里正播放动物世界，一只雄甲虫正向一只雌甲虫求爱呐，雄甲虫给雌甲虫叼来只死蚂蚁，后来又很费力地拖来一片草叶，接着，连口气都没喘，就展开自己的甲壳，把身躯上色彩斑斓的部分露出来，围着那雌甲虫，巡回展示，雌甲虫似乎比公主还傲慢，眼皮都不撩一下，就那么扬着脖颈款款漫步，后来竟理也不理地走了，把那只雄甲虫干巴巴地晾在那里……

看到这儿，华路扬忽然产生了一种自怜，他觉得自己太像这只雄甲虫了，连脸上的表情，走路的姿势，都像。如果再这么看下去，他非得哭了不可，鼻子里那股酸劲儿正打着旋儿朝上涌。于是他关掉了电视。

差不多就是怀着这么一种沮丧的心情，华路扬走出了家门，沿着门前通往城边的道路，漫无目的地走。

那会儿，阳光真的好灿烂，连一星一点遮挡光线的云朵都没有，地上，也是白炽炽的亮，玻璃片儿、碎碗碴儿上都映着一个极小极亮的太阳，非常刺眼。

这么走了一会儿，华路扬觉得心里透出一丝缝来，不像方才那般憋闷了，这时后面传来一阵敲竹板的声响，咔、咔、咔……他扭过身去，见一卜卦老者正踽踽向近处走来。

他是从不相信占卜这种事情的，可这会儿，不知为什么，他竟拦住了老者：请问师傅，卜一卦多少钱？

老者便停止了打板，眨了眨瞎糊糊的眼睛，说先别说钱不钱的，算错了，我分文不取，算对了，就凭赏啦。

好吧！华路扬便说，那就算一卦。老者便蹴在地上，吸溜一下鼻涕，说那就报报你的八字。

华路扬说：我属狗的，66年冬月初五生，出生那会儿，我娘说天刚放亮儿。

老者说：那就是壬时了。

华路扬也蹲了下来。

老者说：你是狗年生，又生在壬时，就得算船底木啦。接着老者就缓缓抬起右手，亮开手掌，拇指尖和另外四个指头，逐一相碰了一回，口中念念有词：金金木木，水水火火，土土金金，甲乙丙，丁戊己，庚辛壬……叨咕了足有两三分钟，忽然刹住，用那两只黑窟窿盯着华路扬，说你的运气不错呀，一辈子不缺吃，不少穿，三十五岁开外，还有官运，如果没有这颗大卯星相克，你这官就当大啦，省长怕是都挡不住。

华路扬说：官不官的我不在乎，你就看我这情感、婚姻咋样？

老者嘿嘿笑了，说年轻人，我不知当不当说。

华路扬说：咋算就咋说。

老者说：你这人，一生都犯桃花呀。恕我直言，或许你现在正被某个女人所扰。

华路扬暗暗吃了一惊，脑门似乎有冷汗冒出，但依旧故作平静地问，是吗？若真的那样，又该怎么办呐？

老者说：常言道，旧的不去，新的不来。

华路扬说：此话怎讲。

老者说：你在这一日半日，又能遇到上新的桃花了。

华路扬觉得这真是无稽之谈。

六

一个莫名其妙的电话响过之后，马丽和王一川心里都敲起了鼓。

马丽觉得电话是华路扬打来的，这家伙最喜欢在电话里搞名堂，有时给她来电话故意把声音弄粗了，装装警察，有时捏着鼻子装小姐，有一次竟冒充自来水公司收费员，说她家欠水费了，害得马丽白跑了趟储蓄所。其实，马丽一个人在家的时候，他打来电话，她是挺喜欢的，斗斗嘴，开开玩笑，心里滋润着哩，可这会儿，哪行！王一川就在离话机两米远的地方呀！

因此，她接了电话，铃声刚响了两下，有意说了句真有病，就果断地撂了。

而王一川比马丽还要心虚，他暗忖打来电话的准是巧云。要不哪能拨通了，一声不吱呐。只有巧云有那个心计呀，一定是她在宾馆等不及了，才想起了主动出击。庆幸的是，多亏马丽接的电话；若他接，巧云就没了提防，非得在电话里头不管不顾地叫起来，责怪他不守时间，不守信用，让她独守空房……若那样可就坏了，事情非败露不可，他王一川就是有天大的本事，怕也遮掩不住。想一想，真有些后怕。

或许马丽还担心华路扬再来骚扰，就急不可耐地说，一川，今天是你的生日，走，我们找个地方，庆祝一下。

王一川正好找到了台阶，说庆祝，去哪里呀？

马丽：去乐府。

王一川：乐府是自助，人来人往的，太闹哄。

马丽：去名门。

王一川笑了：你是不是钱多得烫手啦。

马丽：那你说去哪里？

王一川：要我说，我们干脆去同达，吃点吉菜。

马丽说：好，我们就去同达。

于是，他们就来到同达酒店，在一个二人台的小包房里落了座。王一川要了一个地三鲜和渍菜粉，马丽点了一个小嘴鱼和农家凉菜。之后，马丽端起酒杯：来，一川，今天是你的生日，我用这杯酒祝贺吧。说着就仰脖干了。

王一川连忙说：慢点，慢点，哪有像你这么喝酒的。

马丽说：咋喝也是个辣，还不如痛快点。行了，该你喝了。

王一川就吱儿一声喝掉半杯酒，说谢谢媳妇啦，虽说这酒喝到嘴里是辣的，可是流到心里就变甜了。

马丽噗笑着：你就是嘴巧。

王一川：嘴巧，不信，你摸摸我这心。

马丽：你快吃点菜吧，当心辣了胃。

过了一会儿，马丽去洗手间在楼梯的转弯处，听见有人叫她，扭头一看竟是小胡，心跟着就跳了起来，脸也有点发红，说：是小胡啊！

小胡还是一片欢天喜地：嫂子，真是缘分，我们又相见了，大哥来了吗？

马丽扯了个谎：我是和单位几个同志聚聚，你大哥出差啦！

那嫂子到我们那屋喝一杯呀？！

不啦，小胡你快忙吧！

嫂子，那我走啦！

好！

小胡走了之后，马丽立时闹起心来。多倒霉呀！怎么又碰到了他。其实，平日她对小胡的印象是不错的，小伙子礼貌，又热情，说话也有大有小的……可这时，她觉得他是灾星啦，甚至感到他的鼻子、眼睛，包括面孔都不太吉祥，如果这张面孔和王一川相遇，事情就要麻烦。她在走廊里停了一下，并未去厕所便回来了，说一川我听说省宾馆那里又开了家舞厅，场地、灯光都是一流的，我们快点吃，然后去那里跳舞好吗？

王一川心思早已不在这里啦，方才马丽不在的时候，他悄悄往宾馆打了个电话找巧云，服务员说巧云早已出去了，又打巧云手机，手机也已关。他正在这里闹心呐，听了马丽提议，便马上响应：走，赶紧走，这地方饭菜忒难吃。

于是，马丽买单，他们离开了同达。

七

巧云是在百无聊赖的情形下进入舞厅的。入场后，她立时被眼前的景况吸引住了：宽敞典雅的舞池里，一对对男女正翩翩起舞，玫瑰色彩灯把每一张面孔都映得那般柔和红润，加之有溪水般的舞曲潺潺陪伴，所有的舞者就仿佛一步一步迈入仙境。

她在一个角落坐了下来，两腿忽然有了一种轻松之感，可以说，自从走出了宾馆，她的两腿未曾停歇过。她记得刚离开宾馆的时候好像是朝南走的，走着走着，那路竟拐弯了，于是她就朝东走了。这中间，似乎路过了两所学校，三家商店，还有一条步行街，她本可以停下来看一看，可是脚步稍一放停，心里就别扭，丝丝缕缕的晦气便朝内里聚拢，仿佛只有走动才能减轻心中的抑郁。在过一条马路的时候，她因只顾了走，而差点撞到一辆出租车上，气得司机脑袋从车窗中探了出来骂她丢魂了，她承认她是丢魂了，要不哪能这般恍惚……当她走近这家舞厅的时候，她忽然就有了想进去解解闷的欲望，于是，她便进来了。

刚坐下那会儿，她身子放松了，心态放松了，又喝了半听"七喜"，心里真的好爽快。可是两支舞曲过后，她还这么坐在这儿，就有些不是滋味了。来这里的，都是成双成对地出进，哪个像她这样孤单。在别处孤单，是不被他人注意的，到了这里，就分外显眼了，就像米里掺了一粒沙子一样，她真的好委屈。怎么一下子就变成沙子了呐，她觉得这沙子的制造者是王一川，是王一川把她变成沙子的。她真的恨王一川。

小姐，跳舞吗？一个男子来到她的面前，轻声问。

她看了他一眼，微微笑一下，便站了起来。

这时快三的舞曲已经结束了，接下来便是慢四。

巧云跳慢四心里很有底的，一迈腿，一落足，都有着美妙韵致。可她没料到的是，舞伴的技艺更胜她一筹，无论是眼、手、身、法，还是进退转身，都如行云一般顺畅，尤其是手上编花，更能呈现出万千姿态，什么荷花映水啦，什么牡丹争艳啦，什么风吹杨柳啦……复杂得几乎让她手足无措，就在一次转体岔步的时候，她竟失控地踩到了舞伴的脚上，羞得她当时就脸红起来，连声说对不起对不起。

　　舞伴却幽默地说，没什么，没什么，只是耽搁你脚落地了。就一句玩笑，使两人间的气氛变得柔顺了，虽然依旧跳着舞，却已开始你一句我一句地闲聊。

　　舞伴说：想不到，小姐舞跳得这么好！

　　巧云说：好什么好，和你比，怕是当学生都不够格。

　　舞伴说：小姐太客气了，有你这么漂亮的小姐当学生，那老师一天得烧几炷香啊！

　　巧云说：一炷也不用烧，只要能教会编花舞步就行。

　　舞伴说：这有何难的，只要小姐肯学，我天天……

　　巧云脸忽地红一下说：只是……

　　舞伴说：只是什么？

　　巧云说：只是我不能天天都来学。

　　舞伴说：为什么？

　　巧云说：因为我是外地的，明天就得走了。

　　舞伴哦了一声，问：外地？什么地方？

　　巧云：白城。

　　舞伴又哦了一声，不再说话。

　　见对方询问自己这样多，出于礼貌，她也觉得应询问对方点什么，于是她便说：先生在什么单位工作？

　　舞伴说：你看我像干什么的？

　　巧云说：看你跳舞，像搞文艺的，看你着装，又像蹲机关的，看你说话……

　　舞伴说：看我说话又像卖假药的，是吧？

巧云说：那可不是，看你说话像讲相声，挺逗，又不俗。

舞伴说：小姐过奖了？

巧云说：那先生倒是在什么单位呀？

舞伴趁走平步的机会，递上了一张名片。巧云接过看了一下，并未看清上面的小字，只看清了上面名字：华路扬。于是她连忙说谢谢。

这时，恰逢中间休息，他们就一同回到了墙角的座位上，华路扬要了两听饮料，打开一听，另一听送给了巧云。

巧云拒绝说：先生，我不渴。

华路扬说：小姐是不是担心里面有蒙汗药？

巧云笑了：你要这么说，我还真想尝尝呐，说着，就接过饮料。可是当她抬头向门口看去的时候，忽然惊呆了，王一川正领着个女人进来……

八

王一川领着的女人不是别人，是马丽。他们在离安全门不远的座位上坐下来。其实王一川哪有跳舞的心思？他正为联系不上巧云暗自闹心呐！他想，巧云一定是不高兴了，否则，哪能不给他打电话，又偏偏关机呐。说来这份不高兴，是可以理解的，换了他，也会不高兴的，大老远被约来，然后就晾在那里，似乎有一种被人耍戏的味道。但是巧云太不了解他的苦衷了，自从昨晚到现在，他的处境很糟，有一种被绳子捆上的感觉，那绳子，不是别个，就是马丽。

　　马丽也不知犯了什么邪，就这么牢牢地缠着，弄得他一点自由都没有，他想巧云若知道这些真相，也会理解他的：男人，不容易哟！

　　还好，马丽去洗手间了，借这当口，王一川又赶忙掏出手机，给巧云打电话。这回真通了，王一川激动得简直都要蹦起来：喂巧云，你在哪里？你在哪里？……他连问了几声，对方也没回答。他感到很奇怪，接着音调又提高了一些，说，你现在在哪儿？手机里这时传来了巧云的声音：我就在离你三十米的地方，你抬头就能看得见！

　　什么？！王一川有点不相信自己的耳朵了，抬起头来，果真就看到了对面的巧云。看见她正偎靠在一个男子的身旁，脸上溢满了幸福和微笑，一边和男子说着什么，一边不安分地打着飞眼儿。

　　王一川气愤地关了手机，感到脑袋里一阵晕眩。

　　这时，马丽回来了，见他满脸通红，像是刚生过气的样子，就问他怎么啦。王一川说没怎么。

　　马丽就奇怪，悄悄顺着他的视线看过去，一下子就看见华路扬，心头便轰隆一声巨响，接着目光触电般地看向了别处。这时，她似乎明白王一川脸红的原因。可是她马上又不明白的是，王一川又怎么会认识华路扬呐？但是如果王一川不认识华路扬，他又怎么看他生气呐？这么一连串的问题，把马丽弄得不知所措了，就说一川，如果身体不舒服，我们就回家吧。王一川说，回家吧。

　　马丽说：什么时候愿意玩，再来……

当晚，马丽依旧那么温存，像昨晚一样给一川做了很多好吃的，最后还弄了一碗长寿面，一边盛面，一边说，吃了这面，能活百岁的。

王一川听了好温暖，哧溜哧溜喝两口，心里真的热乎起来，浑身的毛孔都在冒汗，再觑一眼马丽，脸被热气嘘得红艳艳的鲜嫩，眸子似乎比往日都亮，尤其那芬芳的裹着女人肌肤的气息，愈发浓烈，他便说，长寿面吃了，我有个要求。

马丽说，啥要求，都满足你，说吧？

王一川说，就一个。

马丽说：啥？

王一川笑了，做了个手势。

九

什么时候来到这家酒店的，华路扬有些记不清了。他只记得是在舞厅里看见马丽携着一个男人的臂膀款款朝外走的时候，才想起喝酒的，他觉得当时若不喝酒，肺子非炸了不可，于是便约了巧云。令他感动的是这个叫巧云的女子，竟是这样善解人意，一丝一毫的拒绝都没有，于是，他们就一杯一杯喝起来。

喝头几杯酒的时候，他眼前老晃动着马丽，尤其是马丽携着男人臂膀的那一幕，像针一样扎得他心尖发疼。后来喝着喝着，马丽就没了，再出现的就是巧云。

巧云似乎比在舞厅的时候还漂亮了，脸颊、嘴角、耳朵，都被酒染上了粉色，眼睛还是那么黑亮的。

都唠了些什么，他记不清了，隐约感到他向巧云讲了自己婚姻的不幸，讲了自己是怎么恋爱的，怎么结婚的，感情是怎么不和的，好像还引用了托尔斯泰的一句话，幸福的家庭是相似的，不幸的家庭各有各的不幸。巧云好像就是听了这句话后，眼睛发湿的，随之也哭哭泣泣讲起了自己的婚史，讲她的男人是如何如何的不信任她，怎样盯她梢，偷看她日记翻她的衣兜……讲到后来，就愈发哭得伤心了。

他虽然是男人，可是他没有接这个茬。他柔柔地劝她，安慰她，还用一块手帕帮她轻轻擦抹眼泪。这一下巧云更伤感了，几乎是鼻涕一把泪一把地扑进他的怀里。

之后，他就不再关心巧云的婚姻了。

华路扬说：巧云，干脆去我家吧！

巧云说：不，去别人家我心里是有障碍的，还是去我住的宾馆吧。

华路扬说：也别说去我家，也别说去宾馆。我们钉钢锤吧。

巧云笑了，说，行！

于是，两人就亮出拳头，钉钢锤起来。

钉钢锤！

钉钢锤！

钉钢锤！

夜色这会儿正浓，整个城市静悄悄的。